# またね家族

松居大悟

講談社

装幀　アルビレオ
装画　坂之上正久

# またね家族

男たちは、並んで、見つめている。

その視線は、今、こちらを覗《のぞ》きこんでいる君に向けてだ。

真ん中の男が、目をそらさずに、ゆっくりと口を開く。

「さっきからこっちを見ているあなたは誰？」

溶暗。

独房のような空間は、ムワッという汗とウェットシートと制汗剤の匂《にお》いが立ち込めている。辛《かろ》うじて何者かだった男たちが汗だくでジャージに戻っていく姿は、せっかく咲いた花びらをちぎっていくみたいだ。何者でもなくなり、花の茎《くき》だけになった男たちは、みんな似たような貧しい佇《たたず》まいで次々と男子楽屋をでて、劇場ロビーへ駆けて行く。さっきまで一緒に花を育ててくれたお客さんのもとへ、花をビリビリに剝《は》がした丸腰の姿で。求められてもいないのに。

「舞台終わった直後に、出ていた役者さんがロビーで面会してるの無理なんですよ〜夢が冷める気がして萎《な》える〜」なんて話も聞くけど、そんなのは役者も同じ気持ちだ。なんなら二時間別の世界で精一杯生きたのだから、叶《かな》うならばロビーになんて行きたくない。しかし、演劇ライター、劇場関係者、取材してもらった媒体、どこかの映像関係者など、頭を下げなければいけない対象が多数押し寄せる小劇場では、人がすれ違える程度の楽屋に呼べるわけもなくロビーに出る他に選択肢はない。見る側も演じる側も幸せにならない悲しいシステムだ。

ロビーに入った瞬間の空気も最悪だ。先ほどまでドラマチックな世界の中に生きていたはずの男が、汗を拭《ぬぐ》っただけのジャージ姿で登場するのだから。観劇後の興奮したお客さんの目が現実に返っていくのは、こっちも見たくはない。それでも狭いロビーでお客さんの夢を醒《さ》ましながら間を縫っていくと、制作の鬼頭《きとう》が劇団主宰《しゅさい》である自分に、手を挙げてこっちだと合図する。

文字通り鬼のように厳しい鬼頭は、長い髪を後ろに縛っていて、時々女性であることを忘れてしまう。だが、お客さんの前では恐ろしいほどの笑顔で、その隣には、きっと帰りたいはずなのに引き止められたであろう関係者が並んで待っている。

基本的には「面白かった」とか「あれ裏はどうなってるんですか」など、シンプルな質問でお茶を濁《にご》そうとする。チケットお願いしたから挨拶《あいさつ》せずに帰るのは申し訳ない、なんて思うのは自意識過剰に過ぎない。演じている側は今日誰が来ているかなんて、二時間お芝居した直後に把握していないのだから。

だがそんな中でも一握り、どういう生き物なのかはわからないけれど、気に食わなかった旨《むね》を観劇直後のお客さんの高揚《こうよう》感溢《あふ》れるロビーでぶちまける悪趣味な人がいる。すぐそばに明日もその世界に生きなければならない役者もいるのに。大体は演劇ライターといわれる人種なのだが、顔を晒《さら》して悪態《あくたい》をつく分、SNSで芸能人に悪口を言う連中ほどの悪意はないからか、奴らは絶滅しない。焼き肉屋で周りがまだ食べている途中だというのに、この肉のどこが如何《いか》にマズかったか、を主張しながら僕のような脚本・演出家に集中砲火を食らわしてくる。今日は千秋楽《せんしゅうらく》前日、芝居に脂《あぶら》が乗ってきている頃だった。

「これはコメディなの？」

「あーどうですかね、あまり自分ではカテゴリに分けないように作ってるのですが」

「それははっきりした方がいいよ」

「ジャンルで分けたくなくて」

「そういう所もダメだね、幼《おさな》い。だから人間が書けてないんだよ」

「あー、そうなんですよね、すみません」

この人が僕らの公演に来たのは、数年前の一度きりだ。しかし、こういう人が権力を持っていて、戯曲賞の推薦権だったり、劇場に推薦する資格だったりがあるから、僕らは小さな世界の権力者にひれ伏さなければならない。僕はいつも通り、手のひらサイズのスケッチブックを取り出す。

「どこらへんがダメでしたかねぇ？」

奴らは待ってましたとばかりに、あそこの動機がどうだとか、終わり方はなんだとか、あの劇団はもっとこうしてただとかを繰り返す。結局お気に入りの劇団とどう違っているのかを言いたいのだ。

マチノヒは美術装置を具体的に作りながら、会話のすれ違いで笑わせていくシチュエーションコメディだが、後半で物語のルールを破壊して、メタ的にメッセージを訴えかける作風だ。演劇そのものを疑って制作しているので、ジャンルで括《くく》られたり、何かと比較されたりするのに抵抗がある。

「自意識の爆発を描きたいのはわかるけど、それだったらあの『膝枕《ひざまくら》リンク』ほど洗練されてないとね」

「あー、あそこすごいですもんねぇ」

見たこともない劇団へのお世辞も言えるようになった。こんな時、大人になったなと実感する。さらに具体的な、個人的に気になったことをさも一般論のようにぶつけてくる。反論があっても、ここで言い返した所で論破《ろんぱ》できないし、そもそも論破する気もない。なるべく短い時間で相手が気持ちよく気が済む方法だ。

「なるほどなるほど、あー、あそこの動機か。一応その後で台詞《せりふ》にはしてるんですけど」

「わかりにくいね、伝わらない」

ほら反論しても意味がなかった。さぁ奴隷《どれい》だ。サンドバッグだ。もしかしたら演劇で一番辛《つら》いのは終演後のロビーのこの時間なのかもしれないな。

「ありがとうございます！　明日ちょっと修正してみます」

「そうね」

スケッチブックに筆を走らせると、そいつの鼻の穴が膨《ふく》らんでいくのがわかる。しかしそこにはそいつの顔の落書きとか、ウンコとか、そういうことしか書いてない。だが目の前で理解してフィードバックして、あなたに屈してますよ、という姿勢を取るのが大事なのだ。劇団を五年続けていると、そういう見せ方もうまくなった。

そのライターは壊れた水洗トイレみたいに永遠に劇を洗浄し続けて、僕は耳を閉じてスケッチブックに落書きをする。こんなことに何の意味があるというのだ。しかし、狭い演劇界で生き残っていくためには小さな権力者に媚《こ》びへつらうしかない。

制作の鬼頭が目で合図をすると、そのライターの奥に、また別の権力者であろう初老の男性が立っている。少し笑顔だから、良い感想なのかもしれない。早くあの人に挨拶がしたい。

「ありがとうございます、明日それを修正してみます。見に来てくださって本当にありがとうございました」

「うん、それでさぁ……」

終わりにしようとしたが終わらない。邪険《じゃけん》にもできず話を聞いていると、ライターの向こうで、初老の男性は、時間がかかりそうだからと手を振って立ち去ってしまった。鬼頭から笑顔が消えていく。鬼頭は自分より二歳年下だが、怒ると怖い。

「ちょっとすみません」と僕はそのライターを振り払って鬼頭に近づく。「あの人、吉祥《きちじょう》寺《じ》の劇場の人だった。竹田《たけだ》さんに挨拶したがってたから、まだいるかも」「おっけ」慌《あわ》ててロビーを出るが、初老の人はもういなくなっていた。大体こうなんだ。気に食わなかった奴がロビーに居座ってグダグダくだを巻いて、大切な人はこちらに気を使って帰っていってしまう。

ポケットの中の携帯が鳴っているのに気づいた。

舞台の劇場に入っている間、電話帳のほぼ全ての連絡先に案内メールを送っているため、本番以外はどんな時でもチケットの予約の連絡が来る。返事が遅れると、すぐに来場を諦《あきら》める旨が来るので、腹を空《す》かせたハイエナの如《ごと》く速攻でＯＫと返すために、携帯電話は肌身離さず持っている。

『明日東京で会えませんか』

その句読点のないショートメールは、父からの連絡だった。

上京してきて七年、父から連絡が来たのは初めてだ。演劇というか、僕のやっていることに全く興味を示さない父は、いま僕が下北沢《しもきたざわ》で舞台をしていることも知らないのだろう。明日が千秋楽ということも、いまこの時間がもっとも苦痛な戦いだということも。もっとも苦痛な時に、もっとも苦痛な人から連絡が来て、マイナスとマイナスが掛け合わさってプラスにならないかなと思って携帯を戻そうとしたら兄から着信が来た。

「……連絡きた？　親父《おやじ》から」

会話の最初は「おうおう」と快活に言ってくるはずの兄の、いつもと違う暗いトーン。自分の直感に言葉が追い付かない。劇場ロビーに戻ると、最後のお客さんが物販の前に佇《たたず》んでいて、制作や劇団員が後片付けを始めていた。ロビーの隅《すみ》に行くが、受話器の向こうの沈黙が続くほど、自分の心臓の鼓動《こどう》が早くなってくる。取《と》り繕《つくろ》って「メールきたけど、なんこれ？」と何も理解できてない風を装う。

「……親父、がんだって。肺がん。三ヵ月、もって半年らしい」

「……もしもし？」

聞こえないふりをしてしまった。聞こえないふりをしたかった。それから兄は詳細を続けたが、頭には入ってこずにロビーの後片付けを眺《なが》めていた。

「明日、親父、東京に来るから。昼飯食うから……羽田《はねだ》空港来れる？」

感情が露《あらわ》にならぬようゆっくりと喋《しゃべ》る冷静な兄の口調。曖昧《あいまい》に返事をして電話を切る。

そのまま呆然《ぼうぜん》としていると、差し入れで頂いたお菓子を劇団員の上坂《うえさか》が口に含んで目を丸めていた。「おい、この饅頭《まんじゅう》、中にイチゴ入ってんだけど！　和洋折衷《わようせっちゅう》かよ！」と叫ぶと、まだ汗の残る役者たちが号令のように駆け込んでくる。数少ない饅頭に群がる役者たち。生きるためには食わなきゃいけないんだよな、という当たり前の事を思った。「おい、竹田も食べろよラスイチ。イチゴとアンコも入ってるぞ」と、劇団員の森本《もりもと》がイチゴの饅頭を差し出してくる。

「アンコは何あん？」

「粒あんだよ」

「俺こしあんじゃないとダメなんだよな」

「いいから食えよ」

差し出されたイチゴの饅頭は、思ったより大きく、口の中がいっぱいになる。でもやっぱり、こしあんの方が好きだな。そこに出演していた女優の緑《みどり》が遅れて走りこんでくる。「あー、タイムアップー！　今竹田が食べてるので終わり」と言われると、緑が「竹田さんずるい！　出して！」と僕を揺さぶる。何かを喋ろうとすると、まだ口の中にいる饅頭が溢れて「もごもご」としか言えない。あんの粒が口からこぼれて、みんながそれを見て笑う。さっきまで満席だったお客さんの二酸化炭素の温かさ、汗を無理やり制汗剤で抑えた人工的な清涼感、その二つが混じりながら鼻にひっかかって、心地がいい。

いつまでもこの時間が続けばいいなと思った。

# 1章　2010年秋

＊

空港のゲートから出てくる父は、無表情で「上のロイヤル行こうか」と言った。ジャージ姿の僕とスーツ姿の兄は、揃《そろ》えるように「うん」としか言えなかった。父の足元を見ながらエスカレーターをあがるが、父は会社の昼休憩で抜けてきた兄の状況を窺《うかが》うばかりで、夜公演を控《ひか》えている僕の話題には触れようともしない。それどころか公演中だということも、言っていないから知らないだろう。今まで一度として興味を示したこともなかったから気にはしてないけど、気にはなる。今日は劇団公演の最終日、千秋楽なんだ。僕にとっては苦手な兄と嫌いな父の並んだ背中を見つめながら、二人の後ろ姿が似てきているのが憎らしくなる。二つ上の26歳の兄と、父は詳しくはわからないが五十代後半。

小さい頃から父は最強だった。小学生の時の父は体も大きく、ベランダで日焼けしながらタバコを吸っていたので、金曜ロードショーでみるアメリカ人のようだった。そんな父の裸の後ろ姿と、ベランダで育てられている紫陽花《あじさい》が、やけに記憶に残っているが、あのベランダの紫陽花がどんな色をしていたかは思い出せない。

僕が中学1年のときに離婚してからは、正月とお盆の親戚《しんせき》の集まりでしか会わなくなっていたが、基本的に酒以外は何も嗜《たしな》まず、血の通っていない目つき、常に必要最小限しか喋らない父の佇まいがサイボーグのようで怖くて仕方なかった。口癖《くちぐせ》は「日本でものを作ることにはいずれ限界がくる」。まるで自分のやっている演劇が全否定されているみたいで、その言葉は僕を通らずに、天井へ抜けて行く。自分の正義を貫《つらぬ》くのに必死なんだ。そしていつも別れ際に黙って十万円が入った封筒を渡される。アメリカの不動産を手がける父にとってはなんてことはなく、半年分の息子との距離を埋めるには十分な金額。僕も赤字を重ねる劇団の興行もあって助けてもらっていた。

「腹が減って仕方ないんだ」

父は自分の行動を正当化するようにそんな独《ひと》り言《ごと》を言って、ロイヤルのパンケーキを食べる、パフェを食べる、アイスクリームを食べる。二十四年間生きてきて、そんな父の姿は初めて見た。この人には甘いものを食べる欲もあるんだ、と驚く僕の隣で、兄は悲しそうにそれを見つめていた。食べ終わって、窓の外の飛行機に顔を向けると、父は「まぁ、このあと大学病院に行くから」と呟《つぶや》いた。兄は父をまっすぐ見ている。

「大丈夫なの？」

「知り合いから東京の先生紹介してもらった。そこまで心配することじゃない」

オレンジジュースのストローの紙袋が、水で萎《しお》れていくのをじっと見ていた。何も言えない僕と兄に追い打ちをかけるように「すぐ治るよ」と呟く。飛行機の飛んでいく音。遠くで聞こえるアナウンス。これから旅行を控えた家族たちの笑い声。これから始まる旅を楽しみに待つ幸せな空気の中で、このテーブルだけ出発に取り残されたみたいだ。目線を外していた父が、僕と兄の目を見て「問題ない」と言った。なんだか、必要最小限しか喋らない父が必要以上に喋ることに、少し居心地の悪さを感じた。

パフェの最後の一口を食べた後、水を飲んで更にスプーンを舐《な》めとり、落ち着くこともないまま伝票を手にとって「行こうか」と父は言った。僕と兄は肝心なことがなにも聞けないまま、店を後にした。エスカレーターを降りている途中で、父が僕に振り返る。

「なにか笑えるDVDあったら教えてくれ」

「……うん」

初めて自分だけの目を見てくれた気がして、精一杯答えた。

空港のタクシー乗り場まで一緒に歩いていくと、兄は父とタクシーに乗り込んだ。手前に座った兄は「おつかれ、さんきゅ。また連絡するわ」と言った。僕は「うん」と言った。兄は「本番中にわりぃな」と言った。僕は「うん」と言った。父は聞いていないように前を見据えていた。

タクシーが走り出すと、反射的に手を挙げてしまったが、父はこちらを見ても手を挙げることはなかった。タクシーが見えなくなるまで見送った後、行き先を見失った手を静かに下ろして、僕は下北沢へ向かった。

胸に引っかかった違和感が取れなくて、歩いても歩いても地面の感覚がない。地下に沈み込んでしまいそうになりながら劇場の階段を上がってロビーに入ると、劇団員の森本と上坂が無表情で差し入れのカップ麺《めん》を食べていて、なんだか力が抜けた。

荷物を薄汚れた小さな楽屋に置くと、さっきまで一緒にいた兄から電話が来る。

「おうおう、さっきはありがと。今日お前の演劇行くわ。二枚頼む」

「あ、うん、わかった」

あの後何があったかは聞けずに、電話が切れてしまった。

気を取り直して、さぁ、千秋楽だ。昨日の夜に書いていたダメ出しメモを取り出したが、ミミズのような文字になっていて読み取ることはできなかった。

1

「というわけで、発表をお願いします！」

「はい、総動員は……六百十名！」

わっと小さな居酒屋に歓声が上がる。そこには、劇団員の森本や上坂、出演してもらった緑などが赤ら顔で上機嫌に笑っている。動員を発表した制作の鬼頭が、こちらをみる。

「では、主宰の竹田から一言お願いします！」

足元はフラフラだ。午前中に空港に行った後に上演した千秋楽は、昨日までやっていた5ステージとは違ってドライブ感があって、舞台袖《そで》から聞いていても、今までで一番昂《たか》ぶるものがあった。演劇においては、千秋楽もいつもと同じように昂ぶらず本番をやるべきだという謎のプロ意識めいた言葉も存在するが、この小劇団はそんなものは必要としない。

「えー皆さん本番お疲れ様でした！　千秋楽が一番盛り上がって、ほんと最高でした。そして、劇団マチノヒ、最高動員です！」

「うぇーい！」

役者たちが歓声を上げる。スタッフは役者に比べて年齢層が高いため、笑顔でそれに拍手を送る。劇団マチノヒは大学在学中に同級生の森本と後輩の鬼頭を誘って結成した。僕と森本は24歳、結成五年を迎えた所だ。客演《きゃくえん》として呼ぶ緑をはじめとする役者たちも僕らとは同世代なので、二十代中盤が多い。一方で、最初は大学の友だちにスタッフを頼んでいたが、劇場も大きくなってきた最近から、プロのスタッフを雇うようになった。劇団マチノヒは着実にお客さんも増えていて、外から見たら何の違いもないのかもしれないけど、演劇界で言えば調子は悪くなかった。

いつの間にか居酒屋の店内ＢＧＭの音量が下がっていることに気づきながら、僕は言葉を続ける。

「今回のテーマは、自分にとって、自分を貫きすぎていて、エンタメ性も低くて、やるべきかどうかと悩んでいました。でも、今回の役者スタッフに支えられて、自分にとっては新しい自分の」

「自分自分言いすぎだろ！」

劇団員の上坂が大声を張り上げる。すると周りのスタッフも笑い声をあげる。上坂はいつの間にか上半身裸になっていて、居酒屋の店員は顔をしかめている。

「うるせえな！　というわけで、大入《おおい》りの方を読ませていただきまーす！」

　大入り。これは演劇の興行においてお客さんが沢山入ったことを示す。だが、劇団マチノヒでは、動員がどうだったとしても打ち上げでは決まって『大入り』——一人ずつ名前を紹介しながら感謝を告げる儀式のようなもの——を行う。

「まずはこの人！　いつも子供みたいな僕らを笑い飛ばしてくれます。役者、杉下《すぎした》緑！」

　緑が両手を挙げて立ち上がる。上坂が抱きしめようと手を広げると、緑が無視して笑い声が上がる。「今回もありがとう」と僕は大入り袋を渡す。猫のような顔立ちの緑は、嬉《うれ》しそうに表情をクルクル変えて「こちらこそありがとう」と感謝を言いあう。

　自分にとっては苦手な慣例でも、演劇というものは終わった後に何も残らないから、『大入り』という形で終わりを締めくくることは評判がいいので続けている。

「竹田、マチノヒを手伝いたいって劇団のホームページにメールくれて、今日入ってくれたジェロくん」

　鬼頭のテーブルに呼ばれて、ジェロ、というブラジル系の男の子を紹介された。顔は濃いが整った顔立ちをしていて、背は高く、エスニックなシャツが良く似合っていた。自分と同い年ぐらいだろうか。

「こんにちは、竹田です」

「ジェロです」

「小さな劇団もやっていて、演出志望なんだって」

鬼頭がニヤニヤしながらジェロを紹介すると、ジェロは静かに会釈《えしゃく》をする。

「えーライバルじゃん。手伝ってくれてありがとう。お芝居はどうだった？」

「その話、します？」

ジェロはくぼんだ目で、こちらに睨《にら》みを利かせた。少し嫌な予感がした。ここに、いてはいけない気がする。だが、鬼頭や緑や森本など、他のメンバーがいる中で、変な空気にするわけにはいかず、僕は、ピエロの振りをした。

「どうした、気に入らなかった？　やばい、怖いなぁ、帰ろうかなぁ」

「ホラ、逃げないで竹田、ちゃんと反省して！」

「聞いた方がいいですよ～」

鬼頭や緑といった女性たちが僕を野次《やじ》る。照れ笑いをする僕。

「優しい人たちに囲まれていいですねぇ」

ジェロの放った言葉に、笑っていた周りの人たちの顔が固まる。ジェロの目は笑っておらず、酒を飲みすぎたわけでもなく、真《ま》っ直《す》ぐに僕を見つめていた。後ろのテーブルで騒ぐ上坂のギャグだけが救いだった。僕は、体はジェロに向いているものの、言葉がうまく出なくなる。すると、隣にいた、劇団員の森本がジェロに前のめりになる。

「なに、どういうこと？」

「……誰も救ってないですよね、都合がよすぎるし、自分の事しか考えてない。よくこんな作品を上演しようと思いましたね。森本さんはそう思いませんでしたか」

「あー、俺は役者だから、わからなかったなぁ」

「稽古《けいこ》でそういう話にはなりませんでしたか」

「竹田が伝えたいことは聴いていたけど」

「それはなんですか」

森本は、劇団を始めた頃から一緒にやっている唯一の役者で、五年の付き合いになる。しかし一緒にいるとお互いに黙ってしまい、話すことも見つからないので、芝居を作っていく中でも一番話さないけど一番長く一緒にいる、という不思議な劇団員だ。森本は、稽古の事を思い返しながら、向かい側にいる自分を視界にいれないように、感じ取ったメッセージを間違えないように、ゆっくりと言葉を紡ごうとする。僕は地蔵のように、ハイボールを見つめていた。

「お客さんで……周りに心が開けないような男が……明日自殺しようと思っているような男が、あー死ぬの明後日にしようかな、って思うような……そんな物語にしたいって竹田は……」

「なにそれ。なってないよ」

森本が丁寧に思い出した言葉を軽快に一刀両断するジェロ。

「ホント竹田さん、周りの人たちが優しすぎ。優しい人たちに囲まれて、狭い世界が作れて良かったたですね」

僕は、ジェロの矢のような言葉に、森本が目をつむる。ジェロの苛立《いらだ》ちは止まることがなく、手の震えを抑えながら、懸命に言葉を探す。

「ってジェロが思ったたってことだよね」

これを言うことが精一杯だった。

「いえいえ、一般論です」

「一般論ではないよ、ジェロがそう思ったってことだよ」

「え、みなさんそう思いませんでした？　アンケート読みました？」

「読んだけど、そんな人はいなかったよ」

早く会話を終わらせたい。ジェロの言葉を捌《さば》いていく。

「まあそう思う人は書きませんよね。人間なんて一つも描いてない。こんなに価値のない作品をこんな沢山の人たちで作るなんて逆にすごいです。どれだけ優しいんですか。その優しさは、彼にとっては逆に悪意です。つまらない以下ですよ」

ジェロの言葉は止まることがなく、次第に、自分を通して、周りの人や、見に来てくれた人たちまで否定された気持ちになる。周りの人たちは、「あらー言われちゃった」「私ら優しくなんかないよねぇ」などと仕方なく笑って言葉をいなして、グラスを傾ける。少し変な様子になった僕を見かねて、内心はどう思っているのかはわからないが、打ち上げの楽しい空気を保《たも》とうとしてくれていた。

「よし、ちょっと移動して話そうか」

これ以上空気を乱したくなかった僕は、ジェロの肩を強めに叩《たた》く。

「なんでですか」

「ここ打ち上げだからさ、ジェロだけじゃなく、みんなも話したいだろうし」

「じゃあここで、お芝居の感想を皆で言いましょうよ、打ち上げなんだし。まあ優しいから何もわからないのか。みなさん、おめでたいですねぇ」

切れた。

「……お前はさ、今日一日手伝っただけでしょ？　ここにいる人たちは、二ヵ月前とかもっと前から、このお芝居に向けて準備してきた人たちなんだよ。お前ガキだろ？　とりあえず俺を否定するのはいいけど、周りの人たちに対してそういう言い方すんのやめろよ。お前の正義をふりかざして、現場の人の酒がまずくなるようなこと良く言えるな。何、演出やってんだっけ？　別にお前が誰とどういう作品をやっててもいいと思うけど、こういう場所でそういうデリカシーのないことを言うお前の品のなさ。そう品がないんだよお前は。なんでここに座ってんの？　お前なんで上座に座ってんの？　何でそこに座れんの？　それにお前今日手伝いなら、金払わずに劇見たんだろ？　この酒も金払わずに飲んでんだろ？　おい、わかってんのかおい？」

いつの間にか立ち上がって、ジェロの目を見ずに、床に向かってその言葉を叫んでいた。後ろのテーブルにいた上坂がそれに気づいて、森本と鬼頭がアイコンタクトしている。ジェロは真っ直ぐに自分の言葉に耳を傾けていたが、言い終わるのを待って、「一つだけ」と、ゆっくりと口を開いた。

「周りの人に対してそういう言い方をしたのはすみません、それは謝ります」

「そういうことじゃねえんだよ！」

遂《つい》に店中に響き渡る声を出してしまった。打ち上げの雰囲気が一変した。居酒屋中の人がこの席に注目する。そこにパンツ一丁の上坂が、鼻歌を歌いながら、ゆっくり近づいてくる。緑が「なに上坂、やめてー」と言って、上坂を迎える。

「はいはーい、ジャジャッジャージャジャジャッ……」

アジカンの『リライト』のメロディーを口ずさんでいる。これは、上坂の十八番《おはこ》のギャグだ。パンツ一丁の上坂がニコニコしながら、宴席の真ん中を陣取る。

「みなさーん、この記憶……消してー！　リライトしてー！」

と言いながら、最後の一枚だったトランクスを「消してー！」のタイミングで脱いで、「リライトしてー！」のタイミングで戻す、という股間《こかん》を出したり戻したりというギャグを繰り出した。これは男しかいない稽古場で上坂がやっていたものだったが、まさかここでやるとは思わなかった。

「ウエサカ、きもい！」

「ちんちん出すんじゃねーよ！」

「この景色も……消してー！　リライトしてー！」

上坂の勇敢な行為により、すべてが女性の悲鳴に変わり、店はまた笑い声で包まれた。その喧騒《けんそう》の中で、まだ震えが止まらない僕は、森本と緑に担がれて外に出された。僕の気持ちは整理されてきて、何が言いたいかが鮮明になってくる。外の風を浴びながら、店の前にある縁石を力いっぱい蹴飛《けと》ばした。

「あいつもたった一人でよく言ったよな」

「周りが見えてないんだよ。あんなくそデリカシーのない奴はさ」

「そうだな」

「俺はああいう奴をぶち殺すために演劇やってんだよ！」

「そうだな」

「くそが！　くそだろ！　ぶっ殺す！」

「殺しちゃダメだ、作品で殺そうぜ」

諭《さと》す森本。そこに緑が水の入ったコップを持ってきて、差し出してくる。

「水のみなよ」

「いや、いい」

「飲みな」

緑が、飲もうとしない水を一向に口の前からどかそうとしない。

「おれ、戻っとくわ。なんかあったら」

「わかった、こっちは大丈夫」

森本と緑の手際のいいやりとり。森本が立ち去り、緑は水を押し付ける。

「だめ、飲んで、一気に飲んで、飲まなきゃ駄目、これは命令だから」

「大丈夫」

「命令、って言ったでしょ？　一口でいいから」

ここで水を飲んだら、ジェロの言葉を飲み込んだことになって負けになる気がして、頑《かたく》なに断った。しかし、無理やりコップを口に当てられて、傾けられる。口を閉じたまま水は横からこぼれていくが、緑は飲んだと勘違いして「よし、よく飲んだ」と笑う。

気づくと、先ほど縁石を蹴った足がジンジンと痛み出して、フラフラと倒れそうになる。

「もう一杯飲む？」「いや」「よし、ほら大丈夫大丈夫」と、緑が背中をさすってくれる。そのまま緑が差し出してくれた手を支えにして、縁石に腰かけた。

「すごいよね」

緑が呟く。顔を動かすと頭が痛いので「え」とその状態で訊《たず》ねる。

「あの子は演出志望だって言ってたじゃん。あなたに嫉妬《しっと》してるんだよ」

足元には、自分が飲みこぼした水が排水溝に流れていた。その水は、丸みを帯びた曲線で、排水溝に向かって流れていく。「それに」と緑は続ける。

「どっちが正しいとかじゃなくて、作品をあんな風に言われて、あんなに怒れないよ。それだけであなたは面白いよ」

何か言葉が入ってこないなと思ったら、座る時に差し出してくれた緑の手を今も摑《つか》んだままだった。

あ、今、緑と手を繫《つな》いでいるな、と思ったけど、そのままにしておいた。

2

空港でご飯を食べた三日後の夕方、兄から着信があった。

目の前の電話に出なかったのは、単にゲームをしていたからではない。舞台が終わって、野菜ジュースとカップ麵を大量に買いこんで一週間家にこもるのは、人と接し続けた二ヵ月間とのバランスをとるためだ。ゲームの中で、世界を救う。インプットもアウトプットもないだろうとは思うが、これがないと次に進めない。今までもそうやってバランスを取ってきた。だが、兄からの用事が何だったのか気になってしまう。

ゲームのきりが良くなって折り返すと「おうおう。おれ今辞表だしてきて、来週には福岡帰るから」と嘘《うそ》みたいに明るい声。唐突《とうとつ》な展開に言葉を詰まらせていると「いやー、あの空港で飯食った後さ、親父に会社継いでくれって土下座されて。長男しんどいわ！」と笑って喋る。不器用を人間の形にしたような父が土下座する姿は、全く想像できない。

兄は、携帯電話のキャリアのサラリーマンをしながら、ゆくゆくは自分の会社を作るつもりだということはよく聞いていた。元々人を束《たば》ねるのが好きだったけど、両親の離婚により、中学高校はそれが悪い方向に働いて、カツアゲグループのボスになってしまい、学校帰り、兄が僕ぐらいの学生に土下座させているのを見たことがある。学校の廊下を歩きながらタバコを吸って無期停学を食らっても、結局第一志望の大学に受かって、大学のサッカーサークルでも代表になり、どこにいても兄はみんなの中心にいた。僕はそんな兄のようにはなれずに中学高校は引きこもっていたため、どこでも楽しそうにする兄が憎かった。そのおかげで自己実現の塊のようなものが形成されていき、劇団主宰というものをやっている。

兄がどんな会社をおこすのか、考えるだけでもワクワクしていた僕には、その決断は、理解しがたいものだった。電話越しの、なにも迷いを感じさせない兄のテンションが嘘のようで、かつての兄とは全く結びつかない。こんな人だっただろうか。思い出そうとするが、嫌な記憶は無意識に忘れようとしているようで、中学時代の記憶はすぐには思い出せない。髪がドレッドヘアで、ダボダボの服を着ていて、横暴。兄の一挙手一投足に脅《おび》えていたような気がする。不良が更生して先生になる時の妙なカッコよさは、ずっと真面目《まじめ》に勉強してきた奴に比べて、振れ幅があってずるい。

その翌日に兄の部屋で待ち合わせたのは、そこが父の持っている物件だったからだ。元々父が東京で不動産を展開しようと構えた場所だったが、この部屋を買うことだけで頓挫《とんざ》して終わった。父が海外にこだわりだしたのはその頃からだ。

部屋に入ると、真ん中で兄がタバコを吸っていた。

「いま別れたわ」

兄の言い表す人は、僕がたまに兄と飯を食う時にいた、やけに艶《なま》めかしくて優しい、キャバクラで知り合った女性のことだ。なぜか一緒にカラオケに行って、並んで座った時にいい匂いがして、妙にドキドキしたのを覚えている。

「いま？　泊まってたん？」

「おぉ」

「もう帰ったん？」

「おぉ」

「昨夜、よく言わずにおったね」

「まぁ言おうかどうか迷っとって、とりあえず飯食ってセックスして、朝起きてから、まあ、別れようと思った」

落ち込んでるのかスッキリしてるのか読み取れない兄から鍵《かぎ》を渡されて、たまに空気の入れ替えをしてくれと頼まれる。黙って聞き入れる僕。部屋はもう荷物を大方福岡に送ったらしくガランとしていて、枕元《まくらもと》に『ありがとう！　ミキオ！』と大書きされた色紙が置かれている。色紙の中央には、どこに行っても同じように素敵に笑える兄の笑顔の写真が貼《は》られ、会社の同僚たちからの感謝の言葉がその周りを埋め尽くしていた。

「それ、こないだ会社でやった送別会の。今日大学のサークルの奴らと飲んでくるわ」

「そうなんや」

「毎日飲みすぎて頭いてぇ。あ、舞台おわったん？」

「ああ、来てくれた回が千秋楽やったから」

「そっか、おつかれ、面白かったぜ」

ふとあの夜のジェロとの口論を思い出して、胸が詰まる。もうアイツとは二度と会うことはないだろう。何の引っ掛かりも衒《てら》いもない兄の言葉の風通しが嬉しかった。

「誰と来てたん？」

「あー、大学の後輩と。今日はそいつもいるわ」

「よろしく伝えといて」

「おうおう」

「いつ帰ると？」

「とりあえず明日夜には」

「はえぇな」

「はええよ。お兄ちゃん偉かろうが」

「……うん」

何と言っていいかわからなかった。長男として生まれると、それぐらい家族のためならとすぐに人生の決断をしなければいけないのだろうか。いま僕が父に土下座されても、マチノヒを次の日に解散するなんて、到底考えられない。だからこそ、東京で会社を起業するつもりだと言っていた兄が自分の未来予想図を白紙にしたこと、その決断が勇ましかった。それに対して何もできない無力感なのか、情けなく言葉を絞り出す。

「なにか、僕にできることはある？」

「あー、別にない」

頼んだ所で何もできないのがわかっているのか、一蹴《いっしゅう》される。

「これ余ったけんやる」

兄が余ったコンドームを渡して来た。

「お前使ったことある？　まだ童貞か？」

痛い所を突かれて、いつもどうしても踏みだせない自分が情けなくなった。とりあえず
「いや知らんけど、一応もらっとくわ」とごまかしながら受け取った。

こうして頂く悲しい未使用のコンドームが、家に三個ほどある。いつ僕はちゃんとできるのだろうか。何度か練習したよなぁ、とラベルを見つめていると、兄の携帯に電話がかかってくる。「おうおう、オレオレ。あ、聞いた？　そうそう、やめる。福岡に帰るんだよ」と兄の声が弾《はず》む。「それじゃ」みたいな顔をして兄はベランダに向かった。

その日の帰り。思い出したように、笑えるＤＶＤを十作品ほど父にメールした。返信が

ないのは気にならなかった。

ずっと、たった二年早く生まれただけの兄に脅えて、ひれ伏していた。あいつは傍若《ぼうじゃく》無人《ぶじん》で、世界が自分の思い通りになると思っている。いつも命令口調で、食べたいものを食べ、笑いたいときに笑う。友だちが尽きることはなく、なんの才能があるかもわからないが、周りから敬《うやま》われていた。その王様の横暴ぶりは、両親が離婚して母と兄と僕の三人暮らしになってから更に激化した。原因は、離婚したことかもしれないし、僕が兄の落ちた私立中学に入学したことかもしれないし、自分の思い通りにならなくなっていく環境に逆《さか》らっていたのかもしれない。

夜11時、学習机の引き出しの一番下の漫画本の裏に隠していた五万円がなくなっていた。いつか漫画本を大人買いするためにと、お小遣いやお年玉を少しずつ貯《た》め続けていたものだ。部屋の外からは下品な笑い声が聞こえる。安い脱色剤で髪の色を抜いた連中と兄が高校生のくせに酒を飲んでいるらしかった。

離婚して一年、母親が中学と高校の息子二人を養うために家を空ける水木金土は必ずと言っていいほどこのお祭りがリビングで行われる。僕はそういう時、電気を消して寝たフリをして、こっそり襖《ふすま》の溝部分に漫画雑誌を並べて、襖が開かないように工作している。トイレにもしばらく行けなくなるため、夜はなるべく水分をとらないようにしていた。学習机の電気で暗がりの中、五万円の行方を探す。探しながら在《あ》り処《か》はなんとなくわかっていた。おそらく、いや確実に、もうこの部屋にはない。しかし犯人に訊ねることができないため、自分がなくしたものだと言い聞かせて探すしかない。

「おーい、たけちゃーん‼」

「寝とうっちゃないと〜？」

「いや起きとるやろー！」

「お兄ちゃん可哀想《かわいそう》〜」

爆音でR・ケリーが流れるリビングから、酔っ払った兄と女の声が聞こえる。ガン！部屋の襖を開けようとして、漫画本がつっかえる。やばい。来る。僕は学習机の電気を消して、慌てて布団に潜り込む。ガンッ！　ガンッ！　怖かった。

「あれ、開かんっちゃけど」

「ああ、これコツあるけん」

兄と女が楽しそうに話しながら「よっ」という声と共に、襖に力を込めると、漫画雑誌は一瞬ひしゃげた後に、バラバラっと溝から零《こぼ》れ落ちて襖が開く。僕は寝たフリをした。リビングからはモワッと白い煙が流れ込んでくる。くさい。昔父が吸っていたタバコの臭いによく似ていた。目を瞑《つぶ》っているのでわからないが数人が笑いながら、僕の部屋に入ってきた。兄に「おい、タケシ！」と声をかけられて、絶望的な気持ちになる。起きてなるものか。ギュッと瞼《まぶた》を固く閉じる。「タケシってば、おきろって」という声を無視していると、横腹が思いきりえぐられた気がした。

「ちょっと、蹴らなくていいやろ〜」

「ちがうちがう、兄弟のスキンシップ！」

「えーそうと？」

「あれ、起きとうやろ。おい、デブ！」

こういう時は、鼻に集中する。鼻で息を吸って、規則正しいリズムが崩れないように。リズムが崩れたら起きてることがバレてしまう。スゥスゥ、スゥスゥ。スゥスゥ、スゥスゥ。ズン！　と、さらにもう一発、横腹に激痛が走る。「やり過ぎ！」という女の笑い声が聞こえて、「こいつデブだから蹴っても気づかねえんだよ」と兄の声。デブなのは誰のせいだ、お前のせいで部屋から出られないんだ。

僕は兄が友だちを連れてくるようになってから、学校に行けなくなった。行かなくなったというより、行けなくなった。知らない怖そうな連中が寝ているリビングを通れなくて、絡まれたくなくて、精神的にというより物理的に引きこもりになったのだ。当時はそこまで引きこもりという言葉が一般的ではなかったから、『学校を休みがち』というレッテルで括られていた。

弱い奴が休むんだ、と小学校の頃に父が言っていたのを思い出す。弱くて結構、弱さを知らないと強くなれないんだ、と言い聞かせる日々。兄が顔を近づけてきた雰囲気を感じて、瞼に力を込める。「てめえ面白くねえぞ」という兄の香水のような体臭と冷たいプレッシャーを感じる。でもこれは兄が諦める直前の雰囲気だ。呼吸のリズムが崩れそうになるが、僕は必死で目を開けないようにする。「もういいって〜、ミキオが飲んだらいいじゃん」「はいそれで決定〜」などと、兄以外の楽しそうな笑い声が聞こえて、部屋からいなくなっていく音がした。

勝った。勝ったんだ。ついにあのモンスターに勝った。レベルアップしたぞ、僕は勇者だ。脇腹を触るとジンジン痛みがするが、起こされた際の地獄を考えたら、この程度なら充分だった。ふくよかな脇腹を撫《な》でて労《いたわ》る。ごめんよ脇腹、痛かったよねワッキー、ワッキーだったら脇と勘違いしてしまうからバッラーにしようかね。突然顔に冷たさを感じた。動けなくなる。冷たさは数秒間。得体の知れない液体、反射的に息ができなくなってむせて、顔を拭ってしまう。

その瞬間、兄と健康的ではない髪の色をした男女五人が一斉に笑った。

「ほらな、起きたやろー？」

「ほんとほんと」

「かわいそうじゃーん」

「洗顔効果もあるらしいよ」

「うそやろ、聞いたことないって！」

「おいタケシ。お前、寝てなかったろ？」

僕の顔はベタベタしていて、兄の持つ空き缶を見て、ビールを顔にかけられたのだと理解する。モンスターが大量に不意打ちをしてきた。最弱の勇者は、さっきまでの寝ていた芝居を本当にするために、寝ぼけたフリをする。

「あ、うん？　……わからん、ごめん……どうしたと？」

「どうしたじゃねーよ、これ兄弟責任」

差し出されたよくわからない飲み物。見上げるとニヤニヤと男女が葉っぱを巻いたものを吸っている。嫌だ。飲みたくない。

「うめえから、マジでマジで。お前痩《や》せるよ？」

兄がニコニコ笑っている。

「うわぁ、かわいそ〜起きたばっかやのに」

「ていうか本当に似とらんね」

「ミキオを横に引き伸ばした感じ？」

「空き缶みたいに潰《つぶ》して伸ばした感じ？」

「俺こんなブスじゃねえだろ！」

僕を見て、みんながゲラゲラと笑う。この会話は慣れっこなので、特に何も感じることはない。僕は無理やり上半身を起こされて、気づくと口に缶を押しつけられる。

「それ、一気！　一気！」

知らない歓声と知らない液体が体に流れ込んできて、僕はこれを夢の中だと思って、身を委《ゆだ》ねた。半分は体内に入り、もう半分は口の横からこぼれていく。結局今日もこうやって起こされて、馬鹿《ばか》にされて、モノ扱いされていく。得体のしれないコーラが腐ったような炭酸水を飲んでいく。こんなことが面白いのだろうか。

「ねぇ、なんか臭くない？」

「え、うっそまじで？」

兄が僕から離れ、知らない男が僕の布団をめくって、みんなに耳打ちする。するとみんながら吹き出して、クソみたいなR・ケリーの流れるリビングへ向かった。R・ケリーもこんな風に聞かれるために音楽を作ったわけじゃないはずだ。R・ケリーに謝れ。襖が閉まって、音楽が遠のく代わりに、笑い声が響いてくる。

「あいつマジ漏らしてんじゃん！　信じらんねえ！　キッモ!!」

兄の声が聞こえて、僕はアンモニア臭よりも部屋に残った葉っぱの臭《にお》いの方がよっぽど臭いだろう、と下半身に冷たい感触を感じながら目を閉じる。

布団から床に沈んでいくような重い感覚。このまま明日が来るのか。明日なんて来なければいいのに。兄がいる世界に生きたくない。兄が死んでしまうか、僕がいなくなるか。それぐらい、僕は兄のことが大嫌いだった。デリカシーのない下品さ、理解できない理不尽さ、得体の知れない大きな自信。同じ名字であること、同じ血が流れていること、今も兄のおさがりの英文字だらけの首元のくたびれたTシャツを着ていること、嫌で嫌で仕方なかった。

翌朝、母の泣き叫ぶ声と兄の言い返す声で目が覚める。僕の定期預金を崩して勝手に引き出していたことで揉《も》めているみたいだが、そんなことより僕の五万円を返してほしい。僕は喧嘩《けんか》が収まるまで、天井を見つめながら、尾崎豊《おざきゆたか》を聞いていた。

その後、兄は学校の廊下でタバコを吸って無期停学になったが、母が自宅学習を拒否したため、兄は寮に入れられた。

そこからの母との二人暮らしはとても平和なものだった。

福岡に降り立った僕は、忘れかけ、記憶から消していた母と兄との三人暮らしの日々を思い出していた。

兄が東京を離れ福岡に戻った後に、自分も一泊で福岡に帰ってきたのだ。年末でもお盆でもない帰省に心の中はざわざわしているが、何か特別なことをしているような気がして、飛行機の中で誰よりも自分が福岡に行く価値がある人間だと言い聞かせていた。

空港で兄と合流する。思わず十年前の憎しみを思い出すが、兄はそんな僕を知る由《よし》もない。あれからまだ一週間と経《た》っていないが、兄は地元の空気にすっかり馴染《なじ》んだようで、父から借りている車で、病院へ向かった。父の車は知らない車だったが、離婚する前に乗っていたあの革張りシートの、高級というものを嗅覚《きゅうかく》で表現したような、好きじゃない匂いは健在だった。これが本革ってやつだろうか。知らんけど。

車の中では、一通り兄が帰って来てからの行動を聞いた。そして、母にはまだこの事情を伝えてないことも聞かされる。母は僕らが中学生の時に父と離婚したため、それ以降、母の前で父の話は避けるようにしていた。離婚してから、兄も僕も母の家で育てられたので、僕にとっては母との時間の方が当たり前で、父と会うのは年に数えるほどだった。だからこそ、こうして母に会わずに父に会いに帰ってくる福岡は、何か後ろめたいことをしているみたいで、少し違和感があった。

病院はいつも苦手だ。いつ行っても冷たい空気と、そこらじゅうにあるアルコール消毒液。まるでこの空間の全てがけがれているんですと主張するような謙虚すぎる空間で、もっと自分に自信を持て、と言いたくなる。そこで自信のないことが自信のような、自意識過剰な僕は、受付でやりとりしている兄の背中を見つめていた。兄と二人きりで時間を過ごすことも長く話すことも久しぶりで、あんなにヤンキーだったはずなのに、いつの間にお兄ちゃんらしくなったのだろうか。

ロビーで待っていると、兄がどっちとも取れない顔をして近づいてくる。

「面会謝絶。今日は会えなそうや」

少しホッとしたような残念なような気持ちに包まれる。兄は、何も言わずに、病室のほうを見つめた。僕も合わせて部屋のほうを見つめる。兄は「行くか」と呟いて、そのまま踵《きびす》を返して病院を出ていく。その背中を追いかけていき、出口でアルコール消毒液を手に塗りつけて、再び本革のような匂いの車に乗り込む。

「あれ、たぶん嘘ぜ。今は会いたくないっちゃろな」

「なんそれ、どういうこと」

「昨日もそうやったんやけど、弱ってる姿を俺らに見せたくないんやろ、せっかくタケシが来たのに。まあタケシが来たから尚更《なおさら》か」

兄は腹立たしそうに吐き捨てて、「飲みにでも行くか」と呟いた。

「飲みにでも行こう」と僕は兄の真似をした。

隣の人と肩がぶつかる屋台。バラとカワを交互に食べる。

外で食べるには、この十月が限界であろう。少し感じる肌寒さを、お店からの煙で中和させながら、焼き鳥を食べていた。

「あと少しだったのに、ってのが最近の口癖でさ、もうたまらんぜ」

兄はタバコの煙を目で追いながら、自嘲《じちょう》気味に吐く。

父方の祖父はチャキチャキの博多《はかた》っ子で、笑顔で色んな人の借金の保証人を引き受けて、保証人倒れした。そして、アメリカで事業を立てようとしていた父のもとへ祖父が赴《おもむ》いて土下座をして、父が会社を継ぐようになったのだ。まるで今の父と兄の関係のように。

いつも笑顔だった祖父に比べて、父の笑顔は見たことがあまりない。会社では「私たちは！」「チャレンジザチェンジ！」と言って鼓舞《こぶ》するのが毎朝の恒例行事らしい。その社訓は父が考えたそうで、その体育会な働き方と家で寡黙《かもく》な父とのギャップについ笑ってしまう。

兄は福岡に戻ってからというもの、相続の事や会社の事で、周りの会社関係者に好き勝手言われているようで、笑顔だが辛そうだった。「長男としての責任」と自分に言い聞かせるように繰り返していた。

屋台でご馳走《ちそう》になってしまい、僕が何かお礼を言おうと兄を振り返ると、兄は「なんか抜きてえな」と言った。


「武田信玄《たけだしんげん》わかるや？」

ずらっと並んだ本を見つめながら、兄が言う。横に並んでいる僕が答える。

「え、うん、わかるけど、あの戦国武将の」

「うちってさ、武田信玄の家に出入りしてた武器商人の末裔《まつえい》らしいぜ」

「どういうこと？」

「親父に聞いたんだけど、うちの家系辿《たど》っていくとそうらしくて。だから、偶然同じ苗《みょう》字《じ》の武田だったんだけど、同じ〝武《たけ》〟の文字を使うのが申し訳ないから、〝竹〟の苗字に変えたんやって」

「へえ、全然知らんかった」

「そうよな、びっくりしたぜ」

「いつも使うというか、使っていることすら当たり前になっている自分の苗字がまるで他人のもののように聞こえるね」

「そうなんよな」

ドアが開いて、ベストを着たメガネのこぎれいな男が入ってくる。その空間にいた全員が、音を立てず顔をあげる。

「田所《たどころ》先輩いらっしゃいますかー」

「はい、自分です」

本に包まれた空間の中で、兄が田所先輩のような顔をして立ち上がる。周りでまばらに座っていた五人の男が、その返事を聞いて再び目を背ける。兄は、『田所先輩』と書かれたプラカードを燦々《さんさん》と掲げた。

「御準備できたので、こちらにお願いします」

「出たあとコンビニおるけんな」

「うん」

田所先輩の背中を見送って周りを見渡すと、ここはどうやら図書室のようだ。僕の持つプラカードには『村岡先生《むらおか》』と書かれている。ランダムに渡されるカードに則《のっと》って、そういう学校のようなプレイができる店らしい。

飲んだ後、風俗店を探したが、風営法の魔の手が中洲《なかす》にも伸びてきていた。ほとんどの店が24時には閉店。日付が変わって一時間ほどで到着した僕らは、スマホを触りながらフラフラ歩いた。ふと、なぜ兄弟で風俗店に行こうとしているんだと、中学時代の恨みがフラッシュバックしたが、兄の顔を見ると、一旦《いったん》かつての憎しみはどうでもよくなった。逆に、父のガンで僕がそんなに頼りにならなくても、兄は責めることはない。謝ってほしくもないし、謝ることを求めてもいないのは、お互いに一生縁を切ることができない〝兄弟〟という鎖に繋がれているからであろう。当たり前に赦《ゆる》し合っているのだ。だからこうして風俗店に行くことにもなんら問題はないのかもしれない。そんなことはないか。

次第に面倒くさくなった兄は、近くのキャバクラに入ろうとしていたが、なんとなく肉体的にはスッキリしないだろうと思った僕は引き止めて、ネットに出てくるお店に片っ端《かたぱし》から電話をかけた。ピンサロもヘルスもダメだ。ソープは自分の予算では厳しすぎる。だが、この予約ができたら、父は完治する。謎のゲン担ぎにこだわった僕は、風俗店は諦めて、朝まで営業している『当店は風俗店ではありません』という注意書きが書かれた店を探す方向にシフトする。その注意書きが目立てば目立つほど風俗店の気がしてくるのは、押すなよ絶対押すなよ理論に近いのだろうか。そうやって手の中のスマホが熱くなるくらい電話をかけ続けた果てに、このグレーな図書室にたどり着いた。

この図書室には、性欲に溢れた男しかいない。どうしていいかわからず、目の前の爪《つめ》切りで爪を切る。一定間隔で爪切りが置いてあることと、本が漫画とエロ本しかないことが普通の図書室と違う所だ。爪を切って『萌《も》えるゴミ』と書かれた箱に捨てると、なんだか情けない気持ちになる。ふと片づけている店員に声をかけた。この人は学校で言うどのポジションなのだろうか。用務員だろうか。

「すみません、ちなみにここってどういう」

「洗体マッサージ、抜きなしですのでお気を付け下さい」

「はい、大丈夫です。あの、僕払うので、今入った方にオプションつけてもらっていいですか？」

「何にします？」

僕はプラカードの裏に書かれたオプションを眺める。

「えっと、この鼠蹊《そけい》部中心十五分ってやつ」

「わかりました、田所先輩にですね」

「……あ、すみません」

「？」

「自分にもそれつけてください」

「えっと」

プラカードの表には『村岡先生』とポップ体で書かれていた。

「む、村岡先生です」

「村岡先生にも鼠蹊部ね」

風俗の待合室にいると、宇宙のことを考える。宇宙から見たら、世界のことを考えてる偉人も、ドームを満員にしてるアーティストも、ひき逃げをした犯罪者も、抜くぞと考えてる自分自身も等価値だ。そう思うと、人間とはなんだろう？　何のために生きているのだろうか。この空間は不思議だ。どこまでも人を俯瞰《ふかん》させていく力を持っている。先ほどまではどんな写真の子がいいとか何のサービスがあるんだとか予想するのがやっとだったというのに、あとは待つだけだとなると、煩悩《ぼんのう》がどこかへ消え去る。

「ねぇ、誰かに似てるって言われん？」

制服を着たその子は、マットをシャワーで温めながら僕に声をかける。おそらく二十代後半であろう彼女には不似合いな制服だが、何時間も着続けているようで体に馴染んでいた。僕は裸にシナシナの紙パンツという情けないスタイルを、申し訳程度の小さなタオルで隠している。

「え？　まぁ、あるけど」

「誰かに似とるっちゃんねー、誰やったかいな。あのドラマに出とるさ、ホラ」

ヒントがなさすぎるため、こちらも選択肢の出しようがない。この紙パンツスタイルだったら、一発屋の芸人ぐらいしか出てこない。

「あー出てこん！　まぁいいや、こっち来て」

そこは体育倉庫に模された空間になっているが、風呂《ふろ》場は普通の空間だ。

「じゃあうつ伏せになってくださいー」

言われるがままに、施術が始まる。もちろん、マッサージ店のような本格的なものを期待してはいけない。制服姿の彼女は全身をなんとなく触るだけだ。大事なのは、ここを風俗店ではないグレーな店として変な期待をするのではなく、完全に健全な、大きな駅前にあるようなマッサージ店に来ているのだと自分に暗示をかける。すると、思ってもみないことが起きるのだ。

「こっちの人やないやろ？」

「え。いやいや、こっちよ」

「うそー、方言全然でらんね」

「そう？　まぁ、半分東京やからかな」

相手に気に入られたいからかなんなのかわからないが、東京にいると言えばいいのに、半分は福岡にいることをキープしようとしてしまった。ずっと東京にいて、事情で福岡に一旦戻ってきただけだと言ったら、ただの観光客と同じだと思われ、リピートはないだろうと雑な扱いになるかもしれないと瞬時に判断したためだ。キャバクラでもそうだが、こういったときのベストな回答があるのならば、一万円までなら払いたい。

「半分東京で半分福岡？　なんの仕事？」

「まあ、ウェブデザイナー」

これも正しい答えがあったら教えてほしいものだ。二万払う。劇団をやってるなんて言ったらまるで汚いものを見るか、珍獣を扱うかのように質問攻めにされて、果てに芸能人に会ったことあるかなんて地獄みたいなことを聞かれるのみだ。ただただ屈辱《くつじょく》の時間にならないために、ウェブデザイナーだったらお金も持ってそうだし、専門知識とかの質問もされなそうだし、なんかちょっとオシャレに見える。そう、基本的に相手に好かれたいのだ。

「えー、すごい。オシャレ」

ほらきた。オシャレいただきました！

「それで福岡に事務所があるけど、東京に打ち合わせにいかないかんくて」

「なるほどねー。オシャレ」

ダブルオシャレいただきました！　と、彼女の手が伸びて、紙パンツのギリギリの所を通る。ウェブデザイナーと言ったおかげだ！　これが劇団と言っていたら、こんなギリギリの所は通らなかったであろう。僕は駅前にある普通のマッサージチェーン店に来たのに、こんなことが起きるなんて、と思い込んで気持ちを盛り上げる。すると体は盛り上がってきて、うつ伏せでいることが辛くなってきた。

「今日は一人で来たと？」

「え、いやいや、友だちと、だね」

「なに、モゾモゾして、どうしたと？」

「あ、ちょっとこの体勢が辛くて」

「えー、なんで？　どうして？」

おかしそうに笑って、更に紙パンツのラインに沿って指を転がす。まさか、プロか!?

なんのプロかはわからないけど、僕の悶絶《もんぜつ》は止まらない。こりゃいま風営法が厳しくなった日本の夜業界がこれで元気になっているのも頷《うなず》ける。僕ですら、こういう全国のグレーなマッサージを批評するエステ猿のウェブページは見たことがある。僕らは全員エステ猿になる危険性を持っていることに、日本の女性は危機感を抱いたほうがいいのかもしれない。こんなに、すばらしいなんて！

「じゃあ仰向けになってくださーい」

　仰向けになると、体勢は楽になったが、元気になってしまった竹田の竹田が竹田！　と主張している。もう自分でも何を言ってるのかわからない。しかし、この竹田を、彼女は弄《もてあそ》ぶことはない。仰向けになった瞬間に露《あらわ》になった竹田の主張に驚くこともなければ、関心もないようだ。プロの域を超えてこれはもう職人なのかもしれない。

「友だちと今日は遊んどったと？」

「ん？」

「友だちと。いきなりエステじゃないやろ？」

「あ、うん」

「飲み？　どっかいっとった？」

「今日は……」

　ふっと今日一日のことを思い返してしまう。そういえば、今日は父に病院で会うために福岡まで来たのだった。すると、シュルシュルと竹田の竹田は竹田に戻ってしまう。

「あれ？　ごめんね、言わんかったら言わんでいいけんね」

「いやいや、まあ普通に飲んどっただけ」

「そっか。いいねぇ」

「頑張ったのよ、今日は」

「よく頑張ったね」

「うん、頑張ったのよ」

「よしよし、よく頑張った」

とにかく褒めてほしかった。元気にならなくなった竹田の竹田はさておき、認めてもらいたかったのだ。だからこそ、名前も知らない村岡先生という役名を頂けたからこそ、そんな風に言ってしまったのかもしれない。

そこから、彼女は紙パンツの周りを重点的にほぐし始める。あの追加オプションの鼠蹊部中心だ。しかし、どうも酒も抜けてしまって、会えなかったはずの父の顔がよぎる。

一ヵ月前、空港で別れる時の、手を振らなかった父の横顔。無表情の横顔。

そうだ、僕は、挙げた手を下ろす時に、悲しかったんだ。

演劇でいくら頑張っても、いくら戦っても、あの人に届くことはない。父の見ている世界に自分はいないのだから。家を出た十年以上前からずっと。そんな当たり前のことに気付いてしまった。

竹田は大きくなる様子を見せない。ここはそういう店ではないため、中断することもなければ、彼女が頑張ることもない。平坦《へいたん》に鼠蹊部中心の施術は続く。

「うおおお！　これやべえ!!」

カーテンだけで仕切られた空間の向こう側で、長男としての責任を背負ったはずの田所先輩の伸びやかな声が聞こえた。田所先輩、おつかれ、ありがとう、と心に念じる。その時ふっと、緑の顔がよぎった。緑に会いたくなった。

「あ」

「友だち？」

「うん、おれがオプションつけたっちゃん」

「めっちゃ喜んどるやん」

「うん」

「よかったね」

「よかった」

彼女は真っ直ぐに僕を見て微笑《ほほえ》んだ。駅前のマッサージ店だと思うとこんなサービスはない。いい所だ。よかった。すると、竹田の竹田が、「俺そろそろいけるよ？」と少し顔を出し始める。しかし時間は近づいてくる。グレーの境界線を越えるのか越えないのか。ここからが見せ場だ。僕が視線を竹田に送ると、彼女は前のめりになって声を張り上げた。

「あ、わかったー！」

「え」

「綾瀬《あやせ》はるかに似てる！」

彼女は目を丸くして、微笑んだ。

「飛行機何時？　見舞いいくぞ」

翌朝、兄の家で目がさめると、いつもと変わらない兄が声を掛けた。事情を母にはまだ伝えられていないため、昨夜は兄の家に泊まっていたのだ。

兄は、あの鼠蹊部中心の後に無理やりその人とセックスをしようとしたら怒られて、店を追い出された。僕はこれから村岡先生としてグレーの境界線に取り組もうとしていたところで、「お連れ様が……」と言われて、店を後にした。結局僕が払ったあの図書室のお金は、すっきりもしないまま泡《あわ》になって消えて、その後再び屋台で酒を飲んで、泥のように眠ったらしい。

兄は、昨夜の失態をさもなかったかのような顔をしてスーツ姿になっていて、僕は言われるがままに昨日と同じ服を着て外に出る。

昨日と変わらない病院。昨日と変わらないアルコール消毒液のゲートをくぐって中へ。昨日は入れなかったフロントを抜けて、兄とエレベーターに乗る。デパートにはデパートらしいエレベーター、病院には病院らしいエレベーターなのはなぜだろうか。決まって四角くて、ボタンが手垢《てあか》で黒ずんでいる。エレベーターにはアルコールはないのか、とふと思う。「入れてよかったね」と兄に言うが、兄は答えることなく、上がっていくエレベーターの階数表示を見つめている。

エレベーターが開くと、鼻に管を通したまま杖《つえ》を突いた父が待ち構えていた。僕は驚いて、「そこに待っとったと⁉　行くのに！」と言うが、穏《おだ》やかな父は「よう帰ってきたね、こっち」と案内する。その父の歩く姿は妙に軽快だった。横を見ると、兄はよく知っている姿のようで、驚く様子はなかった。父と兄で病室に向かっていくのを追いかける。

「お茶かオレンジジュースどっちがいい？」

父は我が家のように冷蔵庫を開けて、手際よくコップを取り出す。まるで普通に家に招待されたみたいで、呆気《あっけ》にとられていた僕は何も動けないままでいると、兄がカバンを置いて、前に出る。

「あ、いいよ俺やるよ」

「いやいいから。タケシ」

「じゃあ……オレンジジュース」

管だらけの父は、オレンジジュースをコップに注ぐ。一気に傾けてしまったため、オレンジジュースがコップの中で大きく弾《はじ》けて、コップの外に飛び散る。離婚する前の家では、何もしなかった九州男児で亭主関白の父が、オレンジジュースを入れる姿が、なんか疎《うと》ましかった。「どうぞ」と差し出してくる。なみなみとオレンジジュースが入ったプラスチックのコップは薄いピンク色をしていて、病院のそれだ。父の優しさを有り難いなと思いながら、このコップ本当に大丈夫だろうかと思う自分もいる。「俺大丈夫」と兄は、カバンから出したお茶のペットボトルを飲む。それだ。それが正解だったのか。

「よく来たね」

父はベッドに腰掛けて、こちらを向く。むず痒《がゆ》かった。今までは自分の何にも関心を示さなかったくせに。自分を向いたって話なんて聞く気もないくせに。

「最近はなにしよるんだ?」

「……とくになんも」

「お前この間までやりよったやん、演劇」

父と話をしたがらない僕に、兄が助け舟ではなく、援護射撃でもなく、銃撃をしてくる。それを聞いた父が兄を見て、再び自分を見つめる。

「ああうん。この間まで……演劇をしよった、下北沢の劇場で」

「どのぐらいの所で」

「まあ、八百人ぐらいは入ったよ」

六百人から少しだけ盛ってしまって、自分を大きく見せようとしてしまうのは、父への畏《おそ》れからだろうか。「なかなか面白かったよ」と兄が僕の言葉に重ねる。

「そうか。これ読んだか」

僕の盛った嘘も八百人動員も兄の援護も気にも留めず、演劇についての反応もなく、自分の枕元にある新聞をこちらに差し出す。海外の大きな会社が日本の大きな金融会社を買い取ったとかそういう記事だ。

「ついにこうなったってことは、日本の経済はもう終わるぞ」

「ああ、この間言いよったやつね」

兄は、父からこの話を聞いていたのか、新聞記事を眺める。「これすごいぜ」と兄が僕にも読めるように、広げて見せてくる。そこに書いてある文字は、知っている日本語のはずなのに、何一つ入ってこない。父と兄は、その世界経済の大変なことが起きていることについて、知らない言語で話している。僕は聴いている振りをしながら、オレンジジュースの入ったコップをクルクル回す。さっきからオレンジジュースが甘すぎて、喉《のど》を通らない。しかし、何もしないのは落ち着かないため、何度もオレンジジュースを傾けては、唇《くちびる》につけるだけで一口も飲まずに机に戻すのを繰り返している。そんな口の上でなめるだけの飲み方で、ジュースが半分ぐらいになった頃、父が再び僕を見た。

「そういうことで、お前も毎月、東京で何をしとるのか、メールで報告せんね」

「うん、わかった」

どういうことなのかわからないが、毎月何をしているのか報告することを約束した。そういえばと、ふと病院を見渡すが、自分が勧めた笑える映画のＤＶＤも、そもそもＤＶＤプレイヤーもここにはない。あのメールの返信もなかったが、読んだのだろうか。

一時間弱の滞在を終えて、父はまたエレベーターまで見送りに来た。「いいって」と兄は言ったが、オレンジジュースの時と同様に聞く耳を持たずに、管と点滴を持ってひょこひょことついてくる。

エレベーターに乗り込むと、外から父が見つめていた。僕は手を振ろうと思ったが、空港の時みたいに振り返されなかったらと思うと反射的に手を挙げられなくなる。この人の世界に僕はいない。あの悲しみは、思った以上に自分を蝕《むしば》んでいた。代わりに閉まり際に声を掛ける。

「また正月に」

正月ということはすなわち、余命三ヵ月を乗り越えなければ会えないということだ。僕なりのエールのつもりだった。

福岡から東京へ戻る飛行機の中で思う。

親父の人生は幸せだったのだろうか？

何を楽しんで生きてきて、どこに向かって生きようとしていたのか？

何もわからない。逆に親父も僕のことなんて何もわからないのだろう。僕のできることは、父の予想もつかないところで生きて、目を離していても見えてしまうぐらいの存在であり続けることなのかもしれない。と眼下に広がる雲を眺めながら思ったが、それは至極《しごく》子供っぽいことだ。父から見たら大きなお世話だし、自分のために言っているだけだ。

あと何回、父に会うためにこの飛行機に乗るのだろうか。

3

東京に帰ってきて、何も考える気にもなれずにゲームの続きをしようと電源をつけた所で、真夜中に緑から電話が来た。緑から？　夜中に？　少しの期待を込めて電話に出た。

「夜分にすみません。わたくし、永福町《えいふくちょう》の駅員の町田《まちだ》と申します」

永福町なのか町田なのか、一瞬戸惑う。

「……はい、もしもし」

「ええっと、この携帯の持ち主の女性の方が、駅で潰れてしまってですね」

「……はあ」

「彼女の発信履歴から電話をしています」

緑はマチノヒの劇団員ではないが、演出に対して面白いことをよく提案するし、マチノヒメンバーとも仲が良いので、よく客演として出演してもらっている。上坂たちがふざけていても、「まったくもう」と傍《かたわ》らで笑って、お世話に回る方のタイプだ。僕や森本は同い年だが、緑は三つ年上で、お世話に回ってくれるいいお姉さん。だから、この電話が少し意外に思えた。

「もう駅を閉めてしまうのでですね、お迎えにきてもらいたいのですが……難しいようなら次の方に連絡しますので」

「あ、大丈夫です、近くなんで、迎えに行きます」

僕の家からは二回乗り換えなければ辿りつけない。このまま永福町に行ったら、引き返す電車はない時間だ。それでも体が動きだして、出かける準備をした。


永福町駅に着くと、おそらくあの人だろうな、という駅員に目で挨拶するが、向こうはこちらの顔を知るわけもないので、駅の締め作業を続けている。片方の出口はシャッターが下ろされていて、その向こうで階段に沿って、女性が横になって寝ていた。稽古場に入ってくるときにいつも着ているベージュのコート。緑だ。冬じゃなくてよかった。そう思いながら、シャッターの外側へ回り込む。緑に声を掛けると、鼻にツンと来る匂い。

「緑？　大丈夫？」

「んー」

緑の身体《からだ》を起こすと、口から糸を引いて、その糸の先には、焼かれる前のお好み焼き、じゃない何かが広がっていた。コートもお好み焼きのような何かでベトベトになっている。急いで近くのコンビニで水とグレープフルーツジュースとタオルを買って、緑を抱き起こす。

「痛い痛い痛い、起こさないで！」

体を起こすと頭痛でぐらぐらするらしい。声を荒らげる緑が珍しかった。どうにかして横になろうとする緑と、それを起こして水を飲ませようとする僕。

「わかったからこれ飲んで」

「痛いからこのままでいい」

「いいから」

その攻防戦がうるさかったからなのか、駅の締め作業があるからなのか、駅員が階段を下りてきて、シャッター越しにこちらを見つめている。ちょうど柵越《さくご》しに見える彼からの景色は、さながら動物園のようだろう。動物園でケンカしているチンパンジーとキジは言い合いを続ける。

「ちょっとここは駅だから移動しようか」

「いやだ！　動きたくない!!」

頑として動こうとしない緑とシャッターの向こうで難しそうな顔をする駅員に挟まれて、とにかくこの場を早く去りたかった。立ち上がるのがどうしても嫌なのか、僕は抵抗する緑をおんぶした。背中の上でジタバタと動いたが、体は軽く、背中に感じるゲロの感触だけが妙に生々しい。僕は駅員に会釈をして、駅から離れる。

永福町のお店はほとんど閉まっていた。そういえば今日は日曜だ。とりあえず公園のベンチに座らせて、ゲロまみれになった緑のカバンやベージュのコートをタオルで拭う。僕が一人旅の時に買ったお気に入りのＭＡ－１も、きれいな緑色をしていたはずだったのに、緑のゲロで緑色がくすんでいた。

一通りコートやカバンをきれいにした後、余っていた水を飲んでぼんやりとした。「誰と飲んでたの？」「なんでこんなに飲んだの？」「今日は何してたの？」なにを聞いてもウンウン言ってまともな返答はない。ただ寝てはいないようで、しかし頭痛と戦っているようで、辛そうだ。よく一緒に舞台をやっているので緑のスケジュールなどは把握《はあく》してるつもりだったが、近々で公演の予定はなく、稽古で嫌なことがあったとか、そういうことではなさそうだ。

しかし、東京の秋は寒い。ゲロを拭きとるためにお互いの上着を濡らしたため、このままでいると風邪を引きそうだ。自分の住む大崎広小路《おおさきひろこうじ》まではタクシーだと結構かかりそうだが、仕方ない、と緑を背負う。無抵抗の緑。「なに、どこ行くの？」とようやくまともな言葉が返ってくる。

「ちょっとここにいると寒いから、タクシー拾おう」

緑の返事はないが、拒否されないので、緑をおんぶした状態のまま公園を出る。車がすれ違える程度の狭い道のため、駅前といえど、まったくタクシーが通りそうもない。ここまでたら甲州《こうしゅう》街道まで出ればいいはずだ。しかし、緑と緑のカバンとコートを抱えた僕の歩行は遅々《ちち》としていて、とにかく体力の削られるものだった。

映画やドラマで、彼女をおんぶしている場面はよく見るが、そこにはこんな苦しさは描かれていなかったはずだ。背中に当たる胸の感触とか、そんなものはない。彼女の髪の匂いが柔らかに僕を包むとか、そんなものはない。最初は軽かったはずの彼女が、鉛《なまり》のように感じてきて、足も震えて、胃液の鼻に刺さるような匂いしかない。自分が次に作品を作るときにこういうシーンがあったら、そんな煌《きら》めきよりこの生臭さを描こう、と思いながら一歩一歩歩いていく。

バサッと何かが落ちる音で振り返ると、彼女の腰を支える右手の人差し指と中指だけで持っていたカバンを落としてしまっていた。前に進むだけで苦しいのに、片足ずつ方向転換して、引き返す。落ちたカバンを拾うために、彼女を一回おろせばよかったものの、少し楽をしようと思ってしまい、ノールックでヒザを少し曲げて、クレーンゲームの要領で指でカバンを拾い上げようとする。額《ひたい》に感じる汗。ヒザの曲げ方が足りない。直角までヒザを曲げてカバンのヒモを感じるが、奥行きが少し甘かった。クレーンゲームでガラスの横から真剣に見つめる大人をバカにしていたことを後悔する。再度トライしようと奥行きを確認したところで足が震えてくる。あ、これはまずい。もう直角どころかヒザも曲げられない。彼女を支えていた指も握力がなくなってきて、彼女の重みに体が持っていかれる。

「あーだめだー」

世にも情けない言い訳を永福町の夜空に叫んで、背中から崩れ落ちた。

「いたいー」
今まで何も話さなかったのに痛みは感じるのかよ、と思いながら「ごめん限界だった。大丈夫？」と声をかける。緑は「うん」と言ってまた動かなくなる。行き先を見ると、道はまだ甲州街道まで果てしなく延びていた。無理なんじゃないだろうか。その時ふと、道の先に明かりが見えた。白っぽいネオンだが、決して主張せずに佇んでいる。ラブホテルだ。

ここしかない。やましい気持ちはない、といえば嘘になるが、やましいことをするつもりはない。ラブホテル行ったことないし。ゲロまみれだし甲州街道は地の果てだし。別にホラおれ童貞だし、いま親父ガンだし、兄貴が福岡で頑張ってるし。謎の言い訳を自分でしながら、ムクムクとどこにあったかわからないようなパワーが漲《みなぎ》ってきた。

彼女をキン肉マンのウォーズマンのように抱えあげる。ウォーズマンのようにというのは自分の中のイメージでしかなく、普通に再びおんぶをした。指にカバンをかけるのも忘れてない。ここまでのチンタラした道程《どうてい》が嘘のように童貞は覚醒《かくせい》したのだ。韻《いん》を踏めるほどに頭は冴《さ》え、ズイズイと突き進むが、このまま目的地を変えてラブホテルに向かっていくのは、クラブで毛先を遊ばせた歯茎がよく見える若者のようではないか。緑に流れるように声をかける。

「ほら、あそこに休める場所あるからあそこで休もう、あたたかいし」
「どこ」
「あそこ」

すると、今まで貝のように動かなかった緑がジタバタと背中の上で暴《あば》れ始める。

「いや！　ホテルはやだ!!」

そういえば地元の魚屋のエビはなんで触ったらめちゃくちゃ動くんだろう。

「でもほら、この辺、他に店がないし」

「ホテルはやだ!!」

緑は背中で暴れ続ける。僕の押し入れにしまっていた謎のパワーは再び永福町の夜空に抜けていった。

「あーだめだー」

背中から二人して転げ落ちる。

「いたいー」

「ごめんごめん、大丈夫？」さっきから何をしているのだろう。「いやだ」と緑は言い続けている。「いや全然そんなつもりじゃなくて、でも風邪引くから」と言い訳をしてみるが、この言葉がクラブで毛先を遊ばせた歯茎と何が違うって言うんだ。

緑は言い訳を聞かずに立ち上がって「歩く」と、蛇行《だこう》運転のそれのようにフラフラと進みだす。僕は緑の荷物とコートを拾い上げて、彼女の背中を追いかけた。


ベッドから起き上がった緑が部屋の天井をぼんやりと見つめていた。

「わたしなんでここにいるの？」

昨夜の記憶がまるまる抜け落ちているようだ。床で寝ていた僕は、背中の痛みを感じながら事情を説明する。あのホテルのくだりは飛ばして、あの後汗だくで朦朧《もうろう》としながら、甲州街道まで歩いてタクシーを拾って大崎広小路の自分の家まで向かったこと。

「そっか！　わたしお店で酔っ払ってさ、竹田さんに電話しようとしてたんだ。そこまでは覚えてる」

「あれ、着信なかったけど」

「かけた瞬間に切ったの。それで発信履歴に残ってたのかもね」

なんで？　と言おうと思ったが、聞いては野暮《やぼ》な気がした。緑は部屋を見渡した後に、何かを確認するように、昨日と同じままの自分の体を触り出した。

「私くさっ……」

「昨日はもっと臭かったよ。だいぶファブリーズしたから」

ゲロまみれのベージュのコートは、昨日緑が寝た後に、その部分だけ水洗いしてハンガーにかけていた。ベージュだったからなのか、汚れは目立たなくていいなと思っていた。

「誰と飲んでたの？」

「あー。別に、バイト先の先輩」

「そっか。めずらしいね」

なんとなく広げる会話ではないのかなと思いながら、お互いに寝ていた場所から動かずに会話を続ける。

「ねぇ、昨日わたし大丈夫だった？　なんかしてなかった？」

「まあ、色々あったけど、大丈夫だと思うよ」

「じゃなくて竹田さんに」

「え？」

一瞬の緊張感。しかし、ラブホテルに連れていこうとした事実はあるものの、断られた。そこは説明しなくていいだろう。そういう意味では、残念ながら何もしていないし、ここまで覚えていないのなら、少し何かしらすればよかったぐらいだ。

「ねぇ、ありがたく思いなよ？」

緑はいたずらっぽく水を飲みながら、呟いた。僕は目を丸くする。

「え、おれが？　一晩中介抱した俺が？」

「こんな美人を独《ひと》り占《じ》めできたんだから」

後ろから朝日が差し込む緑の顔は、逆光でよく見えなかった。その言葉は、快活な緑らしくて、こんな台詞は舞台では絶対書けないなと思う。

その後、緑は照れたように「なーんてっ」と笑って壁に背中を委《ゆだ》ねると、後頭部をぶつけてしまった。「いたーい」と頭を抱えて痛がる。

昨日のことがフラッシュバックしながら、後ろから差し込む太陽の光が痛がる緑の横顔にコントラストを与えて、死ぬほど安易だけど女神のようで、その瞬間は女神すら凌駕《りょうが》しているぐらい綺麗《きれい》だった。

「大丈夫？」

「大丈夫じゃないよ、痛い」

「ああ、ありがとうございます」

「なんで御礼《おれい》?」

「いや……」

思わず敬語になってしまったのは、美人を独り占めできたという言葉に対してだったが、後頭部の事に気をとられている緑は、ようやく意味を理解して得意げな顔に変わる。

「礼には及ばんよ」

逆じゃないかな、と思いながらも、緑の圧によってその御礼はすっかり価値のないものになっていた。

緑が「あ、私この漫画好き」と、枕元に置いてあった漫画を手に取った。それは、小さな性のコンプレックスを世界規模で悩む、青年向けのマニアックな変態漫画だった。ド派手な選ばれた人間の話よりも小さな世界を切実に描く。世の中の物差しではなく、個人的な物差し、光の当たらない人間たちのドラマを描く方が好きな自分にとって他人事《ひとごと》ではなく、好んで読んでいたものだ。

「それ好きなん!? その作家が好きってこと?」

僕はうれしくて、身を乗り出す。

「いやいや、私はこの作品が好きなだけ」

「女性で読んでる人なんて初めて見た」

「そう? 私もこれ読んでる人初めて見たよ」

僕はたまらず嬉しくなって、この作家はあらゆるタイプの性癖をテーマに漫画を描いていて、でもそれが下品でないのがいい、と熱弁すると、緑は困った顔をして耳を傾けてくれた。「どういう所が好きなの？」と聞くと、「わかんないけど、これ毎朝読んでるよ、それぐらい好き」と答えになってないような答えを言う緑。こういうテーマの劇を作って、緑にまた出てもらいたいな、と思う。この作家の他の漫画本を貸そうと棚からいくつか見繕っていると、緑が僕の背中に声を掛ける。

「ねえ、今日の予定は？」

「ああ、ちょっと、台本作業があるくらい」

本当はそんな予定はないが、つい癖《くせ》で自分を大きな人間に見せようと振る舞ってしまう。慌てて「でもまぁ、大丈夫だよ」と付け加える。緑は「そっか」と言って、こっちを見ながら頷いている。そういえば、稽古で同じ時間を過ごしたり、みんなでご飯を食べることはよくあったが、帰り道が反対方向のため二人だけで話すことはそこまでなかった。そう思うと急に恥ずかしくなってくる。

「もうちょっと独り占めしてもいいよ」

一瞬、どういう意味か勘ぐってしまう。緑は目を伏せることもなく、何気なく言った意味のようだったので、僕が考えたほうのそれは頭の中から消し去った。そうだ、そういえば朝6時だもんな。朝そんな込み入った会話しないよな。

「服買いに行きたいからさ」

「ああ、いいね」

僕は立ち上がって、自分の口が臭いのではないかと、歯磨《はみが》きに向かった。この距離感なら大丈夫だと、台所から「あ、コーヒーでも飲む？」と声をかけると、緑はすでに横になって、寝息を立てていた。

「そうなんだ。言ってくれて、ありがとう。……ありがとうって変だよね。でも、ありがとう」

緑は言葉を選びすぎて余計な事を言ってしまったことに思わず笑い、そんな彼女につられて僕も笑ってしまった。基本的に真面目な緑は、自分が真剣に話すと、自分以上に真剣にその話を受けとめて、言葉を返してくれる。しかし論理より感覚で物を言うため、言葉をうまく表せない所がよくある。そのくせ二人とも自意識過剰だから、話はすぐに自分に返ってきて、稽古場でも生き方の話をすることが多かった。ご飯おいしいね、今のシーン良かったよね、と話していたはずだったのに、結局、どうしてうまく生きられないか？本当にやりたいこととは何なのか？　みたいな難しそうで難しくない話ばかりしている。

だからこそ、自分の中で整理がついていなかった父のことを、家族以外で初めて話すのは緑だった。

「ねぇ。無理だと思うけど、頑張らないでね。でも無理だよね、頑張るよね。どうせ頑張るよね。ああもう、絶対頑張るもん、頑張らないでって言ってんのに」

最初は優しさかと思っていたけど、途中から冗談か本気かわかりにくいところをついてくる。前に本番で役者が小道具を出すことを忘れてしまって口論になった時にも、緑が仲裁に入って、僕がふざけて返したら大真面目なトーンだったことがわかり、めちゃくちゃ怒られた。怒ったらもう取り返しがつかないぐらい、歯止めは利かない。冗談か本気か考えあぐねていると、緑は「最後食べていい？」と聞いて、返事も待たないままに最後のレバ刺しを口に放り込む。「ああ、ふう」と、その緑の安堵《あんど》した表情を見て、なんとなくずっと本気の言葉だったのだなとわかる。

今日は、服屋を回ったが結局何も見つからなかったようで、そんな中二人ともレバ刺しが好きだと知れたことだけが収穫だった。そこからレバ刺しを食べられる店を探して、五《ご》反田《たんだ》にたどり着いた。

「いつか会ってみたいな」

「うん。いつか会わせたいな、変な人だけど」

「どういう人なの？」

父のことを思うと、重たい気持ちになる。シンプルに伝えようと心掛けた。

「……頭が固い。経済のことしか考えてない」

「そうなんだ。お父さん経済のことが好きなの？」

「うん、理解できないと思うよ」

「いやいや、大丈夫、私その話、得意だよ」

緑は、フフッと笑ってビールを傾ける。

「どうわかるの？」

「……ウォール・ストリートのことですよね！」

緑は海外のミュージカル俳優のように、声を高くして台詞のように言った。「ウォールストリート！」と声に出して爆笑してしまう。父を皮肉って言ってくれたのが嬉しかった。

「ゴールドマンサックスのことですね！」と緑は続けると、笑いは尾を引いて、お腹がちぎれそうだ。ミュージカル台詞をまだ続けようとする緑に「ちょ、息できない、やめて」と引き止めた。ひとしきり笑いが落ちつくと、緑は優しい表情を見せる。

「ねぇ、このあと何がしたい？　あなたがしたいことをしよう」

少し大人びた雰囲気を感じるがそんなことはなく、緑はいつも純粋に話す。言葉がシンプルすぎるため誤解して聞こえがちだ。昨夜からだいぶ長い時間一緒に過ごしていたから、話すことがなくなることが怖かった。したいこと、なんだろう。

「……カラオケ？」

レバ刺しともう一つの収穫は、好きな音楽が似ているということだ。

「だと思った」

緑は目がなくなって、眉間《みけん》にシワを寄せながら笑った。

4

ルンバが作動する音がした。ウィーン、ウィーンと壁にぶつかりながら、離れた場所から近づいてくる。ゆっくり目を開けると、見慣れない天井と畳の上の布団の感覚。そして動きたくない、という圧倒的な虚無感が上からのしかかる。再び目を瞑るが、いよいよルンバが横を通り、これはもう起きるしかないと体を起こすと、テレビや皿を洗ういくつもの生活音が鳴っていることに気づく。ゆっくりと伸びをすると、横の神棚に手を合わせた。

無宗教ではあるけど、こういうものの近くにいると、挨拶しないとバチが当たりそうなのと、何かいいことが起きてほしいという雑念ですがりたくなる。

襖を開けると、母が慣れた口調で「おはヨーグルト！」と元気に声をかけてきて、その瞬間に息子スイッチが入る。ヨーグルト以外の気の利いたフレーズが思いつかず、おはようと言えばいいのに「……うん」とあえて不機嫌そうに答える。

顔を洗いながら、あれから秋が過ぎて年末になり、福岡に帰省していたことをやっと実感する。毎年年末には帰省するのだが、父のことでついこの間も帰ってきていた今年は、いつもと違っていた。特別なことは何もない。

手を伸ばすと昔から使っていた歯ブラシがあり、それで歯を磨いて、寝間着《ねまき》のままソファで地元のニュース番組を見ながらぼうっとしていると、徐々に味噌汁《みそしる》やご飯が並べられていき、自動的に朝ごはんが始まる。

「今日は夜は？」

「友達と会うから遅くなる」

「明日と明後日の予定は？」

「まだわからんけど夜はむずい」

なぜ母親という存在は、今この時間を共有しているのに、やたらと予定を聞いてくるのだろうか。今夜友達と会う予定なんてなかったが、何もないというと晩ご飯を用意して待たれてしまうので、無理やり架空の予定を作る。「醤油《しょうゆ》いる？」「いや大丈夫」「おかわりあるから」「自分でやる」、十年以上重ねてきた会話のやりとり。母との食卓は、中学生の時から変わらない。もちろん自分自身も母の前だとご飯の準備も手伝ってないくせに偉そうになるのは中学生の頃から変われない。無意識に手の内を見せないようにしているのは、母と息子という関係の性だろうか。

テレビでは、県内の動物園で飼われているアシカの兄弟を追いかける特集をやっていて、ワイプで抜かれた地元の人たちは、すっかり目が垂れて笑顔になっている。「そうだ、明日は」と思わず声を出して、その瞬間に後悔した。しまった、これは言うべきことではなかった。だが、母は、僕の食べ残した卵焼きのカケラを集めながらこちらを見る。投球体勢に入ってしまった会話のボールは中断することはできず、僕は仕方なく放り投げる。

「明日は、兄貴と会うよ」

「そうなのね」

間髪入れずに母は頷き、そして、そのまま卵焼きのカケラを集め始めた。

小学生の頃、料理で失敗したほうを自分で食べて、成功したものを息子や父に出していた母に「お母さんは焦《こ》げたものが好きなの?」と言ったことがショックだったと、母は未《いま》だに鮮明に覚えているらしい。

自己犠牲的に家族に尽くしていた母。両親ともお互いに家族のために頑張っていたはずなのに、どこかで歯車が嚙《か》み合わなくなり、離婚して、僕と兄は母親についていった。父はひとりぼっちになった。母と父は絶縁状態になって、僕も兄も母子家庭の家では決して父の話はしないようにしていた。七年前、父にどうやら子供が生まれたらしいという噂《うわさ》でさえ、僕ら兄弟からは母に何も言わなかった。父方の親戚の集まりに行くときはなんだかどこにも話せない秘密の集会に参加している気分だった。帰りに父から十万円渡されるのも含めて、埠頭《ふとう》で麻薬をやり取りするスパイ映画の中に入ったみたいで、昔から、意味もないミッションのように感じていた。母には内緒ばかりだ。

そして、兄は東京の仕事を辞めて、四ヵ月前から福岡に来ている。

母はこの事を知っているのだろうか。

兄が福岡に帰ってきたことは知っているはずだ。知らなければ、兄の話に食いついて、「じゃあ私もご飯行こうかしら！　るんるん！」と誘ってもないのに参加を表明するはずだ。母との会話は滞《とどこお》ったが、元から弾んでいたわけではないので気にならなかった。足元にはがんがんルンバがぶつかってきて、足をあげてルンバの動線を作る。テレビの中では、アシカ兄弟の特集はいつのまにか終わっていて、代々続いてる和菓子屋の秘訣《ひけつ》は夫婦仲良くいることだのなんだの言って、おじいちゃんとおばあちゃんが笑っていた。夫婦仲良くという関係性になんとなく居心地が悪くなり、チャンネルを変える。ここ十年で磨かれた自分の癖だ。

パラパラと変えていくと、東京でいつも見ている、見慣れたキャスターの情報番組に辿り着いた。今日もどうでもいい海外の有名人のゴシップをお届けするコーナーだ。海外のニュースは気楽でちょうどいい。でも、いつも見ている番組のはずなのに、東京と地元だと感じ方が全然違った。内容が妙に入ってくる。キャスターの一言一言がいちいち面白い。いつまで見ていても飽きない。他人事なのだ。海外のニュースひとつ取っても、扱う人もすべてが他人事。東京で見ていたら他人事じゃなく思えて気を揉んでしまい、テレビを消して稽古に出かける、そんな日々だった。東京では気が重くなるニュース番組が、地元で見ると、ここまでエンターテインメントとして感じてしまうとは。

「ご馳走さま」と言うと、食器を片付けようとする前にコーヒーが出てくる。手伝う隙《すき》も与えてもらえず、「コーヒーを作るのが好きなの?」とここで言ったら怒るだろうな、と思いながら、コーヒーを啜《すす》る。嘘をついているわけではないが、できるだけ何気ない会話を心がける。

「福岡は変わりはない?」

「なんも変わらんよ!」

「そう。まぁ、そうよね」

「あ、りんご食べる? なんと、糸島《いとしま》産よ!」

「いや知らんけど。まあ食べるわ」

気づくとフルーツやちょっとした和菓子などが次々と出てくる。放っておくと誕生日会みたいになってしまいそうだ。結局それで自分が実家にいる限り母にとってのプライオリティの一番が自分になってしまうのが申し訳なくて、出かける準備を始める。

「どこか行くの?」

「うん、まぁ、書き物作業残ってるから喫茶店行くわ」

「うちワイファイ飛んでるよ」

「うん、まあでも、大丈夫」

「喫茶店まで車で送ろうか」

「いいよ。食べ過ぎたし歩きたい」

「そっか、私も〆切《しめきり》やし書かんと」

すべての誘いを断って、母の執筆への意思表示も気にせず足早に玄関へ向かう。

母は、数本の雑誌や新聞でコラムや小説の連載をしている。本になった時には読んでいるが、今どういうものを書いているかは、言われない限り把握することはない。いつのまにかルンバは玄関に戻って自分の充電を始めていた。

「今日は友達と飲んで遅くなるから、適当にしといて」

「オッケー」

軽快に言いながら玄関までついてくる母。靴を履《は》く後ろ姿を見つめられる。まぁ、これぐらいならいいだろうと振り返らずに靴を履く。そしてノートパソコンとカギがあるかを確認して、ドアノブを回した。

「あんたがお兄ちゃんを支えてあげてよ。私は何もできないから」

ドアを開きかけたところで、母が呟いた。

僕は予想外の言葉に反応できずに「うん」と背中を向けたまま返事をしてしまった。そして逃げるように家を出る。外では雪がちらついていた。家に戻って傘を借りることもできなくなり、背中を丸めて、街へ歩き出した。


僕が小学生の頃は四人暮らしで、裕福に暮らしていた。新築の二階建て、兄が中学に上がる頃に改築して、三階建てにして、三階が僕と兄の部屋だった。父は不動産をやっていたため、お金はたくさんあった。でも、お金があるから幸福なんてことはない。僕ら家族には、お金しかなかった。お金のある不幸なんてたかが知れてると言われても、お金のない幸せを知らない僕には、わからない。資本主義が作ったお金という共通の価値観でも、人間の幸せには結びつかない、と僕は、信じている。

その日の夜も、階下から、何かが割れる音がした。畳の上のドラえもんの布団に抱かれた僕は、いつものことだと聞こえないふりをする。入ったばかりの中学は男子校で偏差値が高く、明日も学校で必死に勉強しないといけない。しかしその夜は、バシン、と手のひらで何かを打つ音がして、只事《ただごと》ではないと目が覚めてしまう。

専業主婦だった母は、本当は物書きになりたいと小説を書いていて、それが何かの新人賞を取ってからというもの、毎晩のようにこの音は続いていた。「最初の読者になってね」と母が恥ずかしそうに差し出してくれる、僕と同い年ぐらいのズッコケ三人組が探検をする青春アドベンチャー小説を読むのが大好きだった。数枚ずつだったけど、続きを読むのが楽しみで待ちきれなくて、特に参考になるアドバイスもできなかったけど「早く続き書いてよ」とねだり、「まぁまぁ、待ってね」という母の笑顔が今も忘れられない。だから、新人賞を取った時も、どれぐらいすごいのかわからなかったけど、母が嬉しそうにしているのがすごく嬉しくて、なぜ父が面白くなさそうにしているのか全くわからなかった。

あの日から、うちはおかしくなった。今思うと、亭主関白な父のエンターテインメントへの嫌悪感、が原因なのだろう。不動産屋というのは、目をつけられたり、妬《ねた》まれたりせずに空気のように存在しなくてはいけないらしい。

父の正義がよくわからなかった。わかるのは、母はそれから小説を僕に読ませてくれなくなってすごく寂《さび》しかった、ということだけ。

寝間着のままこっそりドアを開けると、向かいにある兄の部屋のドアも半分開いていることに気づく。覗くとベッドに兄はいない。階下ではバシンバシンと揺れるような地響きと「ぶちたきゃぶちなさいよ！」という母の声。

小学生の僕は、よくわからないまま音を立てないように階段を降りてゆく。二階から三階にかけての階段の始まりで壁に隠れて兄が立ち尽くしていた。

何かを見ている兄。父の声はせず、母が走り回る音と、泣き叫ぶ声。僕は兄の後ろ姿を見るので精一杯だった。

バタバタバタ、と二階にある両親の部屋から母が一階に続く階段へ走りこむ。僕は思わず階段を降りて、兄の後ろにへばりついた。兄は僕を気にすることなくその光景を見ている。

父が無言で母を追いかけて、階段に向かう。僕らに気づくこともない。

暗がりの中、見たことのない父の横顔。何かにすがりたくて、兄の背中を摑む。

一階と二階の間の踊り場で、母は「もう出ていくから！」と叫ぶと、父は黙って母を踊り場から突き落とした。

僕の視界から母が見えなくなる。八段ほどある階段を転がり落ちていく音。兄は視線を外すことはない。少しの静寂。足音と玄関のドアが開く音がして、母が出ていった。兄はそのまま動かない。

父と母が一緒にいるのを見たのは、それが最後だ。

翌朝、母が起こしに来ることはなく、乱暴に部屋の電気が点《つ》けられる。起きると誰もおらず、制服に着替えて一階に降りると、焦げたソーセージと、炊飯器の水の分量を間違えたベチャベチャのご飯が食卓に並んでいた。これは母がいいスーパーで買ったソーセージと、ちゃんとした農家から取り寄せた米だ。あんなに美味《おい》しい朝ご飯が、炭とドブ水のようなものになっていた。兄は無言で全て食べて、僕は一口しか食べられなかった。

そこから毎朝、部屋の電気を点けるだけの起こし方とベチャベチャの朝食が来る度に気持ちは沈んだ。何も言わない父。父が何を考えているかなんてどうでもいいし、お前の感情なんて知りたくもない。ただ、もう二度と母の小説が読めない気がして、どんなに悔《く》い改めたって、どんなに金を渡されたとしても、父とこれ以上関わりたくない。ある朝、学校に行ったまま、北九州《きたきゅうしゅう》の母方の祖父母の家に逃げた。あの家に戻ることは二度となかった。

僕は、この人に、興味がないんだ。この人の考えてることに興味がない。そしてこの人は、母の影響を受けて演劇をやっている今の僕に、興味がないのだろう。

年末で賑《にぎ》わう福岡のアーケードを歩きながら、思い出したくもないそんなことを思い出してしまった。こんな記憶、そこのラーメン屋にでも置いていってやる。

# 2章　2011年冬

## 1

年が明けて、兄と初めて父の家に行くことになった。母には特に何も言わずに「兄貴と会ってくる」と伝える。母は玄関までついてきて「気を付けてね」「今日の飛行機で東京だから、そのまま帰るよ」「そうね、じゃあまたね」と、深くは聞かずに送り出してくれた。

大濠《おおほり》公園で待ち合わせていた兄はスーツ姿で、父は会社の上司にあたるから会う時はそう心がけているらしい。正月の挨拶もそこそこにマンションに向かう。

「昔、家にあった家具とかあるけど、何も言うなよ」

「わかった」と、余計に緊張が高まる。

エレベーターで五階に上がると、兄はチャイムを押して、慣れた様子で部屋に入っていく。中に入ると、父は白髪に無骨な表情で玄関まで迎えてくれていた。「ようきたね、あがって」と告げる。やはりこの穏やかな父、というものが自分には慣れない。

家の中は外国人が住んでるようなお洒落《しゃれ》な空間で、たしかに小学生時代に父と住んでいた時の棚というか見慣れたシェルフが並んである。あの頃は生活の中であの家具があったので何も感じることはなかったが、こうして見慣れない空間の中で見ると、高級感を主張しているようだ。きっと高いものなんだろう、全く経年劣化を感じさせない。これも見慣れたソファの裏に、小学校低学年の子供が隠れていた。

兄からなんとなく話は聞いていたが、父がこれまで僕と会わせていなかった、義理の弟らしい。兄が部屋の周りを見渡して訊ねる。

「今日大和《やまと》さんは？」

「夜になる」

「そう。帰ってきたらタケシに紹介するわ」

兄と父が僕を一瞥《いちべつ》する。

「あ、うん」

よくわからず返事をしたが、大和さんというのは、父の新しい奥さんのことらしく、兄によると、自分が父と会う時は決まって家をあけるらしい。病院に行った時も、兄から連絡がきたことを知って、その間だけ抜けていたようだった。兄の読みでは、こちらに気を遣っているのだろう、と。僕は会ったことないのでわからないが、まずこの子供のことが気になっていた。兄は子供に近づいていって、僕を示す。

「ほら、翔《しょう》挨拶して、たけしにいちゃん」

この瞬間、25歳にして、一瞬で兄になってしまった。僕は末っ子のつもりでいたはずなのに、突然逆バンジーのように上に突き上げられた気持ちになる。

「こんにちは、たけしです。お名前は？」

「……しょう」

「しょうくん。何歳？」

「……子供扱いすんなよ」

ソファの裏に駆けていく翔。「こら」と父が言葉をかけるが、もうすでに寝転んで、ゲームを始めていた。「そんなもんそんなもん」と兄が声をかけて、「うぃー、なんのゲーム？」と翔にちょっかいをかけていた。兄は福岡に戻ってから頻繁に会っているようで、よく懐《なつ》かれている。僕は翔と自分が重なり、うまくやれる気がしなかった。

ソファを挟んで翔と兄が話している間、僕は帰る場所を見失ったルンバのように小刻みにリビングを徘徊《はいかい》していた。ソファにネクタイが三十本ぐらい並べられていることに気づく。何となく覗き込むと「好きなものをとっていきなさい」と、父が横に立つ。年老いたものの、体は大きく、迫力を感じてしまう。その畳まれて使われなくなったネクタイたちはフェラガモ、とか、名前を聞いたことのあるブランド物ばかりで、ヤケに柄のアクセントが強いものだった。こんなに沢山持っていたのか。父のファッションなどまともに見たことがなかった。父の匂いが嫌いで、あのポマードのような整髪料の匂いがすると、決まって父の視界から逃げるように行動していたからだろう。

「いいと？　ありがとう」と欲しくもないのがバレないように言って、その三十本の中からなるべく柄のアクセントが弱いものを二本手に取った。

「それだけでいいのか？　これとか持っていきなさい」

どんな冠婚葬祭でも絶対に付けないような、成人式でチンピラが喜んで付けるような柄のネクタイを五本差し出してくる。

「いやいや、でもミキオもいるし」

「ああ、俺はもう結構もらったから」

「そうなんや」

「もらっとけもらっとけ」

兄の首元を見ると、なるほど確かに父からもらったと思える悪趣味なネクタイが付けられていた。遠慮しているうちに、父自ら、ネクタイを紙袋に詰めて渡してくれた。付けないかもしれない、まぁ、付けないだろうな。


出前で注文したお寿司《すし》は当たり前のように美味しかった。たぶんいい所のを頼んでいるのだろう、赤くてふっくらしたネタが多い。とくに父も僕も話すことはなく、兄と翔の「これは何の魚？」などの会話を聞きながら食事を終える。

テレビをつけることは禁じられているのか、つけるような機会も時間も訪れないままに、翔と兄に誘われて自然とトランプが始まった。神経衰弱。こういう時に手を抜くのが嫌いなので真剣に取り組んだが、覚えるのが苦手で、兄が次々とめくっていく。翔も負けず嫌いらしく、前のめりで「なんだよもう！」と唸《うな》っている。食後で落ち着いていた父もソファの僕の横に腰かける。途端に少し緊張したが、父は気にすることなく翔に声をかける。

「おい、体を揺らすな」「おい、めくったら戻せよ」「おい、目印をつけるな」など、父は翔のマナーについて何度も注意していた。

二回とも兄が勝利を収めて、「オイチョカブにしよう！」と翔がゲーム変更を提案する。オイチョカブとナポレオンは、竹田家では親戚の集まりで恒例のカードゲームだ。年上の従兄弟《いとこ》たちがいるとお金を賭《か》けて、よくお年玉を全部まきあげられて泣いていたことを思い出す。

父も参加して、四人でオイチョカブを始める。時間を見ると、飛行機の時間が迫っていた。明日から東京で劇団の打ち合わせがあるため、今日の最終便で帰ることは決めていた。まぁ、またすぐに帰ってくることになるだろうしと、この年末年始の帰省はなるべく短いものにしていた。オイチョカブが四周した頃、ドアが開いて、見知らぬ女性が入ってくる。

「ただいま、ああ、タケシ君？」

「はい、お邪魔してます」

「東京からはるばるありがとう、大和です」

深々と一礼される。顔を上げると、母とは正反対のはっきりとした顔立ちをしていて、母より一回りほど若いその人が大和さんと言うらしい。柔らかい笑顔で微笑む。彼女は、父と僕らの時間を大切にしたいのか、最低限の挨拶をしたあと寿司の容器を見つけて、自分の居場所はここだとばかりに、コートを脱いでエプロンをつけると台所に最短距離で引っ込んでいく。僕は大和さんと話した方がいいのかわからないまま、容器を洗う音が聞こえる台所に目をやっていると、父が声を掛けてくる。

「タケシ、今日は泊まるのか？」

「いや、飛行機で帰らんといかんくて」

洗い物をしていた大和さんが「あら、何時の便？」と間に入ってくる。

「今日の最終便」

「だったら、ここからタクシー呼ぶわね。福岡だと空港が近いから、ギリギリまで大丈夫よ。あと一時間くらいかな。本当は泊まってほしかったけどねぇ」

「ああ、すみません、ありがとうございます」

「まぁ、また来ればいいよ、このマンションの場所もわかったやろうし」

花札を見つめながら兄も口を挟む。会話よりオイチョカブに集中しているようだ。成績としては、兄と翔のデッドヒートで、僕と父はボロ負け状態だ。僕は、父のこれからの状況を把握したくて父に声を掛ける。

「しばらくはここにいれるん？　この家に」

「そうだな」

「そうなんや、いいね」

父は黙り込み、僕もそれ以上の言葉が続かない。

「ねぇ、次！　次！」

翔がねだってくる。オイチョカブは得意らしく、現在翔が一位だった。しかし、父は花札を置いて、「トランプはおしまい。話をしよう」と呟く。

「トランプじゃないよ、花札だもん」

「そうだな、翔、お風呂入りなさい」

「まだ大丈夫！　ねぇ、次！」

「お風呂沸いてますか？」

父が振り返って大和さんに敬語で訊ねると「いつでも入れますよ」と答える。敬語で会話してるのか、と思っていると、大和さんは父の意図を察したのか、近づいてきて翔を抱える。「いや！」と翔は花札を摑む。父は大和さんに委ねたらしく、攻防戦を始める大和さんと翔に背中を向ける。

父の言い方は僕が小学生時代はもっと命令口調だった。そして僕も兄も、父の命令には絶対に逆らえなかった。怒られる前に行動してきたので、この父の言い方も翔の答え方も、まったく新しい家族を見ているようだった。「ほら、いくよいくよ、競走ね。よーいどん！」と慣れた様子で翔を手なずけて、二人は階段を駆け上がっていく。

「マンションなのに階段あるんや」

「五階と六階を買って工事したんだ」

「すごいね」

父のもとを去ってから十年以上、顔は合わせるもののどういう生活をしているのか考えたこともなかった。自分の見えていない世界も、時間は止まることなく進み続けている。家族の形を変えるには、充分すぎるほど時間は経っていた。そしてお気に入りの高級家具は前の家から持ってくる、という頑固な父の変わらなさも実感する。

上からシャワー音と翔と大和さんの笑い声が聞こえてきて、兄は花札を片付け始めた。

「話をしよう」と言ったものの、父は変わらず黙り込んでいる。

沈黙。

ぼんやりと外を眺めた。窓の外には大濠公園という広い公園が広がっていて、夜の暗闇《くらやみ》の中でポツポツと街灯が公園の池を照らしている。この近くの幼稚園に通っていた僕は、あの頃の記憶はないけれど、家族でこの公園にハイキングに来たことがあるらしい。

父は立ち上がって、あの見慣れたシェルフから封筒を取り出して、座り直す。差し出してきたのは、病院からの診断書だった。

「見ていいと？」

「うん」

それを開くと、ガンの病状のことや、よくわからない数字がたくさん羅列《られつ》してあった。なんて言っていいかわからず「すげえ」と呟いてしまう。父はこちらを見ることもなく、「うん」と続ける。次をめくると、電気屋のチラシ。

「ん、これは？」

「ああ、それは」と父は口ごもる。この流れで見せるべきではなかったもののようだ。兄が思い出したように「空気清浄機、頼んだ？」と訊ねる。

「いや、まだ」

「何がいいかがわからん？」

「うん」

「たけし、わかる？　家電のこと」

長い筒から水蒸気が出てくるのがカッコいいというだけでアマゾンで購入した加湿器しか持っていない僕は、「空気清浄機はわからんなぁ」と返すしかない。兄はその電気屋のチラシに安っぽいフォントで『高級品！』と横に書かれた一番大きな写真を指さす。

「これ、いいっちゃない？」

父が眺めているものに、僕も背中を押したくなって声を掛ける。

「うん、良さそうやね」

「じゃあミキオ、頼んでおいて」

「おっけー、これはオレとタケシからの見舞品ってことにしとくわ」

「いや、いいよ」

「大丈夫大丈夫」

兄と父の攻防。僕には金はない。不安そうに兄を見ると、大丈夫だと目で合図をしてきた。

その後、大和さんが風呂場から戻ってきて、出しっぱなしになっていたクリスマスツリーの片付けと門松の用意をお願いされた。正月も三日過ぎていたが、重いものだったらしく、男手がないと運べなかったようだ。電飾などがきれいに飾られたクリスマスツリーは、翔とその友達が冬休みに来て準備してくれたものだったらしい。

元々行事に無頓着《むとんちゃく》な父にとって、この前のクリスマスはどういうものになったのだろうか。

しばらく片付けをしていると、濡れた髪の翔が、電飾をまとめだしていた。

「クリスマスはどうやった？」

翔は、僕の顔を怪訝《けげん》そうに見上げて、再び電飾に視線を落とす。

「マシマロを食べた」

「マシマロ？」

「その暖炉《だんろ》で焼いて」

見ると、暖炉があった。さすが、お金持ちの家は格が違う。そういう大仰な過ごし方を大事にするのは父らしくて相変わらずだ。

「すごいね！　おいしかった？」

「うん、まあまあ」

まだ緊張が解けずに電飾を外しながら答えるこの弟と、なんとか時間をかけて向き合っていきたいなと思った。

兄と僕で門松を運び終えた頃に、タクシーの到着を告げるチャイムが鳴った。僕は荷物をまとめ、ネクタイの詰まった紙袋を抱えて、エレベーターへ向かう。父が無言で玄関までついてきて、その瞬間だけ母のことを思い出す。

「んじゃあまたすぐに」

「おうおう、連絡する」

兄の声の向こうで、父が手を掲げた。僕も手を掲げた。

2

「膝枕リンクも公演中止を発表したみたいです」

鬼頭は電話を切って、こちらに声を掛けた。

震災翌日の稽古場は重たい空気に包まれていた。マチノヒの本番は一週間後に控えていて、僕は台本を書き上げて、稽古も佳境に入ったところだった。

稽古休みの昨日、喫茶店で演出プランを練っていたところで地震が起きた。最初はちょっとしたものだと思っていたが、喫茶店の周りの客たちが携帯を見て「やばい」と言い出して、確実に何か良くないことが起きていると感じた。電車も止まっていたため、明日の稽古をどうするか考えながら三時間歩いて家に帰った。

家に帰ってテレビをつけたときに、街が海に流されていくニュースを見て、実感した。大きな津波が生活を飲み込んでいく。僕らの演劇界隈《かいわい》でも、公演中止などが次々発表されていたが、マチノヒは、とりあえず予定通り集合して話しましょう、と呼びかけて今日集まったのだ。

「周りがどうとかは関係ないよ、竹田くんが判断すればいい」

諭《さと》すように声を掛けたのは、今回の公演で、客演をお願いした西《にし》さん。西さんは父と同じくらいの年齢で、今回は家族劇だったためオファーしたベテランだ。

今まで自分は家族劇なんか描いてこなかったけど、去年の秋頃から、どういう内容にしようかとずっと考えていて、今描くならこれしかない、とここまで書いてきた。しかし内容としては、傷つけ合うことで家族を確認し合うというドタバタコメディで、家族のコミュニケーションを避け合う実際の自分の家族の関係性からは、全く正反対のものになっていた。

「みんなはどう思う？」

僕が訊ねると、役者たちはそれぞれの出方を窺いつつ口ごもる。「何が正解かはわかんないし、お客さんも来るかもわかんないだろうけど、俺はここまでバイト休んで稽古してきたからなあ」と、先輩役者が、腕を頭の後ろに回して沈黙を破った。すると、他の役者たちも同様に「まぁねえ」「勿体無《もったいな》いよねえ」「次またできるかもわかんないしねえ」と続く。

「わからないわ」

劇団最古参の森本がつぶやく。それはどう判断していいかわからない、という意味でないのは、森本の佇まいから読み取れた。

「これは品格の問題だろ？」

「品格？」

「俺は、わからなくなった」

普段からあまり喋らない森本は、話すのが上手な方ではない。理屈を並べるより行動で示してくる男だからこそ、信用しているところがあった。そんな森本が、整理できないままに、空をまっすぐに見つめていた。

「とんでもない事が起きててさ、こうしてる今だって被害者が増え続けてるわけじゃん。だからこそ今、日本はみんなで協力して、この状況を乗り越えようとしてさ。会社とかバイト先も今休みになってて、必死なんだよ。そうやって生活する上で必要なことをすべて止めている中で、やる必要もない、生きてく上で必要ではない演劇とか表現なんてものは、一番最初に考慮するべきではないかな」

一同はシンと静まり返る。すべて真っ当だった。舞台なんかやってる場合ではない。しかしだからこそ——。

「生きてく上で必要ないからこそ、今一番必要なんじゃねえの？」

森本の目を見られないまま、僕は言い返していた。

「どういうこと」

「テレビつけてもどのチャンネルも、街が流されてる様子とか、行方不明者を報道したりとかじゃん。それはわかるよ、必要だから。それでみんなで協力してそういう人たちのために頑張るのはわかるよ。でも俺たちは、そうやって頑張ってる人たちを元気づけるために、必要なんじゃないの？　全員がその人たちのためにやってたら息が詰まるじゃん」

「そんなのは、なくても死にゃしないんだから」

「ずっとそうだよ、それでも俺たちはやってきたんだから、こういう時だからこそコメディやるべきだろ」

「……わからねぇわ」

僕の主張で、頷いてる役者も数人感じた。西さんは変わらず、どっちとも言えない表情で話を聞いている。僕と初めての口論になった森本は、納得してないように首を傾《かし》げている。

「でも、俺も止《や》めるべきだと思う」

古賀《こが》という、マチノヒに二回参加の役者が口火を切った。マチノヒビギナーだ。古賀は東北の青森出身で、家族は無事だったが、まだ連絡の取れない友達がいて、気が気でないらしい。

「今、演劇なんてやってる場合じゃないと思う」

「まあ、それはそうだよ、でも降板する分にはいいよ、仕方ないと思う」

正直、作品に寄り添わずに爪痕《つめあと》を残そうとする古賀の芝居は好きではなかった。最近いろんな小劇場の演出家から声がかかっているらしく、そういうプライドの高さから今回の稽古の中で苦手になった。

「ていうかそもそもさ、これってコメディなのか？」

引くに引けなくなった古賀が強い語気で放つ。圧が強かった分、話題がすり替わったことに気づく者はいない。次第に、公演中止か否かという話題から、これはコメディなのか、やる必要あるのか、という議論に変わっていく。

「俺はさ、今回もこれまでも、コメディとかそういうジャンルで括られるものは作ってないけど」

古賀の目を見て、言い返した。

「こういう時こそコメディって言ったのお前じゃん」

「そういう風に言った方が納得しやすいから言っただけだ」

墓穴《ぼけつ》を掘ってしまったが、稽古場で、なんとか取り繕うことには慣れていたので、動揺せずに「笑いってものは必要だと思うけど」と言葉を続けた。

「竹田の書くものとして、今回は、笑いというよりも重たい要素の方が強くない？」

「傷つけ合うからこその家族を描きたいんだよ」

「それは竹田の実体験を基《もと》にしてるの？」

「それ知る必要ある？」

カチンときて言い返す。もう古賀と僕の単なる言い合いになっていた。

「意地になってこの演劇をやる必要がわからないんだよ」

「面白いからだよ」

「面白いかコレ？　え、今コレ、笑える？　どうしても今やらなきゃいけない？」

「だから、そういうことじゃなくて……」

言葉に詰まる。何も答えられない。森本はじっと僕を見ていた。

この演劇は自分の家族と向き合ったものではない、向き合えなかったものの塊《かたまり》だ。だからこそ、この演劇をやらない理由として、震災を大義名分にすることはいいのかもしれない、と頭をよぎった瞬間だった。

「俺たち役者が、作品を信じなくてどうすんだよ！」

振り返ると、一番後ろに座っていた西さんが声を荒らげていた。初めて見た西さんの姿。

これがきっかけになったのか舞台は上演する方向になり、いつものように稽古が始まる。

その日の森本の芝居は、今までで一番面白かった。

電車を待つホームは、人がまばらだった。駅の復旧は追いついておらず、反対側に来ていた電車は、車窓越しにもドヨンとした空気を見てとれた。電光掲示板は、数時間前の電車の発車時刻のまま止まっている。

「しばらくかかりそうだね」

上坂は、ホームのベンチに腰掛ける。僕と上坂は家が同じ方向のため、稽古後に一緒に帰ることが多かった。結局上演するか否かについては、西さんの発言によってまとまったものの、森本や古賀をはじめとする革新派と僕を中心とした保守派で意見は分かれたままになっていた。上坂は最後まで沈黙を貫いていた。

「お前はさ、ぶっちゃけ上演どう思ってんの？」

思わず訊ねた瞬間に後悔する。聞かなければよかった。答えがどうだとしても、何の解決も見えず、落ち込むだけだ。だが、そんな僕の考えすぎる脳みそを上坂が『どっちでもいいっすよ』と飄々《ひょうひょう》と吹き飛ばす。

「あそうなの？」

「ええ、マジどっちでもいいっす」

「地元どこなの？」

「仙台《せんだい》っすけど」

「ええ⁉」

ニュースでは、東北の被害状況を知らせていて、仙台もその中に入っていた。古賀よりもよっぽど渦中《かちゅう》の男が目の前にいる。馬鹿な上坂が。一番関係ないと思っていた奴がそうだと驚いて、思わず声を出してしまった。

「大丈夫だったの？」

「うちはまあ、はい。大変だったみたいですけど、連絡は取れたんで。友だちは連絡つかない奴もいますけど」

「……俺らの事どう思ってんの？」

「え、どういうことっすか？　別に何も」

上坂は、笑いながら答える。自分の中の〝東北の人たち〟というカテゴリに、この上坂という人間が当てはまらなかった。「そもそも」と上坂が続ける。

「大変なのはどこも一緒じゃないすか。そりゃ客観的に言ったら、他人事じゃないとかありますけど、みんな物差しが違うじゃないすか。うちなんて親から、台所の皿が全部割れてる写真送られてきて、爆笑してましたよ」

あっけらかんと被害状況を笑い飛ばす上坂。「俺はこの芝居、単純に見たいっすけどね。見られなくなるのは嫌だな」と言う。それが、かつて自分が母に小説の続きをねだったことと重なって、喉からこみあげてくるものがあった。声を出すと涙が出そうになるので、少し黙って、携帯を開く。

父から『東京は大丈夫ですか』というショートメールが来ていた。その感情が読み取れない淡白さに、妙に苛ついてしまう。大丈夫ですかってなんだよ。大丈夫じゃなければ返事できないだろ。世界規模の大ニュースに、次男にメールするって手段だけで関わろうとしてくるんじゃねえよ。できるだけ父の思い通りになりたくないと思い、『大丈夫です』の言葉のみで、感情が読み取れないように返信をする。すると、隣で上坂が携帯を見て呟いた。

「やばい、原発爆発したみたいです」

「なに、原発?」

「そうみたいです」

「どんぐらい?」

「まあ爆発なんで、結構いってるかもっすね」

「やばいの?」

「やばいんじゃないすか? まあ、何がやばいかわかんないけど」

「わかんねえのかよ」

「わかんねえよ」

思わず先輩にタメ口を使ってしまった上坂は、吹き出す。この二日間のニュースはショックが強すぎて、どんなに大きなニュースも麻痺《まひ》してしまっていた。

「ジャッジャー、ジャジャジャ……」

アジカンのリライトのイントロを僕は口ずさむ。稽古場でこれを口ずさめば、上坂はズボンとパンツを脱ぐルールだ。

「消してー、リライトしてー」

「いや、消せないっすから！」と上坂は僕の歌を止める。

「消さないのかよ」

「原発爆発したこともリライトできないし、ここでチンチン出せないっすよ。不謹慎っすから」

「どっちのが不謹慎なんだよ。今はふざけないことが正しいのか？」

「そりゃそう言われると、僕らは楽しいものを……」

「消してー！」

サビに反応してズボンに手をかける上坂。下げようとするが、静まった駅を見渡して「いや捕まっちゃうから！」と笑い合う。駅構内ではみんな携帯を見つめていて、そこで笑っているのは僕ら二人だけだった。

乾いた笑いが響くホームに、電車が滑《すべ》り込んでくる。


緑とは地震が起きてから、電話が通じるまでメールで連絡を取り合っていた。ここまで毎日マメに連絡を取り合うのは、去年付き合い始めてからでも初めてのことで、言葉に出来ない不安も相まって、緑への思いも高まっていた。夜中になって電話が通じるようになり「大丈夫だった？　すごく不安だったよ。すぐに連絡取り合えてよかった」という緑の優しい声に、僕もどこか安心する。

マチノヒが上演するという強行的な判断をしたものの、古賀や森本という反対勢力のことは解決していなかったし、劇場にどう説明するかもまとまっていない。世の中的にも大混乱の中で、すがるように緑に会いに行った。

「ねぇ。西に逃げよう？」

レバ刺しが食べられるいつものもつ焼き屋で、開口一番そう言ってきた。緑は、冗談ではない顔をしていた。ここ数日、稽古場でそれにまつわる上演するか否かの話をしているせいか、少し顔が歪《ゆが》む僕。気づかず、緑は続ける。

「今日会った人たち、みんな逃げるって言ってた」

「でも本番あるから、西に逃げてる場合じゃない」

「なんかね、原発が爆発して放射能が漏れたじゃない？　それって、テレビのニュースでは報道してないけど東京にももう来てるんだって。何ミリシーベルトとか観測されてるの。今も。だから、逃げないと死んじゃうよ」

「でもほら、みんないるじゃん」

もつ焼き屋が人でごった返していたのは、家でテレビをつけると気が滅入《めい》ってしまうからであろう。椅子《いす》がガタガタした、グルッとコの字形をしたカウンタースタイルのこの小さな店が二人とも好きだった。とくに今は、嫌でも隣の人の体温を感じて、その鬱陶《うっとう》しさに妙に落ち着くものがあった。

「みんな知らないんだよ。今日事務所の人がこっそり教えてくれたから」

「なに、事務所って？」

「ああ、なんか今誘われてるの。副島《そえじま》さんの事務所だよ」

震災情報に紛《まぎ》れて、新しい情報が流れ込む。それは、ドラマに最近ちょこちょこ出てきている個性派俳優の事務所だった。ドラマの世界にきちんと生きるのではなく、個性を出して小ボケを細かく入れているのが人気らしいが、とくに今は古賀と重なって更に顔が歪んでしまう。そういえば副島も演劇出身だと聞いたことがある。しかしもう演劇なんてやらずに、深夜ドラマばかりやっている印象だ。演劇を捨てて小銭を稼《かせ》いでる奴がいる事務所、と瞬間的に変換してしまう。

「前に出たお芝居のときに、見にきてくれて、この間のマチノヒも見にきてたよ」

「へえ。招待で？」

「ううん」

「招待じゃないの？　していいのに」

「払いたいって。当日精算させてって言ってたから」

「ふうん、ありがたいね」

どうにかして奴の嫌な所を見つけようとしたが、当日精算してたとは。小劇場は少ない席数の中で予算を組むから、招待を出すのは直接的に劇団のクビを絞めることになる。こういう時に、ライブでゲストを出したり、映画の試写会だったりが羨《うらや》ましくなる。くそ、金払ってたのか。いい奴じゃないか。

「なんか言ってた？」

「お芝居はあまり好みじゃなかったみたいだけど……。彼は静かな会話劇で、人間を描いてるのが好きだから」

静かじゃなければまるで人間を描いてないみたいな言い回しと、彼、という表現の仕方に無性に腹が立った。しかし金を払ってるなら何を言われても仕方ない、どっちの感情になればいいのかモヤモヤする。悪い奴なら悪い奴に徹してほしい。

「それで、役者続けようか迷ってるって相談したら、勿体無《もったいな》いから一回うちの事務所に入ってみないかって。それでオーディションとか受けて無理だったら諦めればいいとかって言われて。ねぇ、どう思う？」

「まぁ、緑がやってみたいならいいんじゃないかな」

「でも入ったら、あまり演劇できなそうなの。やっぱり若いうちは映像にたくさん出て名前を売った方がいいらしくて」

「ふーん」

「出るときは事務所にも確認取らなきゃいけないから、今までみたいに私と竹田さんで連絡取り合って『マチノヒ出てください』『ハイよろしく』みたいなことができなそうで」

いつのまにか震災で西方面に逃げる話はどこかに行っていた。緑にとっては今興味がそこにあるのだろう、そして緑の中で答えは出てるらしかったのも面白くなかった。

「いやー、難しいね、事務所に入るって、基本的に商品になるってことだから。担当が誰になるかとかあると思うし」

「担当は彼がやってくれるみたい、最近の演劇も見てるし、映像系にも紹介できるって」

とにかく、彼ってワードが気に入らない。苗字で呼ぶか、あの人とかそういう指示語でぼんやりさせてほしい。いちいち緑にとって特別な人のような気がしてきて、話が入ってこなくなる。何かを忘れるようにカニクリームコロッケの残りカスを集めて口に放り込む。ハイボールで妙な苛立ちとカニクリームを流し込んだ。

突然、店のどこからかビービーと携帯電話の非常事態アラームが鳴った。

背筋が凍《こお》りつく。さっきまで笑いに溢れていたもつ焼き屋が一瞬にして緊張感に包まれる。あらゆるところのお客さんの携帯電話の非常事態アラームが鳴り、ついに緑の携帯電話からも非常事態アラームがなる。緑は僕の服をぐっと摑んできて、僕はその緑の手を握りしめた。緑は空いている左手で携帯電話を開く。

「東北で震度6だって。大きいね。こっちももうすぐくる」

緑が言い終える前に、もつ焼き屋のお皿が小さくぶつかる音が響く。

ガタンガタンガタンッ！

ぶら下がった裸電球が揺れて、小さな悲鳴があちこちで上がる。体を包む冷たい風を感じて入り口近くを見ると、サラリーマンたちがドアを開けて、もしものことがあっても出口が封鎖されないようにドアを押さえていた。僕はどうしていいかわからず、両手で緑の手を握りしめる。二人とも手が汗ばんでいた。今更になって僕の携帯電話も非常事態アラームが鳴ったが、もう地震きてるよ遅いよバカタレと思いながら、そのポンコツ具合が自分の携帯電話らしかった。

「長いね」「大丈夫」「もう終わった？」「まだちょっと揺れてる」「どう？」「……うん、もう大丈夫」、おそらく店中の人がしている会話を僕らもしていた。一人で来ているお客さんは携帯電話を見つめたり、隣の人と話したりとさまざまだ。数分が経って地震も落ち着いて、誰かに連絡をしたり、お会計をしたりする人たちが出てきて、僕らは飲み直すことにした。やっぱり西に逃げよう、という話をぶり返されるのではないかと身構えていたが、緑はメニューをじっと見つめて「ねぇ、レバ刺しもう一皿頼まない？」と呟いた。「頼もう頼もう」と、ハイボールも追加で注文した。

もつ焼き屋もさっきの緊張が嘘のように喧騒《けんそう》を取り戻して、出口を確保していたサラリーマンもいつの間にか自分たちのテーブルで、笑顔で飲み直していた。新たにやってきたレバ刺しを食べると、口の中が幸福感で満たされる。

「なんかたくましいよね」

「え？」

「もちろん竹田さんもだけど、みんな」

「俺はビビっちゃうけど、みんなは、たくましいよね」

「私はすぐ不安になっちゃうから」

「でも、鈍感よりも、いいんじゃない？」

「こういう時だからかわかんないんだけどさ……」

「うん？」

緑は、ドアの方を見た後に、耳打ちをしてきた。

「なんかムラムラしてこない？」

丑三《うしみ》つ時《どき》を迎える頃。そういえば、緊張すると血流が悪くなるからリラックスすれば勃《ぼっ》起《き》するのでは、と副交感神経を働かせるために大きく息を吐いた。リラックスリラックス。こんな時にリラックス出来なくてどうするんだよ。言い聞かせるが、言い聞かせるほどに、竹田少年は萎縮《いしゅく》してゆく。なんとなく点けっぱなしだったテレビからは、依然としてヘリコプターから海に沈んだ家の屋根で助けを求める人の救助活動の中継が行われている。

「だめ？」

顔が紅潮した緑に応《こた》えられない自分が情けなくなる。それでもなんとか、緑に魅力がないわけではないということを伝えたくて、「お酒飲みすぎたからかな、今日オナニーもしちゃったし」としてもいない謎の言い訳をする。テレビでは、震災の報道が続いている。緑はそんなフォローを気にも留めずに、裸で抱き寄せてくる。無印で買ったシングルベッドは二人で横になると狭いけど、離れることができなくて今はそれが嬉しい。抱き返すと、緑の背中が僕よりはるかに温かくて生きていることを実感する。

「汗、やめて」と呟く緑は、背中に汗をかいていることを気にしているらしかった。むしろ喜ばしいことだと背中の汗を撫でると「汗っ、触らないでっ」と笑って、そういう動物みたいで愛おしくなる。しばらく汗のくだりを繰り返すと僕も汗だくになっていた。

まだ緑と、一度もできてない。セックスをしたいわけではないが、まぁセックスをしたいのだけどしたことがないのでその楽しさもわからないし、何より緑の愛情に応えられてないのではと思うと、不甲斐《ふがい》なくなる。緊張するのだ。愛《いと》しいと思えば思うほど、彼女の気持ちに応えなければという自意識が働いて、本能でいなければならない時ほど理性が邪魔して動けなくなる。

二十代前半の時は付き合って半年はやらない、という謎のルールを掲げて、間違ったプラトニックを貫くあまり、その期間を越えるまで付き合えたことはなかった。二十代後半を迎えて、緑と付き合うようになってから、そのハードルを三ヵ月に下げてみた。そもそもこのハードルはいつ誰が決めたのかもわからないし、全く正解ではないし、でもいつの間にか自分の正義になっていたのだ。考えすぎだと言われたら何も言い返せないが、宗教に従ってしまう心理と似ているのだろうか。自分の作った竹田教によって、自分の首が絞められている。

「ねぇ、今何考えてる？」

胸の中で緑が呟いた。

「え、緑は？」

「私はねぇ……。先に竹田さん言って」

恥ずかしそうに俯《うつむ》く緑。考えていた竹田教のことなんて情けなくて言えない。緑のつむじも汗をかいていて、震災のニュースも相まって、生きている実感が愛おしくなる。

「えっと……かわいいな、好きだなって」

「ふーん、そんなもんか」

「え、何？」

「いいえ、別に」

胸の中で緑が笑う吐息《といき》で、胸がくすぐったくなる。

「緑は？　何考えてたの」

「え、私はねえ……。あのねぇ……。……やっぱやめとく」

「いや、ずるいって」

「うーん……なんか、ふさわしい言葉が見つからないの」

「一番近い言葉だと？」

「えっと……一番近いのもまだ全然足りないんだけど……ずっと今考えてたのは……」

「うん」

待っていると、緑が寝息を立てる。

「いや寝るな寝るな、このタイミングで」

「ばれたか」

「ばれるだろ、それで何よ」

「でも違うの、なんか安っぽくなっちゃいそうで嫌なの」

「わかった、違うけど、一番近いっていう意味でね、聞くから」

「うーん」

「うん」

「だから……」

「うん」

「……大好き」

胸の中に顔をうずめた緑は、これ以上隠れられないからか、布団をかぶった。

恥ずかしそうにする緑がこの上なく愛しくなり、言葉で返すことができなくなり、緑を布団ごと強く抱きしめる。すると緑も背中をぐっと引き寄せてくれる。テレビでは、救助ヘリが家の屋根から人を一人吊り上げて、歓声が上がっていた。

「ごめんなぁ、できなくて」と緑に呟いていた。緑は「何がだよー」とおどけて、「そんなのできなくていいじゃん」と言ってくれる。その優しさが自分にとって重荷になってしまう自分が情けなかった。

「ちくしょう、なんでだ、好きだよ、なんでだ」

緑はそんな僕を見かねたのか話を変えようと「あー、事務所どうしよう」とため息を吐《つ》いた。

「来週までに彼に返事しなきゃいけないんだよね」

「でも必要とされるってすごいよね」

「そうだよね？　そう思うよね？」

緑が向き直る。くりっとした目にはまっすぐな意志が見えて、きれいだなと思う。緑は背中を押してほしいのだろう。汗だくの背中を愛しく思いながら、もつ焼き屋で聞いていた〝彼〟の存在が憎らしくなる。そしてその気持ちは我慢できずにいつのまにか「俺は商品になるべきではないと思うけど」と言葉に出していた。

口ごもる緑は、その言葉は必要ではないという顔をしている。だんだんと後ろめたくなってきた。まるでなかったことにするかのように「うそうそ。ごめん！　すげえじゃん、絶対入った方がいいよ。事務所入るとか、すげえよ！」と言ってみると、緑は微笑んだ。

「ありがとう、ちょっと考えてみるね」

緑は直感が強い。どうして心から彼女の背中を押すことができないのだろう。背中を撫でると、緑の背中は汗が引いて、すっかりサラサラになっていた。

電気のつかない暗い渋谷《しぶや》にも慣れてきた。この間の家族劇で名刺を交換したスーツ姿の人たちに呼び出されたのだ。いわゆる大手事務所で、テレビを席巻《せっけん》している芸能人が多数所属していて、そんな所になぜ僕と鬼頭が呼び出されたのかもわからない。きれいな服を着るべきかと話したが、元々そんな服を持っていなかったため、申し訳程度にジャケットを羽織《はお》ってきた。

ガラス張りの建物の中に入って鬼頭が受け付けを済ませると、これまたガラス張りの会議室に案内されて、下北沢の配管むきだしの小劇場ばかり見てきた僕らには見慣れないものばかりだった。きれいな女性がグラスに入ったお茶とその事務所専用のペットボトルの水を差し出してくる。口をつけては失礼ではないかと考えあぐねている頃に、ヒョロッとしたラフな格好のメガネの男が入ってきて、思わず立ち上がる。

「どうぞ、お掛けになって」

男が提案してきたのは、事務所がプロデュースする商業舞台の依頼だった。そんなものはやったことがない。予定されている劇場も、今まで僕らがやってきた所の十倍以上の人が入るらしい。大阪と福岡でもツアー公演をする予定で、福岡の会場は僕が何度も母に連れられて行ったキャナルシティ劇場だという。そんな所で、自分が演劇できるのか。いいのか、本当に。嬉しいと思う反面、何もわからなさすぎて、怖くなる。

「僕はいいんですけど、劇団員がどう言うか……」

「あ、マチノヒではなく、竹田さん個人で」

「えっ」

「僕らは、竹田さん個人に依頼してるんです。先日拝見したお芝居、役者さんがとにかく生き生きしてて、結束力を感じました。演出が素晴らしいんだなと」

あの時は、震災に対しての意見はまとまらないまま公演を強行したため、楽屋の空気も最悪で、だからこそ、舞台上ではみんながむしゃらだったのかもしれない。

「だから、あなたの描く人間像でうちの俳優を染めあげてほしいなと」

「うちのメンバーとかは」

「勿論《もちろん》それもその次からはお願いしたいですが、今回は竹田さんのみで。時期も相談しますが、今からですと来年の……」

僕と鬼頭で目を合わせる。来る前に、マチノヒは赤字で限界に来ていること、マチノヒのプラスになる話だったら前向きに話そうとは打ち合わせていた。思わず、この事務所のパッケージが施されたペットボトルの水を飲もうとするが、ふたを開けていなかったことに気付かないぐらい動揺していた。汗で湿った手で無理やりふたを開けて、水を口に含む。味はしないが、元々水は味がしないので、自分がどういう状態なのかはそこで計ることはできなかった。彼が提示する想定予算やギャランティも信じられないほどの高額。今までのマチノヒの赤字も全て返せる。「ただ一つだけ言いづらいのが」と男はこちらを見る。

「うちは俳優のスキルアップのために舞台をやるんです。そしてファンはその俳優を見たくてチケットを買う。なので、作品性ももちろん大事ですが、その辺はご理解頂けたらなと……」

あまり何を言っているかが理解できなかったので「はいそれはもう、もちろん大丈夫です」と答える。「よかった、そこさえ乗り越えられるなら、ぜひお願いしたいです」と男は安心した顔を見せて、きれいな顔をした男たちの資料を並べる。

「ここら辺、その舞台に出したいなと思っているうちの『足軽《あしがる》ボウイ』のリストです」

「はい、みんな知ってます」

よくわかっていないが、『足軽ボウイ』は最近結成したばかりの〝踊れる声優〟というキャッチコピーのイケメングループ。ガムのCMで女子中高生に人気らしい。一番人気がある〝丸田《まるた》〟という少年は、辛うじて見たことがあるくらいで、名前と顔は一人も一致しない。愛嬌《あいきょう》はあるが汚い顔の森本や上坂とは違って、全員に華があった。

「うちの俳優は十代後半が中心なんですけど、こういう世代で、何か描きたいテーマとかありますか？」

「描きたいテーマですか」

「なんでも結構です。こういう原作やってみたい、などありませんか。先日の舞台、面白く拝見したので、竹田さんの色に彼らを染めてもらえたらと」

「あー」

「今だと、漫画を舞台化するのとかも、わかりやすくていいですよねぇ」

ふと、緑も大好きな変態漫画を思い出す。自分も好きだし、あの思春期の世界観は、劇団では年齢的に難しかったから、やってみるのもいいかもしれない。緑はきっと喜ぶのではないだろうか。それが実現したら、緑がいくら大きな事務所に入ったとしてもオファーしよう。考えているとワクワクしてきてしまう。

「あの、ひとつだけ、やりたい原作があるんですけど……」

その帰り、緑に思わず連絡したが電話は通じなかった。緑にはあの日以来、普通に会ってはいるものの、仕事の話はしなくなってしまった。果たして誘われていた芸能事務所はどうなったのだろうか。

「来年、忙しくなりそうですね」

鬼頭が嬉しそうに呟く。彼女にとっては、僕がいい仕事をすることで劇団のプラスになると考えているので、僕もその期待に応えたいと思っていた。

「来年の劇場申請のことも考えないとですね」

信号待ちの空を見上げると、真っ暗な渋谷。まだ六月の頭にもかかわらず、服がすっかり汗ばんでいた。緊張していたのもあったのだろう。僕は上着を脱いで、「うん、来年のことも考えなきゃだ」と答える。

来年、緑と一緒に舞台はできるだろうか。この大きな舞台で福岡公演に行ったら、父は認めてくれるだろうか。チラシができたら渡したいなと思う。母もきっと喜んでくれるだろう。親戚一同の集まりの時に報告してもいいな。

暗く静かなスクランブル交差点で、色んなワクワクが、額の汗と共に止まることなく溢れ続ける。今日は半袖で来ればよかった。夏が近づいている。

3

お盆の福岡は東京よりも暑かった。父方の親戚の集まりは、毎年正月とお盆に開催されていたが、今年の頭はまだ父の状況がわからなかったため中止になり、今回が父のガンが判明して初めての集まり。兄とは連絡を取り合っていたものの、震災が起きてからはお互いそれどころではなくなり、病状のことも聞かないままに最初に聞いていた余命三ヵ月、もって半年を遥《はる》かに過ぎ去っていた。

夏は恒例となっている中華料理屋に集まる。ホテルの中にある中華料理屋の個室、大きな丸テーブルが二つ。そこに親戚のおじさんやおばさん、従兄弟《いとこ》たち、二十人がひしめく。父方は僕と兄を除く多くが医者の家系のため、皆なんとなく端整な顔立ちをしていて、少し劣等感を抱いてしまう集まりでもあった。

「おうタケシ、来たか」

僕が入った時に最初に声を掛けてきたのはなんと父だった。父は少し痩せてはいるものの肌ツヤもよく帽子をかぶってラフな格好をしていた。隣には大和さんと翔も連れている。調子がいいようで、笑みを浮かべている。その姿に、いま東日本は大変なんだよ、と自分はそこまで大変でもないのにイラっとしてしまう。その後続々と親戚が集まり、大人テーブルと子供テーブルで二つの島ができる。まだこの集まりに慣れてない大和さんと翔は父の隣で大人テーブルに座った。

「では、いつもは私が挨拶する所ですが、今日はハルマサにお願いしましょう」

父の長姉の旦那である一番上のおじさんが父に挨拶を振る。一瞬で空気が張り詰めるが、父は大和さんの支えを拒《こば》んで、一人で立ち上がる。

「えー、みなさん、色々とお騒がせしております。こんなことになってしまいましたが、今はこんな感じで、私は元気です。まぁ人間いつかは死ぬもんですから。今日はお盆で帰ってきた祖先と一緒に、酒を酌《く》み交わしましょう。あ、子供はジュースを。今年も皆で集まれてよかった！　それでは、乾杯」

父がビールの入ったグラスを掲げると、皆がグラスを掲げる。驚いた。元気になっている。ここ一年で最も生き生きとしているのではないだろうか。

笑いも交えた父の挨拶に皆ホッとしたのか、会はワイワイと盛り上がり始める。僕も隣の兄、反対隣の信郎《のぶお》と乾杯をする。高校一年生ながら190センチの信郎は、成績が芳しくなかったため公立に進学して、学校でいじめられて相変わらず不登校らしい。その向こうに座っている中学生の花江《はなえ》に「えー私ノブと乾杯したくない！」と聞こえるように言われている。花江は自信のある女子中学生という感じで、男子校出身の自分にとっては少し苦手な存在だ。信郎はこの高学歴が当たり前な親戚たちの中でポンコツ扱いされていて、自分と重なってしまう。この集まりが始まってから、一言も話さずに大きな体を折りたたんで黙々と中華を食べている。

気づくと佐和子《さわこ》の仕切りで、一人ずつに近況を聞いていく公開処刑のようなコーナーが始められた。「はいはーい、じゃあ近況報告を一人ずつ発表しますよ～」佐和子は従兄弟の中では一番年上で30歳。来年結婚するらしく、結婚したら向こうの大人テーブルに移動になるという不思議なルールもある。大人から順に、去年と同様にどこどこの病院で引き続き働いてる、など変わらない近況が告げられていく。父は紹興酒《しょうこうしゅ》を飲んで真っ赤な顔をして、誰よりも上機嫌に合いの手を入れている。めちゃくちゃ元気じゃないか。僕は訳もわからず隣の兄に訊ねる。

「え、ねぇ、どうなったん？」

「わからんけど、がん細胞さ、ちょっと前になくなったらしいのよ。とりあえず、再発防止の薬は飲んでるけど、食事制限とかも特にないらしい」

「それだけ？　それもう風邪やん」

「いや、風邪気味のレベルぜ」

「やばいね」

「会社も前よりめちゃくちゃバリバリ働いててさ」

「うっそ」

「おれ普通の部下やもん。マジで、なんで帰ってきたかわからんわ」

　僕と兄で話していると、佐和子が「はい！　次ミキオばい、報告することあるやろ」と話を振ってくる。兄は恥ずかしそうに立ち上がって、「東京から福岡に帰ってきて、父の会社をお手伝いしてます」と告げる。子供たちのテーブルでは、大人に聞こえないように「ミキオ、災難やったねぇ」「会社大丈夫と？」など興味津々だ。

「構ってほしいとよ、死ぬ死ぬ言ったらみんな心配してくれるけんね」

「今までずっと会社もほとんど一人やったけん、さみしかったっちゃないと」

「病気が、ミキオを呼び戻せるいい機会やと思ったんやろねぇ」

「ちょっと、声が聞こえるけん小さくね」

中華料理を食べながら、従兄弟の姉たちは、父の行動原理の推測に花を咲かせる。「マジ？　俺ハメられたわ〜あれパフォーマンスやったんかー」と兄は笑っていたが、笑って済ませられるものなのか僕にはわからなかった。「いやマジでありえねえな」と兄は呟くと、そこだけ大人テーブルまで聞こえて、一瞬の静けさが訪れる。

「はいじゃあ次タケシ！　ほら！」と佐和子は瞬時に話を変えた。父は聞こえてるのか聞こえてないのか、バンバンジーを自分の皿に運んでいた。僕も兄のブラックな部分が出てくる前にと立ち上がる。

「はい。じゃあタケシは最近どうですか？」

「まあ、東京で演劇してます、先月本番が終わったばっか」

「誰か芸能人は見に来んと？」

予想通り作品とは関係ない質問が放り込まれ「見にこんよ！　まあ、相変わらずでございます」と言ってすぐに座る。次は、一言も話してない信郎だ。

「最近はノブは？」「ノブの話はいいやろ」「まあ一応さ」「一応って言っとうし」ここに信郎が存在してないみたいな失礼な会話の中で「ノブ、家ではなんしとうと？」と佐和子が訊ねると信郎に全員の視線が注目した。

「あ、ぼ、ぼ、ぼくは……」

信郎は、箸《はし》を置いて、置いた箸を見つめながら、言葉を選ぶ。丸いテーブルが回り、みんな中華を食べ始める。口ごもりながら信郎は、一生懸命「え、映画を見てます……」と声に出した。「へー、いいねぇ」とみんな答えるが、一様に興味はなさそうだ。この会話だけで信郎の額から汗が流れていた。昔は人懐っこかったはずだけど、この三年ぐらいで親戚に対しても畏怖《いふ》からか敬語になっていた。さっそくその隣の花江に質問が移動する。引きこもって、ゲームじゃなくて映画鑑賞なんだ。自分だけ信郎になんとなく興味が湧《わ》いて、こっそり「何の映画見ようと?」と声を掛けた。

「ヤン・シュヴァンクマイエル……チェ、チェコの……」

「あ、聞いたことある。五十年くらい監禁して三十年しか経ってなかった奴?」

「それはアンダーグラウンド、エミール・クストリッツァの」

流暢《りゅうちょう》に答える信郎。僕ら二人だけの会話。信郎、やるじゃないか。花江が先輩から告白された話で盛り上がる中、こっそりヤン・シュヴァンクマイエルの話を聞く。「クレイアニメで……すごいんですよ……」「へー面白そうやん、見てみるわ」そういえば、信郎とまともに話したのは今日が初めてだった。

その後は、美味しい中華を食べながら、従兄弟の結婚についてや、僕の演劇のことや、下の従兄弟の部活の話など他愛《たわい》もない話が淡々と進む。ハンドボール部の話を聞いていると、佐和子が指を鼻先に当てて、横目で大人テーブルを示す。気づくとさっきまで盛り上がっていた大人テーブルに緊張が走っている。

「生前葬?」

「えぇ、考えてて」

「でももうがん細胞は、なくなったのよね？」

「一時的なものですから。体力のあるうちにやっておこうかなと」

「なんだか準備してるみたいでそれはねぇ……」

僕は、表面上は「へー、ハンドボールがねぇ」とハンドボールの会話をしてるふりをしながら、兄に目配せをする。『生前葬？』『知っとった？』『知らん聞いてない』と大人テーブルに耳を傾ける。

「どこの病院でアレしたんや？」

「そうやな、私らになんも相談せんのやから」

「まあ、それもそうですが、僕は生前葬を」

「どこの部位がアレやったんや？」

自分の診療所や大学病院に勤めている親戚たちは、そこから父の病状や対策を専門用語を交えて話し始める。父は病状のことは話したくないのか、生前葬について話そうとするが、医者ばかりの家系の親戚たちの耳には届かない。儀式よりも、病状について話したがり、東京で受けた大学病院の対応の如何《いかん》や、あの先生はダメばい、あの病院はダメよ、という医学界における政治のような話に終始した。すっかり黙ってしまう父。いつのまにか医者の失敗にまつわる笑い話に変わっていて、生前葬話をかき消された父は無表情で話を聞いていた。さっきまで楽しそうに合いの手を入れていたのに、どんな気持ちなんだろう。笑い声に包まれる大人テーブルで、父の横顔を見ながら、こちらの島はハンドボール部があと一試合勝てば九州大会に進出できたことを聞いていた。

「それでは撮りますよ、はいチーズ！」

中華料理屋の店員が写真を撮ると、全員戸惑った顔をして、佐和子が前に一歩出る。

「あ、違うんです、掛け声が」

「え？」

写真を頼まれただけなのに、皆が顔を作らないことに店員も戸惑っていた。

「『大金持ちー』でお願いします」

「えっと……？」

「だから……、あ、いいです、私が合図出すんで、その時にシャッター切ってもらっていいですか」

竹田家が代々「大金持ちー」の合図で記念写真を撮っていたのは、「ちー」のところが一番いい表情をしていて言霊《ことだま》が願いを叶えてくれるという大叔母からの教えらしい。佐和子が皆の様子を確認して、合図を出す。

「いきますよ、せーの」

「大金持ち～」

二十人の子供と大人が中華料理屋で並んで声を揃えるのは、傍《はた》から見たら恐ろしいものがあるのだろう。ちょっとした宗教だと言われてもおかしくない。何事かと別の店員が白い目で覗きこむ。僕はこの撮り方が当たり前だと思っていて、小学校の記念撮影の時に自分の家だけのルールだと知って、恥をかいたのを覚えている。写真を撮った店員も、苦笑いで撮り終わったカメラを返してくる。

会はお開きになり、個室を出る準備を始める。従兄弟たちと何気なく「タケシはいつまで福岡おっと?」「明日帰るよ、盆明けると飛行機高くなるけん」「すぐやね」「いつか福岡に演劇持ってこんね」という会話の中で、ふと来年やる予定の舞台がよぎる。まだ決定ではないけれど、なんだか自慢がしたくて「実は来年やるんよね福岡で」と言ってしまった。

「え! 佐和子姉ちゃん! タケシ福岡で演劇やるって!」

瞬《また》く間《ま》に話は広がり、帰り支度をしていたはずの親戚たちが僕を囲む。リーダーでお節《せっ》介《かい》の佐和子が先陣を切って食いついた。

「来年? 福岡で? 演劇やると??」

「まぁ、まだ決定じゃないけど、プロデュース公演の全国ツアーでまあちょろっと」

「プロデュース公演って! へぇー。ハイ皆さん、聞いてくださーい! 来年、福岡でタケシがプロデュース公演だそうです!」

親戚たちは立ち止まって「すごいね」「それなんね?」「プロデュース?」聞いたことのない言葉に目を丸くする。説明しても何も凄《すご》さが伝わらず、完全に空回りしていた。やめておけばよかった。一番後ろで大和さんと並んだ父もその会話に耳を傾けている。本当は、ちゃんとチラシができたタイミングで言うべきだった。こんな帰り支度中の変なタイミングで言うことになるとは。

「誰か芸能人出ると?」

「いやいや、まだ決定じゃないけん」

「なんかテレビに出とう人おらんと？」

福岡人はダントツでミーハーで、だからこそ僕が演劇でいかに頑張っていても、芸術的な興味はまったくない。北九州は芸術の町で、福岡は商人の町だから、もともと福岡人はそういう性質があると聞いたことがある。バリバリの福岡人たちは芸能人の話が聞きたいのだ。マチノヒにまつわる僕の活動には興味を持たなかったのに。

「『足軽ボウイ』ってグループわかる？」

「わかるわかる！　丸田クン！　え、丸田クン出ると!?」

従兄弟の中で中学生の花江がぐいっと前に出る。「誰ね？」と訊ねる親戚たちに「ほら金曜の深夜のドラマに出とうやん！　あとガムのＣＭ！」と僕に代わって説明する。僕も僕でチヤホヤされたかった。「まぁまぁ、色々決まったら言うわ」「もう丸田クン会ったと？」と花江は羨望《せんぼう》の眼差《まなざ》しを向ける。「まあそりゃね」と嘘をついてしまう。「へぇー！今度紹介して！」と花江の僕の評価が上がる。一番奥で父は何も言わずにこちらの話を聞いていたようだが、怖くて顔を見れなかった。

「じゃあみんなでタケシの舞台行きましょー！　私が取りまとめます！」

佐和子が一区切りつけても、花江はまだ「ねぇねぇ、丸田クンどんな人？　足軽ボウイってみんな仲いいと？」と聞きたくて仕方ない様子で、今まで空気のような存在だった自分が認めてもらえたような気持ちになる。信郎も何を考えているかわからないが、僕の話を聞いているようだった。

後ろから「それじゃ、解散！」という大きな声。

振り返ると父だった。手を叩いて、「ほらほら、お店に迷惑だから、動く動く！」と父が親戚達の背中を押して集まりが動き出す。自分の演劇の話が会話の中心だったからそう言ったと思うのは考えすぎだろうか。お酒もご飯もたくさん食べて陽気になった父に押されて、集まりが解散になる。あれ、本当に病気だったんだっけ。

ロビーに歩いて向かっていると、父は「今日はどうするとね？」と声を掛けてくる。「まぁ、帰るよ」と答える。細かくは言わないが、母の家に帰るということを表していた。「気をつけて！」と封筒を渡された。一瞬で十万円だと察する。陽気な圧力で、断れなかった。父はそのまま、大和さんと翔とタクシーに乗り込む。大和さんは最後に「タケシ君、またね。演劇楽しみにしてるね」と手を振った。父が嫌いな余波で、大和さんと翔まで嫌いになりたくない。早く行ってくれ。タクシーが立ち去ったところで、親戚の一番上のおばさんとおじさんが僕と兄の後ろで肩を揉んでくる。

「ハルマサ、大丈夫そうやなぁ」

「うん」

「ミキオも大変やな」

「そうやね」と否定せずに兄はその言葉を受け入れる。「大変すぎるわ」と笑顔でこぼす。その隣でおばさんは「生前葬とか言ってるなら大丈夫よ。三ヵ月の余命なんてとっくに過ぎてるものねぇ」と呟いた。

なぜか中洲のキャバクラに来ていた。慣れないキャバクラでほとんど水で割ったウィスキーを飲み続ける僕の隣で、兄はロックを水のように飲む。

「いやマジであいつ半端《はんぱ》ねえな！」

キャバクラの女性たちに挟まれてこんな話をしていいのかと思ったが、僕も酔っ払っていて思わず訊ねる。

「生前葬って、聞いとった？」

「いやなんも聞いてねえよ。どうでもいいし！」

兄がタバコを噛むようにくわえると、女性がすかさず火をつけてくれる。大きく息を吐くと「ばりくそ元気やから、まったく会社のこと教えてくれんし。おれ親父の仕事を横から見とるだけぜ？　別に面白くもないし。マジ帰ってきた意味ねぇ。会社引き継いで落ち着いたら自分のことやりてぇのに」と呟いた。僕らが二人で話し出すと、事情を聞くことなく、女性たちはなんとなく待ってくれている。兄はそれを気にすることなく下を向いて、「マジでたまんねぇよ。俺もう28ぜ。時間返してくれ」と静かに酒を飲んだ。

「あれ、もう永遠に死なないんじゃない？」

「そうかもしれんな」

「早く死んでくれんかねぇ」

僕がそう言ったのは、全ての可能性を捨てて福岡に舞い戻った兄に、少しでも寄り添いたかったからかもしれない。言ってはいけないラインを越えた僕の言葉に、兄は「タケシくん、言うねぇ」と思わず笑った。兄は上を向いて、腕を頭の後ろに回す。

「あー、早く死んでくれねぇかな」

兄が僕の言葉を重ねたのが嬉しくなり、僕は「いいよ、お兄ちゃん」と追随した。兄は肩を揺らして笑う。それがガソリンになったのか、兄の言葉が止まらなくなる。

「いやマジでそうじゃね？　あいつの余命三ヵ月に合わせてオレむちゃくちゃ身辺整理して準備しとったのに、ばくばく中華食べて、生前葬とか知らんし。死ぬなら死ぬで段取りよく死んでくれって。全然死なねぇじゃねえか！」

お互いに本心じゃないのはわかってる。だけど、やり場のない虚《むな》しさを正当化するための兄弟の暴走に「なんそれ、ウケる」と女性が反応した。

「いやほんと聞いてよ。余命三ヵ月じゃねえって。むしろ前より今元気やもん。誤診、あれ誤診です」

「ええー、ヤバイね。大変やね」

「ほんとそうぜ！」

こういう店で働く女性は上手だ。話の流れは把握していないが、なんとなく兄の欲しい言葉を投げかけてくれる。僕が「よっ！」と合いの手を入れると、「よし、タケシなんか歌え！」と兄は無茶振りしてきた。女たちも拍手をして、僕にデンモクを渡してくる。僕は歌が下手だ。それに、こういう時にどういう歌を歌えばいいかわからない。

「なん歌えばいいと？」

「お前が好きな歌うたえよ！」

「えー」とデンモクを触っていく。「え、外国の歌？　聞くと？」と隣の女の子が訊ねてくる。なぜかR・ケリーを検索していたことに気付いて、「聞かん聞かん」と慌てて戻るボタンを押す。なんでR・ケリーなんて調べていたんだろう。彼女たちも知らないようだし、演劇界隈で聞いてる人もいない。くるり、ゆらゆら帝国、ナンバーガールがオシャレとされる所にいたけど、そんなものを歌うわけにもいかない。手垢《てあか》で反応の遅くなったデンモクの前で葛藤《かっとう》するが、兄は既に僕の話を聞いておらず、まだ父の愚痴《ぐち》を続けていた。

尾崎豊のページを開いた。たくさんの尾崎豊の曲。下手だけど、全部歌える。隣で見ている女の子に「知っとう曲ある?」と窺う。

「誰それ知らん? 最近の人?」

「いや絶対知っとるけん!」となぜか尾崎を擁護《ようご》していると、兄が「尾崎いいやん! 歌えよ!」とけしかけてきた。

「じゃあ、一番有名なやつ歌って」と言われて、迷わず『15の夜』を入れた。大好きな曲だ。15歳の時に、兄に脅えて独房のような実家のあの部屋で無敵になってた曲だ。イントロが入ると、あの頃が思い出されて、たまらず立ち上がる。落書きの教科書と外ばかり見てる俺、自分には身に覚えのない出来事を自分の経験のように歌った。

見ると、兄は口を尖《とが》らせて女にキスをせがんで、女は笑顔で拒んでいて、僕の隣にいた女もそんな兄に笑って、誰も僕の歌など聞いてはいなかった。サビがくる。

座ってなんかいられずに、椅子に立ち上がって熱唱した。

盗んだバイクで走り出したことなんてないけど、走り出した気持ちにさせてくれる尾崎は僕の憧《あこが》れだった。いつだって、尾崎は僕を無敵にしてくれる。机の上に足をのせて熱唱すると、女たちは「ウケる！」と手を叩いて笑っていた。

4

「あと何か、他に言っておくことありますか」

「あ、一ついいか？」

「どうした？」

「突然で申し訳ないんだけど、俺これで、マチノヒをやめようと思う」

次回公演に備えた定例の劇団ミーティングで、森本が口火を切った。「考えてたんで、決断は固いです」とダメ押しを告げる森本。制作の鬼頭は静まり返り、新メンバーの上坂は何も言えなくなり、僕はなんだか、予感はしていた。

劇団を始めてから五年の月日が流れていたが、ここ最近の森本の様子もおかしく、同様に劇団全体の風通しも悪く、自分で理解しながらもどうしようもないものだった。

「東日本大震災が起きてから、ずっと考えてたんだ」

森本の発表に不思議と驚かない自分がいた。大学から数えると七年の付き合いになるからなのかもしれない。震災を押して上演した家族劇も、予想してた通りお客さんは入らないし、なんでこんな時期に上演するんだと責められたし、劇場からももし地震があった場合の避難誘導を口酸っぱく言われていた。マチノヒはその公演だけで八十万の赤字を抱えた。唯一評価されたのは、父親役の西さんの鬼気迫る芝居だけだった。

震災から半年も経たない八月下旬。劇団会議は突然の看板俳優の脱退宣言に呆然となり、鬼頭は横目で僕の様子を窺っていた。僕は冷静なふりをして、実際に冷静だったのだが、言葉を続ける。

「辞めてさ、どうするの？」

「茨城のほうで、一年ほどボランティア活動をしようと思ってる。そのあとは考えてないけど、そこでゆっくり考えようかなと」

「そうか」

劇団なんてものは、長く続くものではない。十年と経たずに解散してしまう劇団ばかりで、ちょうど二十代を折り返した頃に、僕らと同世代の劇団もバタバタと解散していった。その瞬間はＳＮＳで少しだけ話題になるものの、まるで最初からなかったみたいに、一週間と経たずに忘れ去られる。僕は森本と同じ大学で演劇をしていて、コイツともう少し面白いことがやりたいと思ってマチノヒを結成した。劇団は続けていくうちに大きくなったものの、大きくなるにつれて伝えたいこと、描きたいことは反比例して濃度が薄くなっていく。描きたいものがなんなのかわからなくなりながらも無理して作品を発表して、見栄えを整えるために公演予算が膨らんで赤字はかさみ、テコ入れでマチノヒ常連出演者だった上坂を誘った。前回公演の家族劇では、赤字にはなったものの、震災の時期に決行したため、演劇ライターや劇場関係者がこぞって来場したものだった。実際にそこから今、商業演劇の話もきている。

しかし、現実はこうなる。面白いことだけをやり続けても、続けることはできない。表現ができなくなること、森本を大切にしなかったこと、初期衝動を忘れてしまっていたこと。色んな後悔が入り交じって、心底驚きながらも、少しだけ安心してしまっている自分に気付く。

僕は目の前のアイスコーヒーを飲んで、大きく深呼吸した。そして、黙ったまま俯いている上坂に声を掛ける。

「上坂はどう思う?」

上坂は去年メンバーになったばかりであった。そこでのこの空気。耐えられるものではないだろう。上坂は唇を噛みしめていた。ギャグをやり続けるいつもの上坂らしくないが、それもまた繊細で、僕が上坂の好きなところであった。

「俺は……何もないっすから。何者でもないっすから。マチノヒがあるから生きさていられるんです。どんな形であっても、マチノヒは、続けたいです」

上坂の搾《しぼ》り出すような言葉に、ミーティングの空気はより一層重たくなる。森本はそんな上坂の言葉を受け止めながらも、自分の意思は変わらないと、目を瞑っていた。ふと鬼頭を見ると、鬼頭は目に涙を溜《た》めている。彼女は紅一点ながら、この二十代前半をマチノヒに捧《ささ》げてきたのだ。「私は」と言った後に、涙を我慢しているのか、沈黙が訪れる。しかし、沈黙を破るものはいない。水を入れにきた店員が、状況を察したのか、そっと水を注いで立ち去る。

「私の……力不足でも、あるから」と呟くのが精一杯な鬼頭。気丈に振る舞っているのに申し訳なさを感じる。そこに森本は「いや、鬼頭さんは悪くないよ。俺が勝手なんだ」と続ける。あくまで自分の意思を揺るがせない。

「森本さんがそうなっても、竹田さんがどう判断しても、私は、私の力不足だから」

鬼頭の目から大粒の涙がこぼれてしまう。みんな黙ってしまった。女の涙は卑怯《ひきょう》だという奴がいるなら、僕はそいつをぶん殴るだけの芝居も作る。鬼頭の頑張りはこの三人が誰よりもわかっていた。傍から見たら泣いている女を囲む、甲斐性《かいしょう》のない男三人の構図。

「森本がいないとマチノヒじゃないよ」

僕は、自意識など取っ払って、心の底からの言葉を告げた。そして悪い癖なのだが、話しながら、もっとも自分の居場所を失わない方法を考える。この時ばかりは上坂のことは何も考えていなかった。

「それなら、お前が辞める前に、このマチノヒを休止しよう。またお前がやりたくなったら再開しよう、そういうことでいいじゃん」と、もっともずるい決断をする。

「その判断は、お前に任せるよ」

難しい顔をして森本が答える。鬼頭が不安げに呟く。

「来年の押さえてた劇場はどうするんですか」

「まあそれは、おいおい考えよう」

上坂は相変わらず黙ったままだ。彼の意見だけは全く通らなかった。

僕はこの判断が正しいかわからないまま、「明日、ブログで発表しようか。劇場のキャンセルのこともあるから早いほうがいい」と呟いた。どこかで、このマチノヒから解放される、という安心感もあったのかもしれない。

＝＝＝＝＝＝＝＝＝＝

【マチノヒからの大切なお知らせ】

マチノヒから皆様にお知らせがございます。

突然のご報告で申し訳ございませんが、
このたび、マチノヒは活動休止をすることに致しました。
今後の活動については未定です。

改めて、応援していただいた皆様、お世話になった皆様には
心よりお詫《わ》び、そして感謝申し上げます。
本当にありがとうございました。

2011年8月21日

マチノヒ　竹田武志《たけし》
　　　　森本由紀夫《ゆきお》
　　　　上坂卓《すぐる》

＝＝＝＝＝＝＝＝＝＝

「あげた？」

「あげたあげた」

上坂の家に集まった森本と僕が壁に寄っかかって会話を交わす。すると、台所で料理を作っていた上坂が、火を止めてスマホを開いた。

「すげえ、今までで一番リツイートされてる」

まるで他人事のように上坂が喜ぶ。そして、スマホを片付けて料理を再開した。僕はノートパソコンから目を離せず、このブログのリンクを貼ったツイートに対してリツイートやお気に入りしたユーザーを片っ端からチェックしていく。ブログはツイッターと連携されているため、瞬く間に広まっていくのだ。

「乾杯しようぜ」

森本は缶ビールを差し出す。「発泡酒じゃなくて？」と訊ねる。劇団で飲む時は、決まってバーリアルという、ロング缶の発泡酒なのかもわからないビールの失敗作のようなものしか飲んでいなかった。

「今日ぐらいはいいだろ」と笑う森本。

「鬼頭も来ればよかったのにな」と僕は缶ビールを受け取る。

「あいつ連絡したんだけど、今日も別の現場だって」

鬼頭は、この間のミーティング以来、マチノヒ以外の制作現場をより一層増やしているようだった。「演劇やってるなぁ」と情けなさと有り難さを噛み締めながら、缶ビールを開けて、構える。

「何に乾杯する？」

「なんでもいいよ」

「えっと、じゃあ……」

考えていると、「ちょっとまって、俺も！」と、上坂が飛び込んできて、僕の言葉を待たずに「うぇい、かんぱーい！」と叫ぶ。その勢いでなんとなく乾杯をした。僕はブログやSNSでの反応が気になったが、酔っ払ってきた森本や上坂は気にもとめず顔を赤めて笑っていた。テレビをつけると、芸人たちがネタ番組をやっていた。

世界はこんなにも平和だ。ふとそのマチノヒのブログを引用しているライバル劇団の主宰のつぶやきを見つけた。『マチノヒがやりたいことがなくなって休止するらしい。僕たちはやりたいことがあってよかったな』これが演劇の嫌いな所だ。劇団の心配をしながら自分たちの劇団をブランド化するクソみたいなやり方。パソコンをぶん投げそうになるが、森本と上坂が気にせずテレビを見ながら笑っていて、「なんかこうなるとスッキリするね」「ほんとほんと」と、話していて、どうでもよくなった。ブシュウという音がして、見ると上坂特製ソーメンの鍋《なべ》がふきこぼれていた。

「劇団をね、五年やってたんですよ、今日休止したんですけど」

「えー、やばい、記念日じゃん！」

カウンターの向こうにいるオカマは僕らの繊細な出来事を笑い飛ばしてくれた。彼女たちにとっては重要でも重要でなくもない。

家で飲んだ後に飲み足りなくなった僕らは、日付が変わる頃に高円寺《こうえんじ》の駅前に繰り出した。スーパーで買い足すつもりだったが、オカマバーを見つけて飛び込んだのだ。この何も知らない彼女たちと飲むのは、気が楽で楽しかった。グラスが空くやいなや「次どうする？」と聞かれて、ソフトドリンクを頼もうもんなら怒られるのだから、みんなフラフラになっても飲み続けた。

「なんで最後の公演、家族劇だったんだ？」

森本が酔っ払って訊ねてきた。毎回台本の中で伝えたいことなどは言うが、なんでこれを伝えたいか、なんでこの作品にしたかなんてことは話さない。いつも自分にとってパーソナルでデリケートな部分をコメディにすると謳《うた》っていたが、毎回誰からも聞かれることはない。しかし、森本が初めてそれを訊ねてきた。

「マチノヒは、もっとモテない男たちとか、売れない男たちとか、そういう俺たちに近い悩みを抱えてたような話をやってたじゃんか。毎回竹田がなんでこれをやりたいかとかはなんとなくわかってたし。でも今回のその、傷つけあってこそ家族だっていう、あるべき形の逆を描くのはわかるんだけど、お前の本当にやりたいことがわからなかった」

森本との五年の付き合い、学生の頃から数えると七年の付き合いともなれば、よくわかっていたようだった。

「家族の何を描きたかったんだ？」

森本はまっすぐに聞く。僕は森本には嘘がつけないから、ごまかすことができずに、言葉に詰まる。

確かに、今家族のことを考える時間が多くて、自分にとって最もデリケートな問題が家族だったからこのテーマにした。しかし、自分が思った以上に、家族に対して、俯瞰《ふかん》することができなかった。それでも何とか、経験を活《い》かして、今までにない家族の形、を物語として、立ち上げたつもりだった。それが、うまく言葉に、ならない。

森本はそんな僕を察したのか、別の質問をしてくる。

「竹田は、描きたいことは描けたか？」

「いや、わからないよ」

「そうか」

「でも、描こうとしたから」

「そうだな」

普段話さないことが、オカマバーの喧騒の中では、なんとなく話せた。森本の前では嘘をつくつもりも大きく見せるつもりもなく答える。「ならいいんだ」と森本は酒を傾ける。そんな森本の横顔に「描けてたと思うか？」と訊ねる。

「そうだなぁ……」

森本はちらっとこっちを見た後に、黙り込んだ。何か変なことを聞いてしまったのではと後悔してしまう。向こうから上坂がオカマのオッパイを触りながら、「かたい！　ねえ、かたいから触ってみて！　なんか得した気分になるから！」と誘ってくる。僕が立ち上がると、森本は「傷つけ合う家族はお前らしくねえよ」と呟いた。

「そうか」と背中を向けたまま言って、オカマのおっぱいを触った。かたくて、「かたいっすね」と言うと、オカマは「はい、三万円」と笑う。「払えないならチンチン触らせて」「え、やですよ！」「じゃ三万円」と攻防していると、上坂が僕を羽交《はが》い締《じ》めにする。「竹田さん、ここは触らせてあげましょう！」「わー、やめろー！」オカマにチンチンを握りしめられて、くすぐったくて笑う。「男ならもっと大きくしないとダメよ！」「ちょっとちょっと！」と、思わず振り返ると、森本の表情は暗がりに溶けてよく見えなかった。

僕は家族のことが、描けなかったんだ。

夜中3時を過ぎて、オカマバーを出た後も、僕らはまるでこの先を表しているかのように、行き場をなくしてフラフラ歩いた。

高円寺の駅前広場は、タクシーや、寝ている酔っ払い、喋る大学生、たむろする外国人など、時間が止まったことを許されているような空間が広がっていた。僕らはコンビニでストロングゼロを買って、地べたに座って更に飲んだ。

「ストロングを飲んでる方が弱い奴だよな」

森本が舌の回らない口調で言うと、なんとなく頷いている上坂。

もう話すことなんてない。いや、話すことなんて最初からなかったんだ。だから僕らは作品で会話をしていたんだ、きっと。こんな今のこの時間みたいに、話すことがなくなって休むだけ。また話すことができたら、集まればいい。

ぼんやりと空を見上げると、街灯に虫が飛んでいて、空は曇っていた。父といるときは何か話さなければと緊張して、結局話すことなんてなくて、変に疲れていたことを思い出す。森本と上坂といると、何も話さなくても気を遣わなくてよくて、こっちの方が家族みたいだな、と思った。

ぬるくなった夜の風が、火照《ほて》った体に当たって、心地いい。

「風が気持ちいいな」

「そうだな」

「いい時間だな」

「そうだな」

「いいっすよね」

「なぁ、もしも80歳の自分が、今この瞬間にタイムスリップできるとしたら、いくら払う？」

ふと森本がそんなことを聞いてきたものだから、上坂と僕は思わず黙ってしまう。父親以上の年齢になって、今この時間にやってきたら？　その自分は今の自分なのか80歳の自分なのか、そう訊ねるのは野暮なのかもしれない。

上坂は少し考えた後に「もしも80歳の自分が今ここに来たら……たぶん泣くと思います」と呟いた。

「つまり今という瞬間はそれぐらいの価値があるってことだな。大事にしろよ」

森本の達観《たっかん》した考え方に、こいつこそが今80歳の森本としてやってきた奴なんじゃないかと思う。なぜか「ありがとうございます」と涙ぐんでいる上坂。

なんだか恥ずかしくなって、携帯でマチノヒ休止発表ツイートのリプライの欄を覗く。するとかつて一緒に演劇していて、今は九州に働きに戻った仲間が『みんな戦友だけん』とコメントしていた。遠く離れた昔の仲間を思う。みんな戦友だけん。

アコースティックギターの音が聞こえる。少し離れた所にいた外国人たちが、ギターを奏《かな》で始めていた。合いの手を打つ上坂。「イェイ！」と叫ぶと、「フゥー！」と外国人が手を振った。ギターは盛り上がって、外国人は踊りだす。

「いく?」「いいね」自然に僕と森本と上坂は彼らに駆け寄って、クルクルと踊った。「いぇーい！」こんなこと今までの僕らなら周りの目が恥ずかしくて考えられなかった。今日は大丈夫だった。クルクルと踊って笑った。

何度も何度もクルクルと踊っていた。

5

「ねぇ、どこに向かってるの?」

車の助手席に座る緑が不安そうに訊ねる。車は高速に入って、グングンと海沿いを南下する中、「まぁまぁ」とはぐらかして答えた。緑と会うのは一ヵ月ぶりだ。お互いのタイミングが合わずで、どうやら地方ロケをしていたらしいが、詳しくは聞いていない。せっかくならと二日間確保して、九月頭で緑の誕生日が近かったため、サプライズで喜ばせようと思って海に近い民宿をとっていた。最近は何をしてるのかも話せていなかったから、ここで一気に元通りになろうという作戦だ。

車ではサザンが夏らしさを彩《いろど》ってくれる。白色のレンタカーはぐんぐんと走る。

「事務所入ったの」

ふと緑が呟く。なんとなくそれは覚悟していた。

「あ、本当に？　言ってたところ？」

平静を装って、アクセルを踏み込んだ。

「うん、それですぐに撮影が決まっちゃってさ」

「へえ、すごいね」

「時代劇なんだよ。やったことないし、暑いし、所作とかもう大変だった。演劇では明治座とかじゃない限りやらないよね」など、緑が得意げに語る。あまり話を聞きたくないが「それでそれで？」と興味がある素振りで続きを促《うなが》す。聞くところによると、そんなに大きな役じゃなさそうで、どこかホッとする自分がいた。小さな男だ。今進めてる足軽ボウイの舞台、あの変態漫画が原作になったら、ヒロインは無理かもしれないけど緑は絶対呼びたいな。すごく喜ぶだろうな。

「ねぇ、どこまで行くつもり？　今日帰れるよね？」

不安そうに顔を覗きこむ。しかし先週、二日間空いてることは確認していたはずだ。それで民宿計画やレンタカー二日間も密《ひそ》かに組み立てていたのだ。海沿いを通るコースもサザンも緑が喜ぶようにセッティングしたはずなのに、楽しもうとしていない。

「あれ、明日って予定あるっけ？」

「いや、ないけど」

「じゃあ大丈夫じゃん」

「そうだけど、え、ねえ、泊まり？」

「そんなわけないじゃん、俺も泊まりたいよ、帰ります帰ります」

「そう。ならよかった」

嘘だ。緑が泊まりたいと言ってた海沿いの民宿を予約したんだ。着いて、誕生日プレゼントとして伝えたら、きっと喜ぶだろうと思って鼻の下が伸びる。そして、今回こそセックスするぞ、と今日に向けて一週間オナニーを禁止して、肉とカキだけを食べ続けてきた。ジョギングやプールにもいくようにしていて、直前にスクワットをすれば股間に血流がいきやすいということも予習済みだ。お酒も今夜できるまでは控える。付き合って九ヵ月になるが、まだ緑とできてないのを、すごく気にしていた。

「でも人がいないのって安心するよね」

煩悩だらけで運転する僕に、緑が前を見て呟く。

「なんで？」

「だって人がいると、自分の噂してるんじゃないかって思っちゃう」

そういえば、昔も緑とその話で盛り上がったことがある。自意識過剰な僕らは、飲み会で隣のテーブルの人が話してる会話が、「あれ絶対ないよね！」「距離感間違ってるし！」などおそらく働く会社の陰口《かげぐち》だとしても、暗に自分たちに向けた悪口を話してるのではないかと思ってしまう。居酒屋に行くと上座に緑を座らせたいけど、たくさんの人が視界に入ると考えすぎてしまうので、そっちに僕が座るようにしていた。

「撮影現場だと特にそう。まぁ実際そうだろうしね」

確かに、カメラの中に映る被写体の話はするだろうから、緑のその考え方は至極出役《でやく》向きの考え方なのかもしれない。

「でもそれで、現場が押してるのとかも全部自分のせいかも、とか思っちゃう。ご飯のタイミングもわからないし、どこで食べたらいいかわからないし。結局はりきって空回りして疲れちゃうから」

緑はこの短期間の中でいろんな経験をしてるようだった。道路の先を見ながら、何か言わねばと考える。

「まあ、演劇だとね、みんなはっきり言うけどね、映像の現場だとみんな気を使っちゃうのかもね、特に役者さんにはね」

自分のできる限りのフォローをする。

少し間があった後、「うん、ありがと」と空虚な声が聞こえた。

「ねぇ、本当に泊まりじゃないよね？　お願いだから教えて」

不安そうな顔して緑が訊ねる。サザンは相変わらず陽気な歌を歌って、ちょうど今マリンルージュでカッコつけてるところだ。何がちょうどなのかはわからないけど、はぐらかすのに疲れた僕は、思わずサザンを口ずさむ。

緑は「もういい」とすねて窓を向いてしまう。車は走っていった。

湯河原《ゆがわら》に着く頃、緑は一気に口数が少なくなっていった。しかし窓を開けて「空気がおいしいねぇ、ところでどこ行くの？」と本日九度目の質問をしている。「うん、ここまでくるとやっぱいいね、マイナスイオンかな」と前者に対する回答のみをする。

到着した民宿は、それぞれ独立した平屋のようになっていて、予想以上に良い雰囲気だった。それぞれの平屋に温泉も付いていて、少し高くても正解だった。否応《いやおう》無くテンションが上がる。緑も「うわぁ、なにここ、最高じゃん」と一旦はテンションが上がったものの、「やっぱ泊まりってこと⁉」と事態に気づく。

「ほら。緑の誕生日この間だったから……だいぶ前だけど、海にも行きたいし、温泉にも入りたいって言ってたじゃん……だから」

鼻の下が伸びないように、語る。黙って見つめる緑。さぁ喜ぶぞ喜ぶぞ。これは一旦脳みそを整理してる間かな、泣くかな、笑うかなどうかな、と真顔の緑を見ていた。

「いや洗浄液ないし」

「え？」

「コンタクトの洗浄液、持ってきてないから」

「は？」

「だから泊まるの無理」

「……ええ？」

思わず僕が真顔になってしまう。事態が整理できない。待ってごめんどういうこと？洗浄液？　コンタクトの？　俺の一週間の準備と注《つ》ぎ込んだ六万円は無駄だった？？

「……あ、ワンデーやった？」

「いやツーウィーク」

「え」

「でも洗浄液ないと無理だし」

なんだよそれ。なんだよ、なんだよ！　この一ヵ月会えなかった辛さとか色々なモヤモヤが喉の奥からこみ上げてくる。ただ喜んでほしかった。喜んでほしかっただけだ。

「じゃあもういいよ！」

僕は叫んでいた。「いいよもう、帰ろうか」と荷物をまとめて出て行こうとする。

「え、待って待ってごめん、怒ってる？」

「いや怒ってないけど、いいよもう帰ろう」

「だから言ってほしかったんだって！　泊まりなら途中のコンビニで買ってたのに」

「だから泊まりじゃないって」

「もう、だからさ」

「部屋見て帰るつもりだったから」

「ちがうでしょー？」

「違わないし。ほら、いい景色だね。空気もおいしいし。じゃ帰ろう」

完全に心が折れてしまって、引き返す。

「ちょ、タケシ、タケシってば！」

いつのまにか竹田さんからタケシに呼び名は変わっていることに気づくが、今はそんなこと嬉しくもなんともなかった。レンタカーの鍵を取ろうと机に手を伸ばすと、間に緑が立ちはだかって、両手をこちらに構えて『まあ待て』のポーズ。

「よしわかった、今からコンビニ行こう。それで洗浄液買おう。そしたら万事解決、緑は万事解決。タケシくん、それで手を打とうじゃないか？」

心臓の音で張り裂けそうだ。落ち着くことを知らない。無理だ、どんなに緑が解決しようとしても、あそこで「洗浄液ないし」って言われたら無理。目指していた感動が洗浄液に負けてしまうならそんなの無理。

「……この辺コンビニないし！」

僕は一メートル前の緑に、大声を出してしまう。そして、膝から崩れ落ちた。

緑は座り込んで、僕と同じ目線に並び、ゆっくりと話しだす。僕の手懐《てなず》け方は、一ヵ月ぶりでもわかっているようだった。

「いや、あったよ、あったよね。確かにこの辺はなかったけど、ちょうどほら、湯河原入る所にさ、入り口の、まあ十五分前ぐらいだったけど、セブンあったじゃん。あーここのセブンなんで茶色いんだろ～とか話してたじゃん。あれ私わかってたけどさ、景観を大事にしてるらしいよ。煌々《こうこう》と看板が照ってると、都会だといいけど、こういう緑の中だとね、浮いちゃうしね。あの茶色いセブン行こうよ。行ったことないでしょ茶色のセブン？　まぁ、中は変わんないだろうけど、だから、洗浄液絶対あるし。往復で三十分かからないぐらいよ。あ、私運転しようかな、ペーパーだけど、この辺車少ないし。ちょうど運転の練習したかったしね。ほら、いつ運転の芝居があるかもわからないし」

僕は気づくと、地面に突っ伏して泣いていた。「うう……」と鼻水を流して、お腹のすいた野良犬のように呻《うめ》いていた。そのまま、緑は起こしてくれて、背中をパンパンと叩かれる。その大人ぶった態度に「やめろぉ」と言うが、抵抗するほどの体力もない。

介護されるように助手席に座らされて、緑の運転でセブンに行ってコンタクトの洗浄液とお酒と栄養ドリンクを買って宿に戻った。「やる気じゃねえかよ」と緑は言っていたが、僕は本日最後の無視をした。


翌朝、気だるく目を開けると、緑は目を開けてスマホをいじっていた。仕事の何かかと思ったらスマホのソーシャルゲームをしていて、安心する。そして、ちょっとだけ遊ばせてもらって、面白くて、気づいたら昼になっていた。

腹ごしらえも兼ねて、海に向かった。途中にあるお土産物屋で、緑は小さな植栽に目を止めた。手のひらサイズのガジュマルの木は、二股《ふたまた》に分かれてキラキラと生きていた。

「すごい、かわいくない?」

「うん、そうやね」

「生きてるって感じするよね」

「うん、そうやね」

緑は吸い込まれるように見ていて、僕も近づいて千五百円という値札を見つける。買えない値段ではない。「買う?」と聞くと、「でも実家とか帰ったら水あげられなくなるよね」と心配そうに答える。そこに店員さんが「大丈夫ですよ。ガジュマルの木は、水をあげ忘れても、太陽でどんどん大きくなりますから」と笑顔で教えてくれる。

「お世話しなくても大丈夫なんですか？」

「ずっとはダメですけど、一週間ぐらいなら水をあげなくても大丈夫ですよ」

「じゃ、買います！」

思わず答えた調子のいい僕を、緑は不安げに見る。

「大丈夫？　ちょっと高くない？」

「持っていれば、いつでも今日のことを思い出せるでしょ？」

その言葉にやっと緑は嬉しそうに「そうだね」と笑う。僕は丁寧にガジュマルの木を包んでもらった。このガジュマルの木がすくすく育てばいいなと思う。ガジュマルの木を持った手と、もう一方の手は緑の手を繋いで、幸せな両手と共に海に向かった。

九月に入ったばかりの海は、観光客もまばらになっていたが、さすがに二十代のカップルが海に行って何もしないのは変だろう、という議論の末、海に入ることになった。

水着を持ってきていない緑と、僕は持ってきていたがなんだか申し訳ない気がしたので忘れたフリをして、二人で一番安くてダサい水着と『写ルンです』を買った。僕はこの思い出を撮りたいと思ったのと、エッチな気持ちもあった。緑はそんな僕の気持ちを汲《く》み取ったのか警戒しているのか、長袖のウェットスーツのようなものを買っていた。それが一番高い買い物だった。

「ねぇ、あまり見ないで？」

そこにいるのは長袖にホットパンツの緑で、叶うならばもっとドキドキしたいものだと思いながら、「別に見てねえし」という昔の少年漫画みたいな返答をする。

しばらく波打ち際でバタバタしていたものの、次第に緑が沖に行こうとする。「危ないよ」と引き止めるが「大丈夫、わたし海で育ったから！」と得意げだ。海は、真夏のピークも去って、お昼も過ぎていたので、沖にはライフセーバーが一人、あとは波打ち際に家族が数グループいる程度だ。僕は地面が遠のいていくことに不安になったが、緑は海に入って、みるみるうちに元気になる。

「え、海だっけ？　実家？」

「おばあちゃんちが海が近くて、いつも素潜《すもぐ》りしてた」

「へえ、知らなかった」

「タケシは？」

「うちは海は近かったけど、泳いではなかったかなぁ」

「海近かったんだ」

「まあ、昔ね」

「へえー」

両親が離婚する前に住んでいた百道浜《ももちはま》の大きな家は、福岡ドームのそばにあって、海に面していた。きれいな海ではなかったけれど、いつも小学校に行くときに海風が気持ちよかったのを覚えている。だから、泳げないけど、海が好きなのかもしれない。

足が届かないことが心細くて、少し陸側に戻って、つま先を伸ばして足場がある所に落ち着く。緑は僕より背が低いはずなので、今は足が地面についてないはずだけど、それでもプカプカとニコニコとしている。

「じゃあ緑、泳げるんだね」

「うーん、ちょっとだよ。タケシは？」

「まぁ、俺もちょっとぐらい」

「じゃあ、一緒だね！」

緑の謙虚さと僕の意地っ張りが『ちょっと泳げる』という場所で待ち合わせをしたが、ぼくは本当は泳げない。25メートル足をつけずに泳ぎきれたら褒められるレベルだ。素潜りしていた彼女とは話が違うはずなのに、日本語の恐ろしさと自意識の残酷さが相まって、緑はニコニコと「じゃああそこまで泳いでみようよ！」と指を指す。

はるか50メートルほど先で、沖《おき》ノ鳥島《とりしま》のようにぽつんとダブルベッドのようなものが浮かんでいた。あそこに行くとさぞ気持ちいいだろう。あそこから陸を見るとどんな景色だろう。25メートルは行ける。50メートルはどうだろうか、いやもっと先かもしれない。

「行けるかなぁ……」

浮き輪もない。足がつくギリギリの今のところで、既に不安だ。

「行けるよ！　行ってみよう！　無理だったら引き返せばいいよ」

海で育った緑の弾けるような笑顔に見とれて、確かにそうかも、と思わされる。無理だったら引き返す。そりゃそうだ。やってみよう。

「よし、わかった！」

「よく言った！　じゃあ、レッツゴー！」

緑はダブルベッドに向かって泳ぎだした。僕は空に向かって深呼吸する。真っ赤な太陽、白い雲、青い海。よし、いける！　僕は、プールで泳いだ要領で泳ぎだした。集中していた。絶対に辿り着いてやる。よし、いける、いける。気づくともう足はつかない。緑は時々こちらを振り返りながら、10メートルほど先をいく。緑が手を振るので、こちらも手を振る。10メートルを過ぎる。よし。20メートルを過ぎる。ちょっと疲れてきた。

そう思った瞬間に、規則正しく四回で息継ぎをしていたのが持たなくなり、三回で息継ぎをする。足がもつれてきた。二回で息継ぎ。あれ、無理かもしれない。先を見ると、緑は20メートルほど先、もうダブルベッドの近くだ。僕はさっきから全然進んでないことに気づく。あと30メートルはある。戻るにも20メートル。足が動かなくなる。あ、これは無理だ。これは無理だ！　たどり着かない！「ごめんもう無理！」と手を振ると、緑は声が聞こえずに手を振り返す。違うんだ、という気持ちは伝わらず、僕は引き返す。引き返そうと思うが、波が顔を覆《おお》って息ができなくなる。やばい。これはやばい。足が動かなくなり、息継ぎもままならなくなる。陸では家族が遊んでる。動かない足の分、必死に手を動かすが、まったく進まない。ただただ、手をばたつかせて、溺《おぼ》れている。このままじゃ、戻れない。波に勝てなくなり、息もできなくなる。「たすけて、たすけて！」叫んだ。緑はしばらくこちらを見た後に、事態を理解して、戻ってくる。もう僕は引き返すこともできなくなり、ただただ、その瞬間息をするためにそこに滞在する。息を吸って三十秒海に身を委ねて、また水面に上がって息を吸う。照りつける日差しに目が眩《くら》む。波が自分の体力を奪って動けない。もうだめだ。死ぬ。本当に死ぬ。童貞のまま死ぬ。昨夜もできなかったのに。死ぬ。緑が戻ってきた。「ちょっと!?」と言う緑の言葉を待たずに緑に抱きつく。「ハァ！　ハァ！」と一瞬だけ息ができる。しかし、僕の全体重をかけると緑は動けなくなった。「ちょっとまって、まって！」「無理、もう無理！」「戻ろう！」と緑は言うが、僕ががっしり緑を摑んでいるため動けない。緑も体力を奪われていく。「たすけて」と緑は叫んだ。しかし、ダブルベッドのその先にいるライフセーバーには届かない。「たすけ……」陸の方へ叫ぶが家族たちには届かない。沖でもがいている僕らに気づく人はいない。僕は気を失いかけて、緑も海の上より海の中の時間の方が長くなっていく。「ちょっと、離して。離して！」緑が体力を振り絞って、僕に叫ぶ。僕は、手を離した。このまま二人で死ぬなら、緑は生きていてほしい。さようなら。海に放たれた僕は、体力も奪われて海に沈んでいく。「助けてください！　助けてください！」海の中で緑の声が聞こえる。「たすけて！　たすけてー！！！」緑が手を振って何度も叫ぶと、ライフセーバーがこちらに気づく。そして、ボードに乗ったままこっちに向かう。僕の意識は遠のく中、緑は僕の手を摑んで、何度も海の上に押し戻そうとする。「大丈夫ですか！」ライフセーバーが到着して、緑に手を伸ばす。しかし緑は僕の手を差し出して、ライフセーバーに摑ませた。僕はそのままライフセーバーのボードに乗る。「もう一人応援を呼んだので、すぐ来ます」「私は大丈夫なのでこの人を」「はい」遠のく意識の中、緑とライフセーバーの会話が聞こえる。僕と緑はライフセーバーに連れられ、陸に戻った。

　気づくと緑の方が先に陸に上がっていて、僕を待ち構える。僕はライフセーバーに立たされるが、もう体は動かなくなっていた。肩を摑まれて立たされて、フラフラになりながら波打ち際を歩く。うまく歩けない。宇宙飛行士の帰還はこれぐらいだろうか、いやここまでじゃないだろう。波がなくなる砂浜まで来ると僕は倒れ込んだ。全身が筋肉痛なのか動かない。「無理して沖にこないでください」「はい、すみません」ライフセーバーが緑を厳しく叱責《しっせき》する声が聞こえた。

「大丈夫？」

返事ができない。重力が重い。何も動けない。

「ライフセーバーの人ひどいよね、もう行っちゃった。こういう時何もしないんだ」

緑が愚痴るが、何も返せない。

「動ける？」

動けない。本当に、動けない。隣では大学生たちがビーチフラッグをしていて、どうやらここがゴールらしくて、砂が飛び散る。目が痛い。「おいお前ズルすんなよなー！」「バカ、してねえよ！」「もう一回な!!」男女混合のビーチフラッグは大盛り上がりで、死にかけの男に砂をかけていることに気付く由もない。そして僕らは、この辺でビーチフラッグするのはやめて、なんて言う体力もないし、その資格もない。なぜならここはビーチで、死にかけている僕の方が変だからだ。「移動する？」緑が言うが、返事ができない。顔にかかった砂を払うこともできずに、眩《まぶ》しい太陽を見つめた。腕が震えている。

「ここにいて。水買ってくる」

緑は立ち去った。そこから、何度もビーチフラッグが行われ、僕の顔は全てのレースでもろに砂をかぶる。どうやらトーナメント戦のようだ。狙《ねら》っているのか。なぜここにフラッグを立てたのか。トーナメントは今どんな状況なのか。大学生は気にすることもなく、ゲームは盛り上がる一方だ。向こうから見たら日焼けしてるだけに見えるのかもしれない。だんだん、息ができるようになってくるのを実感する。口がジャリジャリして、砂をたくさん口に含んでいることに気づく。しかし動けず、口からツバを吐く。死んだ。本当に、死ぬと思った。

「ほら、飲んで」

戻ってきた緑はグレープフルーツジュースを差し出す。

「ごめん、水なかった」

緑に起こされて、ジュースを口に含む。一口目は口が砂で一杯になって吐き出す。二口目も吐き出す。「飲んで」という緑に、かつての打ち上げのことを思い出す。

あの時、なんで差し出された水を飲まなかったんだろう。今の辛さに比べたら屁《へ》でもない。僕は飲んだ。疲れて冷え切った体に、グレープフルーツジュースが染《し》み渡る。生きてる、と思う。ふと見ると緑が涙ぐんでいた。

「み、ど……も、飲んで」

辛うじて声が出た。緑にジュースを差し出すが、緑は受け取ろうとしない。そのまま十五分ほど過ぎる。会話はなく、規則正しい呼吸に集中していた。

「このまま休んでて、タクシー探してくる」と緑が荷物を置いて走り去る。

喜ばせるつもりだったのにな。緑の背中に申し訳なさを思う。「ウェイ！　じゃあお前のおごりね！」とビーチフラッグは優勝者が決まって、大学生砂かけ軍団は退散していき、僕は一人になった。しばらく呆然としていたら、背中に痛みを感じて、体を横に動かす。ちょっと動けそうだ。カタツムリのように一秒に一センチ、のペースで体を起こす。横に置かれた荷物を見ると、財布とガジュマルの木と『写ルンです』が見えた。僕は無意識に、写ルンですを手に取る。

自分は今どんな顔をしてるのだろう。冷え切った手で、自分に向けて、シャッターを切った。そして、今見ている海を撮った。そして、もう一度自分にカメラを向けた。緑が戻ってきた。緑は黙ってこっちを見ていた。

その後は、ご飯を食べてセックスをした。童貞を卒業した。何度かセックスをして東京に帰った。

# 3章　2012年夏

## 1

窓から照りつける日差しに目が眩《くら》む。電車の中は仕事やレジャーなど様々な表情の人たちでごった返していて、あの死にかけた夏が昨日のように思えるけど、もうすぐ次の夏がやってくるんだな。夏がフライングしてきたような五月の日差しに、居心地の悪い懐かしさを覚えた。去年の年末はなんだか疲れてしまって初めて東京で年を越して、しばらく福岡には帰れていない。

電車のドアが開き、この一ヵ月間ですっかり通い慣れた駅に降りる。ここはコリアンタウンなのか、歩いていても日本語より韓国語《かんこく》のほうがたくさん聞こえてきて、それが妙に今の自分には安心する。

劇場に向かう駅前のコンコースに緑がいた。地下鉄に貼られたポスター。真ん中に陣取る大女優の隣で、友達役としてこっちに向かって微笑んでいる。こんな笑顔、しばらく見てないな。お芝居の笑顔なんだけど、相変わらず上手だな、本当に笑ってるように見えるしな。これどれぐらいギャラもらえるのだろうな。広告はギャラが桁違《けたちが》いだと聞いたことがある。ポスターの写真を撮って、緑に送ったが、その前のラインも既読スルーされたままだ。僕らのやり取りはメールからラインに変わったけれど、関係性は変わるどころか、より一層虚《むな》しさを感じるようになった。最近はスルーにも慣れてきたので、動揺せずに劇場へ向かう。

楽屋口の前では、数人の女の子が散り散りに、まるで待機してないみたいに待機していた。おしゃべりをしてる風を装いながら、楽屋口に入ってくる人を横目でチェックしている。こちらを見た瞬間、一瞬残念な顔をするのに気づくが、とりあえずこちらに会釈してくる。つい癖で「おはようございます」と言ってしまうと、「おはようございます」と返ってきた。

楽屋口の柵を開けると、「竹田さんと挨拶した！　ヤバい！」と背中で話し声が聞こえる。人気者の気分だ。いや、一年前のことを思えば、人気者だと言って過言《かごん》ではない。

楽屋に入ると、沢山のスタンドに飾られた祝い花が僕を迎えた。立て札には、テレビ局、放送番組、芸能人、たくさんの人たちがこの公演を祝福している。「多すぎて置き場に困るのよねぇ」と制作スタッフが呟いたことに衝撃を受けた。

マチノヒでは一度だけ、上坂の親が差し入れてくれた祝い花が嬉しくて、入り口の一番見えるところに置いていた。「ちょっと、恥ずかしいんでこんな所に置かないでくださいよ〜」という上坂の嬉しそうな顔。あの小さな小さな祝い花の何倍もの大きさの花たちが、何十倍もの数並んでいてアイツの顔が霞《かす》む。祝う気持ちに大小はないけれど、さすがにこんな真っ赤なカーテンのようだと、横を通るだけで鼻の穴が膨らんでしまう。

「あ、竹田さん」

「竹田さんおはようございます」

「早いですね」

真っ赤なカーテンを越えて楽屋を進むと、今日の本番準備中の制作スタッフたちに声をかけられる。今日は夜公演のみのため、落ち着いている。

「あれ、昨日どこか飲みに行きました？」

「いや、行ってないけど」

「えー、キャストのみんな竹田さんと飲みたがってましたよ」

「そうなの、知らなかった」

「今日誘われるんじゃないですか？　あ、今日も売り切れですが、チケットどうします？」

「売り切れなら音響卓の隣でいいよ」

「いえいえ、関係者分はあるので。いつもの中央最後方の席を確保しときますね」

大事にされている。マチノヒではこうはいかない。しばらく話した後に、廊下のへこんだ部分のパイプ椅子の傍《かたわ》らに荷物を置く。ここが僕の場所だ。限りある楽屋は埋まっている。キャスト楽屋、スタッフ楽屋、衣装メイク部屋はあれど、演出家部屋はない。そういうものだ。聞いたところによると、商業舞台の演出家は、初日の幕をあけた時点で〝ギャラ〟という観点では仕事は達成しているらしい。そしてここから地方も含め ヵ月半、本番をやり続ける。逆にキャストは一ヵ月間の稽古でギャラは発生しておらず、1ステージいくら、という換算で本番に立っている。マチノヒではお客さんにチケットを売った分だけチケットバック、というシステムを取っているため、小劇場と商業演劇はここまで違うのかと思う。

だから、本番期間中の演出家は居場所がないのだ。いや、いる必要はないのかもしれないが、作品に責任を持つ、という意味で見ないわけにはいかない、というのが半分、残りは、見にきた関係者に挨拶をしてまた別の仕事をもらう、見にきたお客さんにチヤホヤしてもらう、という理由だ。

マチノヒであんなに嫌だった終演後の挨拶が、楽屋待機でお客さんがやってくるというシステムになっただけで立場が逆転したような気持ちになる。マチノヒでは「来てくださってありがとうございます」だったのが、ここでは「おう来たんだ、ありがとね」だ。事実、お誘いメールを今回はしていないにもかかわらず、足軽ボウイと舞台をやっているという情報を聞きつけた友達から「チケット取れないの?」と何度も連絡がきた。マチノヒにはお誘いメールを送っても来ない人たちからだ。かわいい女の子からもきた。緑からはまだ来ていない。親戚は花江だけが福岡公演の予約を取っている。森本以外のマチノヒ連中はチケット代が高いからと本番のリハーサルとして行われるゲネプロに来た。

そういえば、今夜は母親が来るんだっけ。東京の出版社に用事があるからちょうどいい、と先週チケットを頼まれたんだった。

本番二時間前。男子楽屋にずらりと並ぶ十人の俳優は、リラックスしながら僕に向いて座っていた。きれいな男七名ときれいな女三名。この人たちを自分が演出しているのかと思うと、俺はすごいじゃないか、頑張ったじゃないか、という気持ちになる。

「え、お前昨日写真撮られたの⁉」

「参ったよ、家の前まで行ったら家の前までタクシーで追いかけられてさ」

「家の前まで行ったらダメだって！　バレるからさ。路地入ったところで降りて、車が通れない道で帰らないと」

「私もこの間、フライデーされた時はさ……」

まるで別世界のような会話。「昨日のステージは、アレでしたねぇ」と僕がノートを見て口を開くが、「マジ⁉　あの時付き合ってなかったんだ⁉」とそのまま話が盛り上がる。僕は無視されたことを無かったことにするためにフンフンと今のは独り言だったかのように昨日のメモを一枚めくる。何も書いてない。もう一枚めくる。何も書いてないけど、メモに棒線をなんとなく書きながら、会話が落ち着くのを待つ。

稽古場では演出助手という味方がいて稽古を仕切ってくれたものの、演出家同様に初日をあけたらお役御免なので、ここには役者と僕しかいない。なんなら、僕が本番期間中にいるからと、こういう時間を取らせてもらっている。自分が本番期間中に作品をコントロールできる唯一の時間だった。「げ、それネットニュースになってたよ！」「マジ？　ありえない！」話はさらに盛り上がる。僕のメモは棒線だらけになって、お尻の肛門《こうもん》みたいになったから、難しく考えてるふりをして、お尻の肛門の完成を目指す。

「はいはい、竹田さんから昨日のダメ出し聞くで」

役者を制したのは、稽古場リーダーでもある足軽ボウィの南川《みなみかわ》だった。今回の公演は、一番人気の丸田クンは出ないものの、足軽ボウィが六人中三人が出演しているので、チケット争奪戦の人気公演になっている。もっとも、舞台に出なかった方の三人はアニメのレギュラーやバラエティ収録などで忙しかったからだが。南川の言葉を素直に聞いて、「はーい」とこちらを見る十人。顔が整っているなあ。この人たち、モテなかったことないんだろうなあ。僕は自分を奮い立たせて、口を開く。

「昨日、テンポは良かったすね。試合のシーンは特に良かった」

「よっしゃー」と盛り上がる。

結局今回、自分の提案した変態漫画の原作は企画が通らずに、沢山のきれいな男と女が出てくる漫画原作、2・5次元ものの舞台になった。よく理解できないまま、漫画から台詞だけを書き起こして整えたら台本になっていて、漫画のページを見ながら、再現するように絵を作った。稽古場で迷ったら、僕の言葉より、漫画を見る。漫画をそのまま立体的にする粘土工場みたいな作業だった。

漫画は好きなんだけど、大好きなんだけど、この舞台は漫画を踏み絵にしているみたいで、きっとこのアプローチは間違ってる。本当の2・5次元の舞台は、もっと誠実に高みを目指しながら作っているはずだ。だけど経験のない自分には、作り方が最後までよくわからなかった。漫画のキャラクターをみんな忠実に再現できているから、本番期間中に言うことはほとんどない。芝居の細かいニュアンスに関することぐらいだ。もっとも、自分にとってはそれが一番大事なのだけど。

「あの部室で集まるシーンで変な間が生まれたのって？」

「うわ、やっぱ竹田さん気づいてたか〜」

「気づくよあれは。どうしたの？」

「ちょっと台詞が飛んじゃって。すみません」

「おっけー、気をつけてね」

「はーい」

「あとユキエが真実に気づくシーンってさ、もうちょっと体が開いてなかったっけ？」

「あ、開いてなかったですか？」

「そうですね、俺からはそう見えた。今日も満席みたいだから、ちゃんと開かないと端の席からだと見えないかも」

「開いてたつもりなんですけど」

ちょっと変な空気になる。あれ、これ違ったかな。でも開いたほうが見やすいと思うけど、でも、違ったかな。気持ちよくやってもらうほうがいいもんな。

「そっかごめん、今日もっかい見てみる。気にしないで。あと二階堂《にかいどう》の喧嘩のシーンって滑舌《かつぜつ》がさ……」

「え？　なんですか？」

「滑舌ちょっと甘くなかった？」

「感情でやってるんでわかんないです」

「台詞があの、滑舌がさ……」

「ゆっくりやればいいすか？　そしたら感情弱くなりますけど」

「そっか、じゃあそのままで大丈夫。気にしないで」

無理だ。ますます気まずい空気になる。まだ言いたいことの半分も言ってないけど、ちょっとこれ難しそうだ。もうやめよう。

「うん、そうですね、そんな感じかな。全体的には昨日もいい感じだったので、今日もよろしくお願いします！」

「お願いしまーす」

みんなが立ち上がっていき、「え、それでネットニュースってどこの？」など、僕の時間がなかったかのように先ほどの会話が再開される。僕はなんとなく頷きながら、ほとんど言えなかったダメ出しメモを見ながら、役者の誰かから質問が来るのを待つ。「やばい、超バズっててんじゃん、困るんだけど！」と手を叩いて笑っている。うん、質問はなさそうだ。足音を消して、男子楽屋を出る。

廊下ではスタッフたちが、夜公演のための衣装や消え物の準備をしている。邪魔にならないように廊下の端《はし》を通る。もう行く場所がない。とりあえずケータリングの前に行って、数え切れないほどの高級菓子の中から、レーズンウィッチを手にとって包装をあける。うまい。やっぱレーズンウィッチうまいなぁ。レーズンウィッチってなんでこんなにうまいんだろ。もう一個食べようかな、いや我慢我慢。レーズンウィッチでは五分ほどしか時間は持たずに、なんとなくロビーへ向かう。

ロビーデスクの向こうでは、当日券の列に何十人も並んでいた。この公演チケットは転売サイトで高値でやり取りされているらしい。このロビーからでも『チケット譲ってください』と書かれた段ボールを持ってる子も見える。間違いなく人気公演だ。

あと一時間半で本番。物販を眺める。パンフはバカ売れで増刷しているらしい。作品のことはあらすじ程度で、主には足軽ボウイの面々たちの写真集のようだ。パラパラとめくって閉じる。まだ、開演まで結構あるなあ。


終幕。カーテンコールが終わって役者がステージからいなくなっても、拍手は鳴り止《や》まない。拍手に呼ばれるように役者がまた登場してきて、拍手はさらに大きくなる。慣れた動きのダブルコールだ。ハケ際で足軽ボウイの三人が残って投げキッス、歓声が起きる。それでもまだ拍手は鳴り止まずトリプルコール。役者が恥ずかしそうに三度目の登場をすると、お客さんは綺麗に立ち上がり、スタンディングオベーション。

トリプルコールに、スタンディングオベーション。演劇においては、すばらしい作品を見たときに行われる名誉あることだ。だが、俳優ありきの商業舞台だと意味が違う。拍手をやめなければやめないほど、彼らが舞台に出てくる。お客さんは作品への賛辞ではなく、一秒でも長く彼らを見ていたいのだ。会場の関係者席を除くすべての客が立ち上がって拍手を送る。立ち上がりたくないと思っている人も、気に入ってないと思われるのが辛いので立つしかないだろう。

後ろから見ると、母も立ち上がって笑顔で拍手を送っていて、なんだか強要しているようで申し訳ない気持ちになる。母の影響でこういう世界に入ったのだ。良かったのかな、どうだったかな。まだ拍手は鳴り止まない、主に主演の足軽三人に向けられる。役者の表情は〝信じられない〟〝嬉しい〟みたいな顔をしているが、このトリプルコールまで全てスタッフとのリハーサル済みだ。主演が何かを話し出さないとこの儀式は終わらないので、初日からこういう流れが固まっていた。

「ありがとうございました！」

大きな拍手。

「ありがとうございました！　いやいや、ねえ、東京公演も折り返しということで」

「まだ折り返しかい！　二週間やってるで」

「まだまだありますから。地方を入れると全然これからですよ。どうですか今日の具合は？」

「今日はね、滑舌も流暢で」

「いやお前噛んでたやろ！」

南川が突っ込むと、爆笑が起きる。

「どこで？」

「喧嘩のところで！　みんな気づいてるわ！」

「まったく身に覚えがない」

爆笑が起きる。僕は、お金を取っている以上、作品内の失敗を笑いにするのはプロとして失格だと思っている。反省すべきだ。しかし、それは今日も開演前の集合で言おうとして言えなかった。僕の責任だ。

出演者たちはあそこでミスをした、ここで間違えた、などを話して、南川の軽快な関西弁で、カーテンコールは盛り上がる。お客さんも笑っている。本来楽屋で反省しながら話すべきことなのかもしれないけど、こうしてみんなが幸せなら、僕の考えのほうが間違いなのかもしれない。彼らの姿に喜んでいるのだから。それでもそのトークになんだか吐き気がして、僕はしゃがんでお客さんの前を通って劇場を出る。

とりあえず外に出て、タバコを吸った。どんどん作品が作品じゃなくなっていく。出演者たちは台本や演出に飽きて、ふざけ出している。初見の人には何のことかわからないが、リピーターにはその変わっている部分が面白くて仕方ないらしい。来るのは足軽ボウイのファンばかりで、SNSで今日のあのシーンはこうだった、など報告し合っているので、その違いを楽しんでいるのだろう。その楽しみを奪うこともできず、作品も管理することもできず、自分はいる必要あるのだろうか。

夜空には大きな雲が浮かんでいて、その向こうの闇が見えない。まるで演出家の自分が、雲のせいにして真実を隠しているみたいだ。なんて、考えすぎだ。ギャラ分の仕事はしたんだ、劇場に来ているだけで僕は偉いだろう。この総動員数万人のうち、1パーセントがマチノヒに来てもプラスだ。この公演中にツイッターのフォロワーは二千人増えた。公演にまつわる呟きは何十リツイート、足軽ボウイにまつわる呟きをすると瞬く間に何百リツイートもされる。一方で、マチノヒのことを呟くと0リツイートで、増えたはずのフォロワーが減る。だから最近は、この公演にまつわることしか呟いていていない。

魂なんて捨てた。魂なんてここには必要ない。稽古では一生懸命に作ったはずだった。しかし、初日をあけた瞬間に絶望した。みんな作品を見に来ているのではなく、足軽ボウイを見に来ているのだ。この作品のテーマのために一ヵ月かけて積み上げてきたはずの緻《ち》密《みつ》な劇は、なんの緻密さも受け取られずに、足軽ボウイがふざけたら笑うし、足軽ボウイが叫んだら泣く。ちょっと切ない音楽をかけたらすすり泣く声が聞こえる。全ステージはトリプルコールのスタンディングオベーション。勘違いしそうになるが、あの万雷《ばんらい》の拍手の音が、心の何かが死んでいく音に聞こえた。

ロビーにざわめきが聞こえて、お客さんが高揚した顔をして出てくるのがわかる。お客さんに気づかれるようにロビーを横切ってトイレに向かう。「あ！ 演出の！」女の子が気づく。チラッと目を合わせて会釈する。ああ気持ちいい。こうしてふとした絶望をうやむやにしていた。特に出ない用を足して、トイレを出る。もう物販には行列ができていて、目に入るようにして横を通る。誰も声を掛けてくれない。あれ、気づいてないのかな、どうしよう、立ち止まるのも変だし、みんな俺に気づいてくれ！ ああ、誰にも気づかれなかった。そのまま、そそくさと楽屋へ戻った。

男子楽屋では汗を拭《ふ》きながら、役者たちが談笑している。僕はグルっと一周回るが、誰からも声をかけられずに、男子楽屋を出る。そして、ケータリングで、コーヒーを啜《すす》る。楽屋入り口では先ほどまで観劇していた関係者たちが列をなして、制作が誘導して捌《さば》いていた。

隣にふわっと香水のいい匂いがして見ると、足軽ボウィの丸田クンだった。この間深夜ドラマを見たから、テンションが上がる。挨拶したいと思って、ゆっくり追いかけるが、話しかけられない。男子楽屋に丸田クンが入ると、「来たな、丸田オラァ！」と南川の声が聞こえる。その後ろから夕方のニュースの女性キャスターの姿が見える。すごい、今日も芸能人で溢れてる。と、母から連絡が来る。

『見終わった！　どうすればいいと？』

このままロビーに迎えに行くこともできるが、母にこの芸能人が溢れる楽屋を見てほしい。『近くのスタッフの人に、演出の竹田の母です、楽屋面会お願いしますって言って』と返信。しばらく紹介されたいがために男子楽屋と女子楽屋を意味もなく往復して、特に誰からも呼ばれることもないまま、「たけちゃん！」と声が聞こえた。母だ。母はキョロキョロと所在無さそうに立っている。

「おうおうありがと、こっち来て」

「大丈夫と？　入っていいと？」

「いいけんいいけん」

不安そうな母を男子楽屋と女子楽屋の間の廊下に誘導する。

廊下の途中で立ち止まると、僕に会って安心したのか「いやあ、すごいね、お客さんたくさんおったね」と目を細めた。隣にニュースキャスターが通る。真後ろには丸田クン。母は特にそちらには目もくれない。

「今日も人多くてごめんね」など言って周りを気にするが、母は「あんたちゃんと演出できとるの？」「ご飯いいもの食べとるね？」など僕の話ばかりしてくる。そんなのはいいんだ、福岡でもできるだろう、こんな特別な場所にいるのに。そこに女優の村川《むらかわ》が横切って「もしかして竹田さんのお母さま？」と声を掛けてくれた。村川は小劇場出身で、マチノヒも昔一度見たことがあるらしく、そういう意味では一番話が合う仲間だった。

「そうそう、この人、でとった村川さん」

「こんにちは、ありがとうございます、竹田の母です。大丈夫、迷惑かけてない？」

「とんでもないです！　竹田さんの世界に入れて幸せです」

村川はできる女だ。周りが騒いでいても、決して交じることはなく、常にバランスを取っている。

「まー、ありがとうね、これからもよろしくね」

「とんでもないです、こちらこそよろしくお願いします」

村川は深々と一礼して、それを上回る折り畳み方で礼をする母。村川は楽屋入り口で待つ友達を迎えに行った。母は村川と挨拶した余韻で笑顔が残っている。

「この後、飯は？」

「あんた、大丈夫と？　私は適当にこの辺で済ますけん」

「済ますけんっつってもわからんやろ。この辺は韓国料理屋沢山あるけん、適当に行こうや。おれは大丈夫やけん」

「そうね？」

「ちょっと片付けたら行くけん、どこかで時間つぶしとって」

「タケシ、すっかり東京に染まってるわね！　わかったわ」

本当はすぐに出れるのだが、なんとなく一番に演出家が母親と楽屋を出るのは格好悪い気がして、母を送り出す。東京に染まってるって、馬鹿にされてるような気もする。本人は褒め言葉のつもりで言ったんだろうけど、なんだかモヤモヤしてしまう。

楽屋には役者はほぼ全員いなくなっていて、丸田を囲む会に行ったようだった。誘われなかったけど、まあ、別に行きたくなんかなかったし。時間つぶしで今日のダメ出しメモを覗いていると、制作が「竹田さん、丸田さんの会行きます？」と聞いてくる。「あ、そういうのあるんだ？」と知らないフリをする。

「はい、そうみたいです、店を貸し切って、プロデューサーが役者みんな連れて行って」

「あー、今日は親が来たから」

「それなら仕方ないですね、わたし行くので、聞かれたらそう伝えておきます」

「ごめんね、ありがとう」

「とんでもないです。明日もいらっしゃいますか？」

「うん、二時間前までには入るわ」

「はい、ではまた明日」

こんなにいいスタッフたちに恵まれて、役者に言いたいことも言えず、自分は何をやってるのだろうか。かと言って、現場に行かないという強いメンタルも持ち合わせていない自分に情けなくなる。

母からおそらくミスタードーナツのコーヒーカップの写真だけがメールで送られてくる。あえて何も書いてこないという圧力だろう。気の利いた返事を少し考えたが、めんどくさくなって何も返信せずに、荷物をまとめる。

オススメの韓国料理屋に行こうか、と話していたが、結局母が行きたい、とアド街ック天国で特集されてたという台湾料理屋へ行った。相変わらずテレビとラジオの情報源を頼りにしまくっている。混雑していたが大きめの円卓に並んで座る。


「何食べようか？　腹減ってる？」

「まあそこそこ。タケシの食べたいものでいいよ」

「あ、じゃあ麻婆春雨《マーボーはるさめ》かな。それと酢豚とか」

「うーん……」

「違う？」

「アド街ック天国で美味しそうなチャーシューが出てたから……タンパク質取りたいし……」

「じゃあチャーシューにしようか」

「でも、チャーシューだけだと重いでしょう？　この冷製三種盛りは」

「三種盛りにチャーシューあるかな」

「あるよ、きっと」

冷製ならないんじゃないかなと思いつつ、「すみません」と店員の台湾人を呼ぶ。ビールを頼みつつ三種盛りを頼む。「野菜も取りたいね」と母が挟み「三種盛りにあるんじゃないの？」と言い返すが「こういう空芯菜《くうしんさい》とか……」と言うので空芯菜を頼む。「あとやっぱり肉系も……」と言うので、母の視線の先にある肉うま煮を頼む。

結局母が食べたいものがはっきりしていたので、息子の食べたいものは一つも通らなかった。まあいい、とビールを注いで乾杯する。

「東京までありがとね」

「いやいや、色々打ち合わせあったからちょうど良かったわ。今日は出版社の人と会ってた」

「あれ、新作？」

「じゃなくて、もともと福岡でお世話になってた人が東京に転勤になったけんね。福岡でバリバリやっとったのに、東京で消費されてジジイになっとったー」

母が今日いかに過ごしたか、の話に花が咲き、舞台の感想を聞きたかったけど、まあ別にいいかと思う。あの拍手はどういう気持ちだったんだとか、大きな舞台で見る次男の作品はどう見えたとか、恥ずかしくてこちらからはうまく聞けない。

料理はどんどん運ばれてきて美味しい美味しいと言いながら、話したくて仕方がないのか、話題はあちらこちらへ飛び回る。

「三種盛りにはチャーシューなかったね」

「だけん言ったやん、冷製やからないやろ。頼む？」

「いや、肉うま煮頼んだから大丈夫。それでこの間電話しとったらさー」

実家に帰った時もそうだけど、執筆稼業で家に籠《こ》もっているからか、自分といるときは口が止まらずずっと話している。僕もマチノヒの時とは違って、かつての自分に沿ってウンウンと聞き手に回ることの方が多い。気づくと祖母の話題になっていた。

「もうさ、大ママが何もすることがないと言って、私呆《あき》れてるのよ」

大ママというのは僕の祖母であり母の母のことだ。おばあちゃん、と呼ばれることを嫌い、我が家では大ママと呼ぶルールにしている。謎だけど、父方の方の記念撮影とは違って、気を付ければいいだけなので、そこまで負担はない。

「呆れることある？　家で何もすることがないっちゃないと？」

「いやいや、私らはさ、いつか何もしないようになるために、何もしないことに向けて、生きてるわけじゃない。こうやって働いているけど、いつか年金をもらって何もしなくなることを目指してるの。それなのに何もすることがないって落ち込むのは目的がおかしいじゃない。だから私怒ったのよ、何もしない所まで行き着いたあなたが何もしないことを楽しまなくてどうするのって」

母の言うことは筋も通っている。書いている小説も母自身も、一人暮らしになった女性がいかに老後の一人暮らしに向けて楽しむか、などをテーマに据えることが多い。父の影も形もないことにいつも少し安心する。

話題は既に、現在執筆している新作の小説のタイトルをどうすればいいかに変わっていた。いつも何気なく、でもすごく重要なことを担当編集と話す前に自分に聞いてくれることは、ズッコケ三人組の小説を読ませてくれた頃のように嬉しくて、あの頃何もアドバイスできなかった分、今は対等に、できるだけ専門的に答えるようにしていた。

母の描く小説のエッセンスを聞きながら、こういうのはどうか、もしくはこうだとこう見えるよね、など、演出視点を生かしながら話し、「ああ、それいいかもね」と、母はニュートラルに耳を傾けて、手帳を取り出してメモしていく。

台湾料理もすべて食べきって、結局舞台の感想も聞けないまま会はお開きになった。僕が財布を出すパフォーマンスをするが、母は手際よくカードを渡して領収書をもらう。「ご馳走様です」と言いつつ、今出たら、まだ丸田クンの会をやっている頃だ、飛び入りしようかな、などの考えがよぎる。そんな僕の気持ちを知ってか知らずか「なんかお茶でも行く？　この辺でバタークリームサンドないと？」と母は訊ねてきた。

22時を過ぎた町は閑散としていて、少しブラブラ歩いて、「ここ良さそうじゃない？」という声に従い、絶対バタークリームサンドがなさそうな高級なバーに入る。店を移動しても上機嫌な母の話は止まらない。母が小説を始めた頃の話から話題泥棒をして、自分の演劇を始めた頃の話に乗り換える。

「あの時を考えると、こんな大きな劇場で、二十代でやらせてもらえると思わなかったな」

「まあ、これからでしょ」

「え、そう？　でも、すごくない？」

母が今までの雰囲気とは打って変わって、わりと厳しく告げてきたのが意外だった。マチノヒ公演の度に福岡から東京まで見にきてくれて、いつも反応は良かったはずなのに。

「あんたはまだこれからね」と母は続ける。演劇の感想は広がらずに、再び母の演劇の思い出に話題泥棒されて、母は静かなバーで能を謡った。初めて聞くものだった。

「え。なんそれ？」

「昔、私も能の猩々《しょうじょう》を謡ってたのよ、松濤《しょうとう》の能楽堂で。観世《かんぜ》流。四年間ね」

その話は初めて聞いたし、結婚以前の母のことは聞いたことがなかった。潜在的にそういう影響が自分にあるからこうやって演劇をやっているのだろうか。僕は詳しく〝猩々〟とはどういう演目なのか深掘りした。ある男がお酒を売っていたら、猩々という謎の大酒飲みが現れて、共に酒を酌み交わして踊ったりするという古典だった。母から聞く小説以外の物語、母も懐かしそうに思い出しながら話すのに純粋にワクワクした。

「四年間も大学行きながらお稽古で学んでたから。その観世流の先生とも仲良くなってね、結婚式でも能の先生に歌ってもらったのよ」

母は珍しく酔っていて、ペラペラと話す中で結婚式、というワードにドキッとする。お見合い結婚とは聞いていたけど、その結婚式は隣に〝あの人〟がいたことだろう。

こういう時、もし自分が娘だったら、母は大学時代の色んな恋愛話など話すのだろうか。そうだよな、聞かない限り、親になってからの人生しか知らないもんな。息子だからなのか、近い業界だからなのか、母とは恋愛や青春ではなく、仕事や芸術の話しかできない。

「あんたも能とか狂言とか歌舞伎《かぶき》とか、勉強してみなさいよ。今は選択肢が多いからわざわざ学ぶことはないかも知れないけど、きっと面白いと思うよ」

母は話しながら、バーの外を見て、フッと笑って目を細めて頷いていた。この話は福岡ではできなかった気がする。だから今まで知らなかったのであろう。僕は話しながらスマホにメモをした。落ち着いたら緑を誘って見に行ってみようかな。

2

休演日。平日夕方の日比谷《ひびや》の喫茶店で、後ろのネズミ講の話に耳を傾けて、氷水になった珈琲《コーヒー》を啜る。約束の時間は17時。緑とちょっとお茶をして、18時半から映画を見ようと約束していた。ヨーロッパのインディーズ監督による変態映画で、前に緑とその監督の話で盛りあがったので、こっちから連絡して約束したのだ。映画のチケットは、近くの大黒屋を二軒回って、定価より少し安く二枚買った。

15時頃に緑から『ごめん、取材が押してて、17時に間に合わなそう。』と連絡が来ていたが、その頃には既に日比谷に着いていた。

緑は、ちょっと前に深夜ドラマでカタコトのクセのあるキャラクターをやったらネットで話題になって、局地的に人気が出たようだ。小劇場出身なのでみんなそのぐらいの力はあるのだけど、テレビはこういうとき持ち上げるだけ持ち上げる。僕は一話だけを見て、コスプレみたいな衣装と変な顔で笑いを取ろうとする世界観が嫌で見るのをやめた。しかしネットニュースに出てくる記事は一応チェックして話を合わせていた。二十代で変な芝居ができるからと、主役の後ろでクセのある芝居をする若手女バイプレイヤーとして需要があるらしい。あの変な芝居はマチノヒで学んだんだぞ、と思うのと、それは自意識過剰だろ他の演出家ともたくさん舞台やってただろう、が葛藤する。

18時半が近づき、映画の上映がそろそろ始まる。やりとりを見ると自分が『了解！　大丈夫！　取材頑張って!!』の送信で終わっていたので、そこからさらに自分が送るのは忍びないが、映画のチケットは買ってしまったので仕方ない。『間に合いそう？　映画もうすぐ始まる』と送る。すぐに既読になって返事が来る。『ごめん！　今向かってるけどギリギリになりそう。先に入っててっ。涙。』と返事が来て、劇場へ向かう。受付、18時28分。緑の分もチケット買ったから、受付で出迎えて一緒に入ろうと思ったが間に合わなそうだ。何時に来るかわからないので、『着いたら教えて！　中央通路側のJ－6にいる』と送る。

劇場に入って、予告が始まる。緑はこない。映画館のマナー映像が流れて、まもなくだ。既読にすらなってないが間に合うのだろうか。でももう電源を切らなければ。『ごめん、もう始まるから電源切るね』と、未読状態で屈辱の連投。そして携帯の電源を切る。チケット二枚買ってたのにな。映画が始まっても、緑が来る気配がない。もしかしたらもう既に中に入って見てるのかもしれない。映画館は暗闇でわからないし、など気を揉んでいた。ソワソワして、内容が頭に入ってこない。

三十分は過ぎた頃、オシャレな香水の匂いがして、「すみません」と通路から声を掛けられる。緑だ。深めの帽子にマスク。僕は目で合図して、緑は一つ開けて隣の隣に座った。映画は進んでいく。内容が入ってこないせいもあるからか、この監督のフィルモグラフィで考えると、守りに入ったまあまあの作品って感じだ。

映画が終わって劇場が明るくなり、二つ隣の緑と目を合わせる。無言で手を合わせて『ごめん』のポーズをされて、僕は立ち上がる。緑も付いてくる。劇場を出て階段へ。緑も付いてくる。立ち止まると、緑も立ち止まる。少し違和感を抱く。間隔をあけられている？　振り返るが、帽子を目深に被《かぶ》っている緑とは目が合わない。緑と並んで歩けるようにスピードを落とすと、緑は流れるように追い抜いていった。あれ？　これは一体なんだろう。避けられてる？　映画が良くなかった？　ラストにどんでん返しがあったから、自分の満足感的にはまあまあだったけど前半が見れてないから不服なのか、それとも映画の余韻であまり話したくないのか。なんとなく自分を納得させる理由を考えながら、緑を追って階段を降りていると、緑から連絡が来る。

『ご飯どうする？』

一瞬、戸惑う。え、これ、わざわざラインで送ること？　映画の感想を話しながら降りていく観客たちの中で、男二人が緑をチラッと振り返ってコソコソ話すのが見えた。緑はそれに気づかないように下を向いて降りていく。

そうか、緑は今、時の人なんだ。男と二人きりで映画館に来ている、というのは緑にとってバレたら都合の悪いことなのだ。なんとなく自分も特別な人間の気持ちになって『おれ食べたいけど、お腹はどんな感じ？』と返事した。

前を歩く緑はスマホを開き、指先を動かしていた。

「面白かったね」

緑はビールを傾けて笑顔で言った。二人並んで窓に向かって横並びに座るタイプの焼き肉屋は、誰も視界に入らず、緑にとっても余計な心配がないものだった。僕もそれで安心したが、ラインで『ここにしよう』と決めたこのシルバーで統一された小綺麗《こぎれい》な焼き肉屋は、いつもの小さなもつ焼き屋と違って落ち着かず、肉の値段が心配だった。

「面白かった？」

天邪鬼《あまのじゃく》な自分は思わず訊ねてしまう。自分以外の誰かの作品で、面白かったねと言われるとつい言ってしまうクセだ。「出たよ」と緑は笑う。

「感想言わなかったら『お前の意見はないのか』って怒るし、感想言ったら言ったで『何が良かったの？』って怒るよね。あなた目線で考えすぎだよ。人はもっとニュートラルだよ」

緑はいつも通りの緑だった。取材終わりでメイクがばっちりで、嗅《か》いだことのない香水の匂いがする以外は。僕はテレビやインターネットで見たことのない緑ばかり見ていたものだから、遠い存在として扱ってしまわないように必死だった。

「でもあの監督的には保守的な方だったよね」と返して、緑が見ていなかった前半に何が起きていたかを説明する。緑は興味深そうにその話を聞いて、頷く。やっぱりいつもの緑だ。それでもなんだか、遠く、大きく、感じてしまう。

「今日はなんの取材だったの？」

「あー。なんか対談取材でね、ビリーさんって人。わかるでしょ？　お昼のバラエティにも出てるハーフの。その人のメイクにすごく時間がかかって、なんだか大変だった。ほんと時間読めなくて参っちゃうよ。映画だって最初から見たかったし。ほんとごめんね」

僕は大黒屋で買った緑の分のチケットのことは言えずに「いやいや、今大事な時期でしょ。大丈夫大丈夫」と答える。

「タケシの舞台は絶対行くから！　スケジュール見えたら連絡するね」

「うん。でもチケットやばいかも」

「うそ、本当に？」

「毎日当日券が抽選だし。関係者席ももうなくなってるっぽい」

関係者席は当日連絡でも大丈夫だし、最悪自分が見る席を譲ればいい話だ。だけど、なんとか、自分を緑より大きく見せたかった。

「ま、もしものことがあったら地方公演行くよ」

当たり前のように答える緑は、初めて別人のように思えた。思ってしまった。

永福町で記憶がなくなるまで飲んで駅で倒れ込んでいた緑と、今、高い焼き肉屋で目元がハッキリして肉を全然食べない緑は、一致しない。僕は緑が手をつけない分の焦げた肉を食べ続ける。

「で、舞台の調子はどうよ？」

「まあまあよ、大きい舞台でもマチノヒとやることは変わらんね」

なんでこんなことを言ってるんだ。本当は辛い。魂が死んでいく音がする。マチノヒみたいなことがやりたいんだ。弱音を言いたい。今の緑には言えない。この舞台は元々、緑が好きな変態漫画を原作にしようと思ってたんだ、そんなこと言えるわけがない。もっとも、そうなったとしても緑がその舞台に出てたとも思えない。

僕は足軽ボウイのメンバーを呼び捨てにしながら、公演のことを上から目線でこき下ろす。こんな自分がちっぽけで大嫌いだ。

「へえ。タケシはタケシのやりたいことがちゃんとできてるんだね」

いつもと変わらない優しい緑と、表面や外側の緑が乖離《かいり》してわからなくなる。僕は緑が好きだ。精一杯の気持ちを込めて「ありがとう」と言って、緑の左手に右手をのせる。緑は黙って、その手を引いた。

「なんか大変なことはないの？」

質問が入ってこない。

「大きな劇場だから苦戦したこととかさ、ネタバレにならない程度に教えてよ」

何も聞こえない。

「あ、でもやっぱ嘘。聞かないでおく。本番終わった後に聞きたいしね」

何も言えなくなった。

「このお通しのナッツ、おいしいね」

拒否された。

先程から感じていた違和感。店員さんが空いたお皿を下げにくる。

緑にとって今は大事な時期だ。そんなことわかっている。自分より周りの目線。そりゃそうだ。緑は今、事務所の未来や色んな人の人生を背負っているのかもしれない。俺の人生は？　なんて、おこがましいことはわかってる。表現という大きな括りで考えると理解できるし、自分が足手まといになるだろう。足手まといなんかじゃないよ、と緑は言うだろうけど、この圧倒的孤独感は自意識過剰というガソリンによってもう止まることを知らない。

黙りこくった僕に緑は何かを察したのか「明日は？」と答えやすい質問をしてくる。

「明日も本番だわ、そろそろ会計しようか」

「そっか、あっという間だったね」

「明日本番だからさ」

本番だとしても、僕のコンディションなどは、劇に何の影響もない。見るだけだし、見たところでもはや言うことなんてない。そもそも見る必要もない。しかし、緑の前で〝商業舞台の演出家〟然としていたかった。「明日も本番かー」本日三回目を日比谷の夜景に向かって吐きだした。

「頑張って。私も台詞覚えないと」

明日撮影？　なんのドラマ？　どういうシーン？　長台詞あるの？　誰と共演するの？　台詞はどれぐらい覚えてる？　脚本は面白い？　飲んで大丈夫だった？　何時起き？　いくつもの質問を飲み込んで、何も答えない。この話はしたくない。

お会計を待っていると、緑が「お父さんは大丈夫？」と聞いてくる。その、間を繋ぐような言い方に少しイラっとしてしまった。「そんなこと興味もないでしょ」と笑い混じりに返す。

「そんなことないよ」まっすぐに真剣な緑。

「別に取り立てて言う必要もない」

「そうだね、聞く筋合いないよね、ごめん」

久しぶりに父のことを蒸《む》し返されたもんだから、無性に腹が立ったのかもしれない。父のことなんてどうでもいい。

店員さんが持ってきた会計を緑が受け取って「一回で」と言ってカードを渡す。

「え、ちょっと待って待って待って」

「安かったから大丈夫」

「いやいや、そういうことじゃなくて、俺ばっか食べてたし」

「私遅れちゃったから、ここはお願い」

今までいつも割り勘して端数《はすう》は自分が払う。そうやってバランスを取ってきた。しかしふと見えた会計の数字は目玉が飛び出るほどの数字で、今の自分には簡単に払えるものではなかった。緑が流れるようにサインを書いて、僕は「ご馳走様です」と声にならない声を出す。自分が大黒屋で二枚分買ったチケットなんて、駄菓子みたいなものだ。

肩身が狭いままに荷物をまとめて立ち上がろうとすると「ごめんちょっとさ、一人ずつ店を出ない？」と緑が言った。

「え？」

「一人ずつ」

「なんで？」

「ここ歓楽街だし」

「あ、わかった」

全く理解できないまま、わかったように返事をすると、緑は「タクシー乗ったらラインするね」と立ち去った。え？　どういうこと？　店員さんがお会計をした緑を入り口まで見送っていく。「ご馳走様でした、美味しかったです」と大して食べてないはずの緑の声。店員さんは会釈した後に戻ってきて、僕の前のお皿の片付けを始める。飲みかけの温かいお茶も片付けられていく。

そこまでして周りの目を気にするものなのだろうか、テレビはあまり見ないけど、歓楽街でそんなにめちゃくちゃ指さされるもの？　まあ用心してるってことなのかな。でもそこまで？　うーん。とりあえず、会計をしてない小劇場演劇貧乏糞野郎は早く店を出たい。いや、貧乏じゃないし。親父不動産屋だし、もうすぐ死ぬけど。

そういや親父何してんだろう、あれから余命三ヵ月も嘘のように回復したらしく、一年ぐらい連絡をとっていない。福岡公演見にくるのだろうか。来ないよな。来週、兄が見にきた時に今どんな感じか聞かないと。緑からラインが来る。

『タクシー乗ったっ。』

乗ったのか。了解、と返そうとすると、更にラインが来る。

『今日、久々に話せて楽しかったっ！　舞台行ける日、見えたら連絡するね。またご飯行こうっっ。』

句読点の可愛《かわい》さは健在だな、と思いながら、僕は席を立つ。店員が「ありがとうございました」と言うが、持ち前の自意識で『お前金払ってないんだから早く出てけよ』という裏の気持ちを想像しながら、パンパンのお腹で足音がしないように出ていく。会釈はされなかった。

まだ23時か。日比谷からタクシーに乗ったの？　電車あるのに？　まあいいか。緑の明るさが少し怖くて、どんな気持ちなのかほとんど読み取れなかったな。僕は緑への返事をしながら駅に向かった。

『おいしかったね！　ごちそうさまでした！　映画も一緒に見れてよかったー！　明日撮影頑張ってね。しっかり水分とってお酒流して笑。舞台待ってまーす！』

寝るまで既読がつかなかった。

折り返しを過ぎた終演後の楽屋は、面会に来る関係者の人数も減ってきて落ち着いていた。赤いカーテンのようなお花畑も片づけられた味気ない楽屋入り口で、どっしりと西さんは立っていた。

父に近い年齢の西さんは、若い女性客しかいない客席の中でも目立っていて、一度も笑ったりせずに、腕を組んで真剣に見つめていたので、どう感じたか気になっていた。

「西さん！　来てくれるなんてびっくりしました。ご無沙汰《ぶさた》してます、ありがとうございます」

「おめでとう、これ簡単だけど」

細長い紙袋に入ったワインを差し入れしてくれる西さん。こういう時ベテランはしっかりしている。

「恐縮です、ありがとうございます」

西さんは出演者や関係者が動き回る楽屋を見渡す。西さんは小劇場の俳優だ。でも経験は長いし、こういう舞台にも立ったことがあると聞いていた。

「珍しくないでしょ、西さんは」

「この楽屋に来たのは、十年ぶりだ。雰囲気は変わってないね」

懐かしそうに楽屋を見渡す西さん。僕も合わせて見渡す。

「すげえ、十年前やってたんですね」

「ああ、あれはいい芝居だったな」

「大変じゃなかったですか？」

「いやいや、良かったよ」

目尻を垂らして、西さんはまだ思い出している。西さんが感想を言わないこともあって、この人はまだそんな過去に縋《すが》りついているのか、と思ってしまう。

「竹田くん」

「はい」

「やりたいことはできているのか？」

突然の西さんの刺してくるような質問。

「……まあ、難しいことはたくさんあります。経験不足も感じました」

「そういうことじゃないよ」

西さんはマチノヒの稽古場でも穏やかで、あの震災の翌日の中止にするかどうかの話し合いの時以外で、厳しい顔を見せないぐらい温厚で明るい人だ。だから好きだ。しかし目の前の西さんはメガネの奥に、初めて見るような、厳しい顔をしていた。

「このままだと君は、表現者としてダメになるぞ」

「えっと、それは……」

「それは感じてないか？」

「そうですね、満席で、来た人みんな喜んでるし……」

「そういうことじゃない」

「…………」

「気づいてないなら尚更だ」

西さんが悔しいだけじゃないすか？　こんな規模の作品十年くらい出てないでしょう？　という言葉が喉の手前まで出てきて、食い止める。

「戦う気がないなら、やるな。僕は君の作品が好きなんだから」

「……僕は僕で、戦っています」

「そうか」

西さんは黙って、上を見上げる。楽屋の奥はヨイショする関係者たち、調子にのる役者たちで色めき立っていた。ここだけ灰色の空間だ。

「だとしたら、私の思い違いかな」

西さんはそう呟いて、立ち去っていった。西さんの後ろ姿は、なんの後ろめたさも感じず堂々としていた。なぜだか足の震えが止まらなかった。心の奥でごまかしていた一番痛いところを指摘されたんだ。

東京公演、翌週の大阪公演も全ステージ満員御礼で終わった。僕はずっと西さんのこの言葉が引っかかっていた。

3

旅公演の最後の都市、福岡公演。キャナルシティ劇場。僕にとっては凱旋《がいせん》公演。昔、母と劇団四季を見に来た劇場でもあるので感慨深かった。あのステージの裏側はこういう風になっていたのか、こんなにたくさん楽屋があるのか、と様々な発見がある。

舞台チームには実家に泊まるのでホテルはいらないと告げて、母の家に泊まっていた。母はまた見に来てくれたが、家に泊まっているので特に話さなかった。朝出かけるときに声を掛けてくる。

「杉下緑ちゃんって、前にマチノヒに出てた子よね？」

母から緑というワードが出てきて、つまずきそうになる。

「え？」

「よく出てなかった？　目がクリッとしてかわいい子」

「ああ、うん、何回かね」

「昨日ドラマに出てたのよ！」

どうやら今、プライムタイムのドラマに出ているようで、母に限らず、マナノヒの出演者からも発見報告が来ていた。緑と付き合っていることは誰にも打ち明けていなかったので、報告を受けるたびに複雑な気持ちになるのは知る由もないだろう。焼き肉に行った時もこの撮影をしていたのか。なんだか緑が売れている事実が思い知らされて、祝福と困惑が入り交じる。いま僕はどういう顔をしているのだろう。

「ああそうなんや、事務所に入ったのよね」と適当に返すが、「ああいう子と何かあって写真とか撮られてほしいわー」など言っている。公演の感想じゃないのかよ。僕は笑ったらいいのかわからずに、返事せずに家を出た。

いま写真を撮られたら、『杉下緑、小劇場演出家と熱愛発覚か』だろうな見出しは。小劇場って誇りを持ってるはずなのに、どうも貧乏くさくて情けなくなる。一気に緑の価値を下げているみたいで、そりゃ緑も警戒するよな。果たして今の緑と僕は本当に付き合ってるのか。連絡を取り合ったりご飯を食べたりするぐらいで「明日早いから」など言って、ここ半年は泊まってもいない。手すら繋いでないのではないだろうか。ドラマではラブシーンがあったらしい。知らないけど。見たくもないけど。東京公演にも来れなかったしな。あまり考えないようにしよう。

劇場へ入って、言うべきことも言わない地蔵のようなダメ出しを行って、開演。

もう僕は客席で見るのは疲れるので見ていない。客席の上の階にある照明卓など置いてある調光ブースで、横になって見ている。その日は兄も友達と来ていてロビーで立ち話をした。

「おうおう、おつかれ、大変そうやな、それじゃ」

「あ、よかったら楽屋くる？」

「いいよ別に。マチノヒの奴らもおらんやろ？」

「おらんけど」

「じゃいいよ。お前しか知らんし」と立ち去っていった。兄は別にマチノヒのメンバーとは面識はないが、全公演見ているからか、森本は今回ダメやな、とか、上坂彼女できたとや？　など、身内みたいに楽しそうに尋ねてくれるのは嬉しかった。今思うと、兄はマチノヒが好きだったのかもしれない。だから、福岡できっとマチノヒが見たかったのであろう、商業的な舞台の雰囲気は、居心地が悪そうだった。

兄はふと振り返って「親戚は来ると？」と訊ねてくる。

「明日来るよ、花江と信郎」

「信郎？　信郎くると？　佐和子は？」

「連絡きてないいや」

「そっか。信郎、意外やな。いいな信郎。よろしく伝えといて」

兄は颯爽《さっそう》と女友達と帰っていった。いや女友達なのか彼女なのかはわからない。目が合うと会釈しあった。そして父や大和さんや翔のことは聞けなかった。約束していた月一で父に近況を報告するメールはしているけど、返信が来たためしはなく、次第に簡素になっていった。福岡公演のことも書いたんだけどな。来るはずないけど来てほしいけど、いややっぱ来なくていいか。楽しめるわけないもんな。

去年よりも兄はやさぐれていなかったので、少し安心する。なにより明日、信郎がくるのだ。親戚の中で木偶《でく》の坊《ぼう》扱いされている、引きこもりの信郎。花江は足軽ボウイのファンだったし、前売り券の発売前にチケットを頼まれていたが、福岡公演の初日前日に信郎から初めてメールが来たのだ。

『お忙しい中すみません。福岡公演おめでとうございます。直前になって申し訳ありませんが、チケットを一枚とっていただくことは可能でしょうか？　当日精算で構いません。難しければ大丈夫ですので、ご検討ください。』

信郎の気が変わる前に、と慌ててチケットをとって、花江と信郎が明日、同じ日に来ることになった。親戚で予約を入れたのはその二人だけだったが、信郎の襲来がなぜか妙に嬉しかった。

相変わらず190センチの信郎は、客席の後ろから見ても西さんと同じように女性たちの観客の中で頭がピョコンと出ていた。花江は「信郎と並びは恥ずかしいから席を離して」と頼まれたから離していたけど、そんなことは関係ないぐらい、劇に笑って、泣いて、拍手していた。

楽屋に来た花江はとびっきりおめかしをしていて、信郎は相変わらずだるんだるんのマッドマックスのTシャツを着ていた。信郎と一緒に面会は嫌だ、と花江は言うと思っていたが、楽屋前まで来るとそんな余裕はないようで、ずっと顔が紅潮している。相変わらず無口な信郎と言葉に詰まった花江。身長差40センチ、学生の二人を並べてるととても奇妙な景色だ。思わずいい親戚の従兄を演じてしまう。

「おすおす、来てくれてありがとう」

「いえ……チケットありがとうございます」

花江は、親戚の集まりと違う女の表情をしていた。信郎は何も言わずにぼうっと立っている。ここで立ち話しても何も出てこないだろうと思い、事前に足軽のメンバーにお願いはしてあった。

「こっち来て、足軽のメンバー紹介するから」

「……はい」

しおらしくついてくる花江と信郎。こう見ると、年下の従兄弟はかわいいものだ。

男子楽屋の前に来ると、楽屋では男たちはすでにふざけていた。東京公演は関係者が多いが、地方公演になるとどっと少なくなる。すると気疲れもなくなり、美味しいものもたくさんあるしで、リラックスムードだ。ドアをノックする。

「南川、久志《ひさし》、堤《つつみ》、ちょっといい?」

「あ、はいはい」

南川が立ち上がる。他の二人はまだ談笑で盛り上がっていて、「おい！　竹田さん呼んでるで」と声を掛けてくれる。「先行ってて」と言うので南川が「すみません」という顔で出てくる。

ドアを開けて南川が「どうもー」と出てくると、花江は廊下の反対側まで引き下がった。これ以上離れようがないのに、壁に張り付いて、目に涙を溜めて、固まっている。信郎は僕の後ろで気配を消していた。

「あ、うちの親戚で。足軽のファンでさ」

「ほんまに？　来てくれてありがとう」

「あっ……いやっ……」

「お芝居どうだった？」

「え、あ、う……」

花江は目の前で何が起きているか把握できてない。目は泳ぎ、渡そうと思ってた紙袋を何度も持ち替えてる。

「ほら花江、南川に感想言ってよ、こんな機会ないし」

「そうそう、あ、でもクレームは竹田さんに言ってや」

「おいおい」

楽屋ではしない仲のいいやりとりもできるのは、やはりプロだからだろう。こういう時、とてもやりやすい。

「あの、えっと私は見ていて、すごく笑えるのもあったし、でも感動もして、特に喧嘩のときの……」

楽器をたたき続けるおもちゃみたいに、花江が両手を開いたり閉じたりしながら言葉を探していると「わりわり、お待たせー！」「なに、めちゃくちゃ若いじゃん！」と足軽の久志と堤がくる。

「ああっ、久志クン、堤クン……」

「うちの親戚、足軽のファンで」

「マジ？　うれしいね。誰が一番好き？　丸田でしょ？」

「それ言われたら勝てねぇわ！」

二人の勢いに、花江が口をパクパクさせている。たしかに丸田ファンのはずだが、もう今日からは変わることだろう。南川が二人を制する。

「おい、今彼女が感想言ってたから」

「うわ、聞きたい聞きたい」

「あ……えっと、すごく……」

「うんうんうん」

久志が悪ふざけで、花江の顔に自分の顔を近づける。花江は言葉が出なくなり、顔が紅潮して、目を瞑ってしまう。

「おいいじめんなやー」

花江の足は震えていた。もう限界かもしれない。そろそろ終わりにしよう。

「ね、写真撮っていい？　ＳＮＳあげんから」

僕がお願いすると、微笑む足軽の三人。

「もちろんもちろん」

「え、いや、いいですいいです私なんて……」と拒否しながらスマホを差し出す花江を足軽の間に入れて、ふと信郎がいたことに気づく。

「あ、こいつもいい？　同じ親戚でさ」

「お、いいよ、入りや」

花江は「信郎入んないでよ！」なんて言う余裕もなく、足軽の間で顔を固めている。「じゃあ」と信郎はありがたさを理解しないまま右端《みぎはし》に入って、きっと花江がトリミングしやすいようにと少しだけ間隔をあけて立つ。

「はいチーズ！」

「おおがねも……」

花江が反射的に言いかけてしまって、口を閉じる。変な癖がついてしまったんだな、と、いじらしく思う。もう一度「チーズ」と声を掛けて写真を撮る。花江は口を真一文字にしていた。

「ありがとうー！」

花江と信郎は足軽に見送られる。楽屋の入り口まで来て、「写真信郎にも送ってあげてね。あとSNSにあげちゃダメだからね」と言うと、ようやく話せるようになったのか「ありがとう、一生忘れません」と深々礼をされる。これで一生とは言わずとも、数年は親戚の集まりで花江のタケシ評価は約束されただろう。よかった。「あの、これ、南川君たちにと渡せなかった福岡の銘菓が詰まったお菓子の紙袋と手紙を託される。

楽屋口のドアを開けると、出待ちをする福岡のファンたちが待ち構えていた。彼女たちと同じような身なりの花江がどんな時間を過ごしたかわからないであろう。今日ぐらいいいじゃないか。何年も頑張って演劇してきて、ようやく故郷に持ってこれたんだ。

「それじゃ、気をつけてね。おじさんおばさんによろしくね」

「はい。ありがとうございます」

花江はまた深々と頭を下げる。すると信郎が近づいて「あの」と言ってきた。

「なに、どうした？」

「こ、これは、ど、どうやって、だ、台本は作ったとですか？」

「あー、これ漫画原作なのよね、それを舞台にアレンジしたけん」

「よ、よ、読みました。だけど、に、二時間の話に収めるのって……」

「まあ何回も台本の打ち合わせとかして、そうね、気づいたらできとったよ」

実際そうだった。漫画のクライマックスのシーンから逆算してシーンを組み立てて、漫画から台詞を抜き出しただけだ。しかし、信郎は今までになく、一生懸命言葉を続けた。

「す、すごかったです。面白かったです」

信郎が話していると、気づいたら花江は既にいなくなっていた。

「今度ゆっくり教えちゃあけん」と肩を叩くと、「ぜ、ぜ、ぜひお願いします！」と信郎なりに声を荒らげた。信郎が、初めて感情を見せた気がした。

『親父見たいって。急でごめんけど、明日大和さんとで二枚とれる？』

兄からメールが来たのは、その夜だった。『大丈夫やけど、体調は大丈夫と？』と返信したが『よろしく！　舞台頑張ってー！』と乱暴な返信しか来なかった。来るのか。そうか。見る気はあったのか。

明日が千秋楽。舞台は大千秋楽の後は三々五々で解散になるので、今夜は大打ち上げをしている途中だった。旅公演も含めた大打ち上げは、それぞれが涙ながらに挨拶すると聞いていたが、プロデュース公演もあってか、シンプルに互いを労り合うぐらいで、変な争いもなく、大いに楽しいだけのものだった。

二次会に流れていく中で、兄からのメールがどうも気になり、二次会からなんとなく抜け出して、那珂川《なかがわ》をぶらついて兄に電話をする。兄はワンコールで出た。電話の向こうは飲み屋なのか、やけにうるさい。

「おー、どうした⁉」

「いま舞台終わったわ」

「おつかれ！　いまキャバクラ！　くる⁉」

夜空に突き抜けていくような兄の声に腰が抜ける。

「いやいや、打ち上げ中やから」

「そかそか！　おつかれ！　お前がキャナルシティ劇場でやるとは思わんかったわ！」

「うん、それはいいんやけど、親父本当に来て大丈夫なん？」

「ああ！　大丈夫大丈夫！　ずっと元気やしな！」

ずっと元気だったのか。少しの安心と、何があったのかを聞きたい。

「元気なんや」

「おう！　楽しく打ち上げして！　また連絡する！」

一方的に兄から電話を切られる。まあ、いいか。いいのか。かと言って、二次会に行く気にもなれない。

なんとなく夜の那珂川を眺めていると、「おつかれっす。考えごとすか？」と、帽子を深くかぶった南川が声を掛ける。そのままタバコをつけて一息ついた。「吸います？」「おお、ちょうだい」と南川からアメリカンスピリットを一本もらって二人で川を見ながらタバコを吸った。

「どうでした？　舞台は」

「すごかったですわ。こんな規模でやったことないんで。言葉足らずでほんま色々、迷惑かけました」

「いやいや、こちらこそすみません」と思わずお辞儀する僕。

南川もその瞬間だけ帽子を外して、深々と頭を下げる。「みんな舞台でお芝居をするっていう意識が低くて。やりづらかったすよね？」と言葉を続ける。

「そんなことないよ」

そう答えるしかないのだが、足軽や出演者たちが悪かったなんてことはない。自分が戦おうとしなかったからだ。だからこうして二次会にも行けずに、うまくお酒も飲めずにいる。とくに出演者で唯一の関西人ながら、周りに気を配っていた南川には助けられた。

「竹田さんすごいっすよ、自分で決めて今の仕事やってるって」

南川は帽子をかぶりなおして、火照った顔で呟いた。

「どういうこと？」

「俺らは、物心ついた頃からこういう仕事やってるすから。見せ物を作る、自分が商品になる、ってことは無意識でやっちゃうんすけど、基本的に自分たちは事務所から言われたことを順番に一生懸命こなすしかないんで。だからみんなで一つの作品を作るとか、演出家の目指すものを手繰《たぐ》り寄せるとか、そういうの慣れてないんすよ。自分の見せ方ばっか気にしてもうて」

そこまで言う南川は年下なのにすごく大人に見えた。

僕ら演劇人は、自分一人では商品になんかなれない。たくさんの時間と台本と舞台装置やスタッフワークで、辛うじてチケット代が取れるような作品を目指す。彼らは、喋ったり笑ったり踊ったりするだけで価値があるのだ。そこで戦うものとは比較はできないけれど。一つ言えるのは、彼らは舞台ができるけど、僕らはスターにはなれない。それなのに、ポンコツ演出家にこうやって声をかけてくれることは嬉しかった。

「南川くんのおかげだよ。本当に。ありがとう。俺さ、言いたいことも言えなくて、本当情けないよ」

「自分を否定するのはずるいっすよ。こっちから何も言えなくなるんで」

つい本音が出た僕に、南川が刺してくる。そして短くなったタバコを携帯灰皿に放り込む。僕にも差し出してきて、僕も「ありがとう」と携帯灰皿に放り込む。「ちょっとどっかでサクっと飲みません？　なんか知ってます？」と、僕らは川沿いにある中洲の屋台へ足を運んだ。

「あれ、綾瀬はるか⁉」

「覚えててくれたんや」

「そりゃ覚えとうよ〜来てくれてありがとう」

ベロベロに酔っ払った僕と南川はなぜかグレーなエステに来ていた。

記憶が曖昧だが、二次会を抜け出して屋台でしこたま飲んだ後にキャバクラに行ってそこでもしこたま飲んで、途中から女の子に南川だと気づかれたから店を出て。コンビニでお酒を買って歩いていて「ここ前に行ったエロいとこだ」「ほんまですか！」「でもエロいって言ってもそういうエロさじゃなくてグレーだよ」「そこがええんでしょ！」と吸い込まれていった。

店に入ると、前回兄が本番をやろうとして追い出されたことを覚えられていたが、頭がガンガンしながら自分は潔白だと訴えた。南川だとバレたらどうしようなんて自制もなく、僕は以前の子がいたので指名したのだ。

「すごいね、何軒目？」

「もう覚えとらん」

「友達と飲んどったと？」

「そ。仕事で一緒やった人と。今日打ち上げで」

「ウェブデザイナーの仕事？」

そうか。僕はウェブデザイナーだと嘘をついていた。覚えててくれたんだ。あとはなんと言ってたっけ、記憶が曖昧で、辿る気力すらない。僕は言われるがままに横になってグレーなマッサージが始まる。

返事をしないでいると「遅くまでお仕事おつかれさまやね」と労ってくれる。ここで僕は毒が抜けたし、痛みも思い出した。いかがわしい店だけど、身分も隠してるからこそ素直になれた。

「仕事なんて薄っぺらなんだよ俺」

「ん、どうしたどうした？」

南川の「自分を否定するのはずるいっすよ」の言葉がよぎる。愚痴を飲み込む。

「いやいや、なんでもないよ。なんかさ、やりたいことはある？」

彼女の口調は少し弾む。

「いまね、介護の専門学校通ってる。ここはそれの勉強も兼ねて、給料もいいし」

「勉強になる？」

「うーん、まぁ、なるよ。わかんないけど、色んなことに慣れるし、鈍感にも敏感にもなれる。勉強って思わないとできないこともあるけど」

「やりたいことあるんやん」

「なに、どうしたのよ？」

「やなことあった？」

「いやいや大丈夫」

「やなことにすら、なってないよ」

「哲学？　どうしたの、お姉さんに言ってみなさい」

明らかに年下の彼女は、いたずらっぽく微笑んで、手を止めずに僕の本音をずるずると手繰り寄せる。

「結局やりたいことやってすごいっすねとか言われても何もできてないし。何もできないんだよ。自分の所でいくら戦っても、無視されたり馬鹿にされたりでさ、こうやって戦いもせずにうまく立ち回るとお金ももらえるしみんなに感謝されるし。なんなんだよ、東京まで行って何がしたいんだよ。逃げてばっかりだよ。逃げてるのを肯定すんじゃねえよ。家族も放《ほ》ったらかしのくせに何かやってるフリをして、大事な人もいるのに連絡もできずに、二次会にも行かずにこういうとこ来てさ」

「こういうとこで悪かったね」

彼女はさっきからふくらはぎの裏をずっと往復しながら、マッサージよりも僕の話に耳を傾けていた。思わず言ってしまった偏見に申し訳なく思う。しかし、このダムを開いてしまった愚痴の水流は止めることはできない。

「こういうとこって思ってないと？　実際さ、みんなの方が偉いとは思うけど自分が頑張ってることは否定できんやん。否定したくないやん。みんなも、あなたもそうでしょ。頑張ってても認められなくて、頑張らなくても大丈夫で、日々のどうしようもなく理不尽なこととも戦わずにさ、でも絶対俺戦ってんのよ、自信がないからこそさ。もがいてももがいても結局声のデカい奴と言い方がうまい奴が得してさ、クソだろ、こんな世の中さ。何も考えずに毎日を過ごしたいけど何も考えずに毎日なんて過ごしたくないよ！　自分のこの人生がいつか終わると思うと、なんかもう不安で押しつぶされそうになって、どうしたらいいんだよもうわかんねえよ」

彼女の手が止まる。その瞬間に、自分の手が小刻みに揺れているのに気づく。体育倉庫のようなその空間は石鹸《せっけん》の匂いでいっぱいで、床は水浸しの中に泡が残っている。僕は今日、体育倉庫に来た何人目の学校関係者なんだろう。彼女の手は動かず、声も聞こえない。

振り返ると、彼女はとても冷たい目つきでこっちを見下ろしていた。

「……すごいね、めっちゃ自分好きやん」

「え、そうなる？」

「やばいよ普通に聞いてて。ウケる。意味不明。自分を特別な人間だと思いすぎやん？」

彼女は全く笑った顔をしていないが、声は笑っていた。手は僕の膝の裏で止まっていて、その感触は冷たい。ピタピタとシャワーから水が漏れている。タオルと紙パンツの僕は、半分お尻が出ていることに気付きながらも動けずに、濡れたタオルに肌寒さを感じた。

「どういうこと？」

「えー！　なんとなく。自信ないとか言うけど自信たっぷりやんね」

「え」

「そんな自分を否定されたくないだけ」

「俺のことなんてわかんないでしょ」

「うん、わからんよ。でも、だから言えるんよ。あなたも私のことわからんっちゃけん、聞き流してくれていいよ」

「俺客なんやけど」

「そんなんだからEDなんだよ」

彼女の言葉が胸に刺さる。今日、竹田の竹田はピクリともせずじっとしていた。そして、緑ともしばらくできていないことを思い出す。

　最初は童貞だったせいにしていたが、いくら亜鉛のカプセルを飲んでも、ジョギングをしても、肉を食べても、何十回もできなかった。それ系のサイトも穴が空くほど見た。きっと自分が肉体的ではなく精神的にEDになってしまいがちなのは、緊張してしまっているからだ。オナニーはとても楽しくできるのに、セックスをするとなると途端に緊張してしまう。あの海での初体験からも、成功するのは三回に一回ぐらい。何も考えずにできたのは、あの日以来なかった。最中にゴチャゴチャ考えてしまって、うまくできない。だから、EDという言葉に敏感だ。自分はEDのわけがないと信じ込んでいるからだ。

「いや別に違うし、酒飲みすぎただけやし」

　それが僕の精一杯だった。

「ああそう」

「そっちがそういう風に持ってかなきゃいかんっちゃないと？　俺の機能の問題にしてるわけ？」

「いやここ風俗じゃないし。そういう店じゃないから」

「言ってきたのはそっちだろ。よくわかんねえんだけど。指名したのに」

　イライラして、ケンカ腰のような言い方になってしまう自分が情けない。

「まー、いいよ。もう指名せんで。おじさんばっかりだから若い子嬉しかったけど、正直もういいかな。一つ言えるのは、人間なめんな。って感じ」

　その瞬間、綾瀬はるかよりはるかに年上に見えた彼女は、手首をクルクルと回した。タオルの冷たさを感じながら、お酒が抜けていく。

背骨の方から怯《おび》えに似た冷たい痛みが昇ってくる。黙ってしまった僕のふくらはぎをパシッと叩く彼女。介護士になるためにここで勉強していて、わけのわからない男に、仕事場を貶《けな》されながら、鬱憤《うっぷん》を吐き出された彼女。そういえば、僕はこの人の名前を知らない。

「それじゃ仰向けになって！」

「なんでだよ」

「は？　じゃいいよなんなくて」

「なるよ」

「じゃ早く仰向けになって。こっちも仕事だから」

「なるよ」

そう言いながら、僕はなぜか、腕や足の力を使わずに、股間の力だけで仰向けになろうとした。竹田の竹田はすっかり押しつぶされて何の力も持っていない。

「早くなって」

「今なろうとしてんだよ、頑張ってんだよ」

「頑張れよ」

「頑張ってるよ」

僕は必死にエロいことを考えたり、この状況を俯瞰して考えたりして、なんとか股間に神経を研ぎ澄ます。

立て。立つんだ。いつだって毎晩立ってきただろう？　立て！

女は待ちくたびれながら、介錯《かいしゃく》しようとせずに、上から見下ろしている。

「もっと頑張れよ」

「もっと頑張るよ！」

女の子の言葉がきつくなるにつれて、竹田の竹田が水浸しのベッドで少し目覚めるのを感じる。たて！

「まだ？」

「今頑張ってるから」

「足りないよ。頑張りが。伝わってこない。何してんの、さっきからそこにうずくまって。馬鹿じゃないの。全然動けてないよ」

「俺なりに、少しずつ、少しずつ動こうとしてんだよ」

「こっちから見たら全然動けてないよ」

「おれの体感では、ちょっとずつ動けてんだよ」

「もっといけよ」

「もっといくって」

「男見せろよ」

「男見せる」

「動き出せよ」

「動き出す。おれ、動き出すよ」

「おせえよ！　がんばれ!!」

部屋からは十分前を知らせる電話のコール音が流れていた。

続けていた。僕はその女の名前を知らない。

水浸しのベッドの上で、涙は流さずに、震えていた。女はそんな僕の後ろ姿に声をかけ
「……もっと……がんばる」

「もっとがんばれ！」

「……がんばる」


ルンバが元気に掃除する音で目覚めると、実家の布団で横になっていた。背中が痛い。

昨日のままの格好だということに気づいて、とにかく今日は大千秋楽だと体を起こす。居間に出ると、母が音量を小さめにしてテレビを見ていた。

「ゆうべは遅かったみたいね」

「うん」

たくさん喋ると自分の息が臭く感じて、返事を留める。頭はまだぼうっとしているが、あれから記憶がない。なんか女の子とすげえ口喧嘩をしたけど、どこかすがすがしい気分だ。南川はどうだっただろうか。打ち上げもどうなったかな。あれからどう帰ったか覚えていない。

シャワーから上がって着替えていると、朝ごはんが用意されていた。流れるように椅子に座って、髪を乾かしながら、冷たいお茶を飲む。母が温かいご飯を持ってきて、嬉しそ

うに話しかける。

「今日で終わりよね？　今夜は打ち上げ？」

「いや、打ち上げは昨日やったから、今日はやるだけ」

「そうなんや、だから遅かったんやね」

「そう。いただきます」

味噌汁をすすると、食べ慣れた、世界で一番美味しい味噌汁だなと思う。母はご飯に手をつけずに嬉しそうに僕が食べるのを見つめている。見られると、何か言わないといけない気がして、居心地が悪い。無視してご飯を食べ進める。

「いつまでおると？」

「あ、でも今日千秋楽終わったらみんなで帰るのよ」

「そうなんや」

「そ。いちおカンパニーで全体移動やし、まあ帰って東京でやることあるし」

東京の用事なんて何もなかったけど、仕事でくる福岡には冷たくしたかった。なんとなく、プロ意識ってのをやってみたかったんだ。もう一週間ぐらいゆっくりすりゃよかったと思っているが、今更カンパニーに言えないし、福岡にいると、親父のことや、余計なことを考えてしまいそうだ。母の家にいて、それを話さないままでいることも、まるで悪いことをしてるみたいで心苦しかった。

「そうそう、小説のタイトルなんやけど」

母は、この間東京で相談された小説のタイトルを僕のアドバイス通りにしたらしい。母は、あの時タケシに相談してよかったと嬉しそうに話す。

「いいのに」

「いやいや、これが良かったのよ。周りに相談してもこれがいいって言うし」

「完成したら読ませてね」

「もちろん。今回は力作よ。タイトル負けしてないわ」

嬉しくはあったけど、なんか変な影響で僕の言葉に振り回されてないか不安になる。僕はいいタイトルだとは思うけど、売れたらいいな。そうやって朝ごはんの卵焼きにソーセージを合わせて食べていく。小学校の頃から変わらない僕の好きな朝食。

そういえば、甘い卵焼きに辛いソーセージに納豆が並んでいて、赤だしの味噌汁。僕の好きなものばかりだ。数日前の冷蔵庫にはなかったから、昨日の夜に買ったのだろうか。毎朝僕は自分の好きな朝食を食べていることに気づき、無意識で優しくされていることに気づく。なんで今日まで気づけなかったんだろう。

今日の大千秋楽は、親父も見にくるし、最後のステージだ。魂を売ったとしても、お客さんは喜んでくれていて、カンパニーは一生懸命だ。当たり前のことは当たり前ではない。ちゃんと気づいているか。僕が戦わなくてどうするんだ。頑張ろう、とめいっぱいご飯をかきこんで、「ごちそうさま、おいしかった」と伝える。母はその声を聴いて、微笑む。

「はいはい、今日も頑張ってね」

「うん。そっちも出版おめでとうね。応援してるよ」

「ありがとう」

「頑張ってみる」

頑張ってみる。自分で言った言葉のくせに、後から体に染みわたる。朝食のエネルギーが僕を加速させる。いつもより背伸びをして、玄関を飛び出した。


本番二時間前の集合時間、役者は昨日の打ち上げの話やこの後の移動のことで盛り上がっている。スタッフも、今日の本番後に全て片付けるためのセットバラシの打ち合わせで忙しそうだ。

「竹田さん昨日大丈夫でした？」

南川が快活に訊ねてきた。記憶はなかったが、どうやら、エステ後に打ち上げに合流しようとした南川に対して、先に帰ると伝えて帰ったらしい。南川はエステ中に相手の女の子と連絡先を交換して、次は外で会う約束をしたようだ。しようとして追い出された兄とは違って、やはり女性も相手は選ぶのであろう。「いい店教えてくれて感謝っす！　福岡にくる楽しみができました」と言っている。まあそんなことはいい。

集合時間を十分ほど過ぎて、いつものように南川が「竹田さんの最後のダメ出しやで！」と声をかけて、男子楽屋に役者全員が並ぶ。

「最終ステージですね、40公演お疲れさまでした」

「もうそんなにやったのかー！」と役者たちが盛り上がる。僕は地方公演になってから何も書いていない白紙のスケッチブックを眺めながら、言葉を振り絞る。

「今までごめん」

そこまで大きな声を出してはいないのだが、いつもと違うトーンだったため、役者たちは全員「?」と不安げに僕を見つめる。

「おれはずっと逃げてた。作品から。みんなと向き合うことから」

「千秋楽に何言ってんすか!」

堤が突っ込んで、少し笑いが起きるが、隣にいた村川がシッと指で制して、僕の言葉を待つ。不思議と穏やかな気持ちで言葉が流れてくる。

「演劇はこの瞬間しかできなくて、終わったら何も残らない。お客さんは一生懸命お金を貯めて、高いチケットを予約して、取れない人は当日券に並んだりSNSでチケットを探したりして、必死に見にくる。もちろん足軽ボウィを始めとした出演者に会いたいからそれで満足はするんだけど、やっぱり自分は演出家として、いい作品を見せなきゃいけない。そこから、逃げてた。みんなが楽しそうにしていたから、それでお客さんが喜んでいたから、それでいいと思っていた。でも違うんだ。台詞を噛んだら死ぬほど反省しなきゃいけないし、一回言われたダメ出しを直せなかったら叱咤《しった》しなきゃいけない。そうやって作品を育てていかなきゃいけないのに。漫画原作、商業舞台、トリプルコール、そんなことは、今日初めて見にくるお客さんには関係ないんだよね。だから、おれは、おれは……やりたいことできてなくて……すみませんでした」

シンと静まり返る楽屋。制作の子が役者にアナウンスしようと楽屋のドアを開けて覗き込むが、その空気を察してドアを閉める。

「大丈夫ですよ、あと1ステージある」

南川が、優しくそう告げると、役者たちは全員頷く。「そうっすよ、これは竹田さんの作品なんすから」「竹田さんの言いたいこと全部言ってくださいよ」「全部できるかはわからないけど」と笑いが起きるが、その明るさに涙が出そうになる。

「ありがとう……」

「ほらそんなのいいから、制作の子が多分待ってるから、教えてください」

村川がそう言うと、各々がスマホや台本を出してメモの準備をする。もう打ち上げが終わって大千秋楽、悔いのないように楽しんで、とかの言葉だけでいいはずなのに、僕は今まで気になっていたことを駆け足で伝える。メモしていく役者たち。

彼らは真剣な顔をしていた。ずっとこうすればよかったんだ。僕は声を振り絞って、ノートの隅々《すみずみ》まで言い尽くす、初めてのダメ出しをした。

最後のステージは、その時間があったからかもしれないけど、役者にも緊張感があって、初めて面白いと思えるものだった。僕も自然とお客さんと一緒にスタンディングオベーションをした。

カーテンコールで役者たちに呼ばれて、初めて壇上に上がると、何百もの瞳《ひとみ》が向けられた気が遠くなるほど心細い景色で、ここで41ステージも鮮やかに生きていたのか、と役者たちに心の中で深く敬礼した。

けれど、見やすい席を用意していた父と大和さんの二席は、最初から最後まで、空席だった。見やすい席だから、こちらからもそこだけポコンと穴があいているのが、よく見えた。

芝居を終えて、みんなに握手をしたり感謝を告げたりしていると、『親父、劇場の前まで行ったけど無理やったみたい。チケット取ってもらったのにすまん。舞台おつかれ！』と兄から連絡が来ていた。僕の初めての商業舞台が終幕した。

## 4

上坂が結婚するというのはそこまで驚くべきことではなかった。子供がいるシングルマザーとガストで出会って恋をしたというのは聞いていたし、彼が子供を作るつもりはない、子供を作ったら今いる彼女の子供より愛してしまうのが怖い、と宣言してたのも、上坂らしくてかっこよかった。彼女もその子供もよくマチノヒを見に来ていたので、その結婚報告はとても嬉しいもので、マチノヒは休止中だけれど、上坂に所縁《ゆかり》のあるメンバーは皆、二次会に呼ばれた。緑は撮影で参加できなかったものの、二次会に行く前に一杯だけ飲もう、と鬼頭や古賀や西さんとも連絡を取り合って、懐かしのメンバーと似合わないスーツを着て、渋谷で一杯飲む約束をしていた。

あの高円寺の休止発表の夜から会っていない森本とも待ち合わせしていた。森本にはあの後連絡をしたらメールアドレスが変わっていて、呆れて笑ってしまった。アイツは最近何をしているんだろう。

夏も近づく渋谷に鬱陶しさを感じながら、合流した古賀や鬼頭さんと「アイツこのへんって言ってた？」「たぶんそうなんだけど」と話し合う。共に話す演劇仲間たちは、現役の奴もいれば、もうやめてしまった者もいるけど、そこに後ろめたさはなく、仲間を祝福するために集まるのは心地がいい。

ハチ公の少し後ろで、ソーラーパネルを持った原人のような男がハチ公を睨みつけていた。ヒゲの毛むくじゃらで泥だらけのツナギを着ていたが、面影《おもかげ》しかない。あれが僕の仲間で、共に夢を見て駆け上っていった森本だ。

「あれ……森本？」

「おお、竹田！　久しぶりだな」

話す森本は以前と全く変わっていないが、手元のソーラーパネル、泥だらけのツナギも相まって、殺伐《さつばつ》としたオーラ。そこにいた全員が森本の圧力に負けそうになる。

「でも上坂めでたいよね」

「ほんと、びっくりしたよ。なぁ、森本」

「そうだな」と、少し柔らかい表情に戻る森本。僕らは、渋谷の百九十円でビールが飲めるいつもの居酒屋に歩き出した。僕は少し安心して森本に声を掛ける。

「東京に今日来たの？」

「おお」

「いつまでいるの？」

「あ、このあと深夜バスで出るんだ」

「え？」

「福井に行かなきゃいけなくて」

「二次会の後に？　忙しいね。福井に何しに行くの？」

「今からね、原発止めに行くんだ」

森本の目がギラリと光る。それは震災で問題になった原発のことだった。そう言えば、ネットニュースで、停止していた大《おお》飯《い》原発についての記事を見た。

「大飯原発わかるだろ？　明日大飯原発が震災以降日本で初めての再稼働をするから。さっきまで官邸前で頑張ってたけどこりゃ止まんねーわ」

「そうなんだ……」

「だから、福井まで止めに行かなきゃいけなくて。俺の周りはみんな行くんだ。俺たちは人間の鎖を作って、大飯原発の前をバリケード封鎖する」

百九十円の居酒屋の前で、演劇人たちはポカンとしていた。そして森本が「日本を自然エネルギーに変えたいんだ」と大切そうに抱きしめていたソーラーパネルを見つめる。ソーラーパネルを持つその手は、泥だらけだった。「つか、なんだよその手。きたねぇなぁ！」思わず言った古賀の一言に笑いが起きる。

「そうだよ、何してたんだよ」

「居酒屋のトイレで洗えよな」

僕らが店に入って行こうとすると、森本は入ろうとせず、黙ってこちらを見つめていた。

「一つ訊ねていいか？」

「なんだよ、早く入ろうぜ」

「一つだけ、いいか？」

「なんだよ」

「俺のこの泥だらけの手と、石鹸で綺麗に洗った手、汚いのはどっちでしょう？」

一休さんのような問題を出してきた。一瞬考えるが、こういうのはお題を出した方が言いたいことがあるんだろうと、「お前の手だろ」と僕は軽いトーンで言う。

「そう言うと思った」

嬉しそうな森本に、そう言うと思った、とこちらも思う。

「俺にはね、石鹸で洗った手の方が不潔に思えるのよ。なんでかっていうとそこには他の生物の存在を無視した人間のエゴしか存在しないから。人間はさも自分の身体は自分だけのもののように振る舞ってるけど、それは大間違い。体の外はもちろん内側までありとあらゆる小さな命によっておれたちは生かされてんだよ。その小さな命を無視して石鹸で手を洗うなんておれには虐殺行為としか思えないわけ」

僕らは黙って何も言えずにいた。エゴの塊みたいな安居酒屋で飲む百九十円のビールは、百九十円のせいか別の理由かわからないけれど何の味もしなかった。

その後、二次会会場で上坂を捕まえて、僕らは何かを忘れるように「上坂おめでとう！」と高いシャンパンを飲み倒した。森本は一滴も飲まずに、持参した水筒に入ったよくわからない液体を飲みながら、上坂に自分が畑で作ったゴーヤをプレゼントしていた。森本は俺たちの知っている森本ではなくなっていて、まだ皆が酔っ払う前に「深夜バスの時間だ、俺行かなきゃ」と去って行った。

このまま森本がいなくなるんじゃないかと思って、僕は森本を追いかけた。上坂も一緒についてくる。会場の外で、森本を呼び止めた。

「森本！」

「おう？」

「原発、止めてくるんだろ。頑張れよ。なんかよくわかんないけど」

「おう」

森本は、泥だらけの手のひらを掲げた。僕の隣で上坂が頭を下げる。

「森本さん！　来てくれてありがとうございます！」

「おう！」

「おちんちん！」

上坂が言うと、森本は微笑んで、大きく息を吸う。

「……おちんちーん！」

上坂よりも大きな声量の森本の叫びに、小劇場役者の意地を感じた。原発を止めるために人間の鎖へと向かう森本の背中は、身も心も遠くなっていく。アイツにまた会えるだろうか。森本が見えなくなるまで、僕らは見送っていた。

五次会なのか六次会なのか最早《もはや》数えられない。帰る気も失《う》せた僕らはカラオケでオールしていた。全員スーツとネクタイを脱いでシャツの袖を捲《まく》り上げてシワシワになった頃、上坂も交えて、様子のおかしかった森本についての話題がいちばんのトピック。とくに森本の手を洗う話は、あの時笑えなかった分、腹がちぎれるほど笑いあう。上坂はキョトンとして「あの人らしいっすね！」と純粋に讃《たた》えていて、「いや上坂そうじゃないから」とみんなが突っ込んでいた。

カラオケでかつての青春のゆらゆら帝国縛りになって、疲れてきてトイレに向かう。終電を逃して夜明けを待つカラオケボックスは、外の世界から隔離された宇宙船のようだ。規則正しく並ぶ部屋にいる皆が、国は違うけれど仲間に思える。渋谷を歩いていてもこんなこと思わないのにな。だけどこの宇宙船は無重力ではないので、とにかく頭が重たい。アラサーになると、あんなに平気だったオールが苦行になるなんて。トイレの前で酔いつぶれて介抱されている大学生たちを羨望《せんぼう》の眼差しで乗り越えて、トイレのドアを開ける。

上坂がトイレの洗面所で固まっていた。森本とちゃんと話せなかったことに気を落としているのだろうか。「おうおう」と声を掛けるが返事はない。そのまま小便器に向かう。戻ってきたところで、まだ洗面所で固まっている上坂。

「お前戻んなくていいの?」

「ああ……向こうも友達と会うって言ってたんで。子供は向こうの親と過ごすらしいし」

「そっか」

「竹田さん、ちょっといいすか?」

「なに」

「手を洗うって……なんすかね」

変顔の方が見慣れている上坂が、神妙な面持ちで手を見つめている。

「ああ、でも土だらけでオニギリ食うわけにはいかないじゃん」

鏡越しの上坂に答える。水道に併設された石鹸水のポンプを押すが、石鹸水が出てこない。

「いや、そうじゃなくて」

上坂の前の石鹼水のポンプに手を伸ばしたところで、上坂を見つめた。上坂はこちらを見ないまま、言葉を選びながら続ける。

「トイレで用を足したあとに、手を洗うじゃないすか。でもそれって、チンチンに失礼じゃないすか？　チンチンがまるで汚いものみたいで」

どうやら森本の話ではないらしいことに、気づく。

「だって、チンチンに敬意を示すなら、先に手を洗ってから用を足せばいいわけじゃないすか？　なのに、僕らは無意識に、それはどこかで教育されたのかもしれないけれど、外で遊んだり虫とか触ったりそんな風にバイキンだらけになった手のままで、パンツの中で大切にされてるチンチンを触るわけでしょ？　それで最後に手を洗う。チンチンが下品なものだとしてるのは、チンチンそのものではなくて、僕らの行動原理や教育が原因なのではないすかね」

何言ってるんだろう。こいつ今日結婚式だったのに。あんなに主役だったのに。親は泣いていたのに。いまチンチンって何回言っただろう。

「ねえ、どう思います？」

上坂はバカだが、稽古中でも時折芯《しん》を食ったことを言う。言い方が次第に真剣な語り口調になっていくにつれて、僕も上坂に引きずり込まれてしまう。「狭く考えすぎなんじゃないか？」と呟くと、上坂は目を輝かせる。その後ろでは酔っ払った大学生が用を足しにきたため、少し横にずれる。

「狭いってのは、どういうことすか？」

「……お前の、悪い癖、だよ」

こうやって勿体ぶりながら、何を言うか考える。稽古場での演出の時もそうだ。神でもないのに、さも神であるかのように、答えを持っていなければならない。人はなぜ手を洗わずに用を足して、その後に手を洗うのか。どっちでもいいよ。気になるなら用を足す前に手を洗えばいいじゃないか。しかしそんなことを言ったら、じゃあ演劇なんて必要ないじゃないかと反論された場合にグウの音も出ない。だから僕らは時々、この世の真理に迫るかのように、無駄かもしれない議論に花を咲かせる。もしかしたら、僕らはこういう話が好きなのかもしれない。こういう風に生きるために、演劇という方法論を取っているだけなのかもしれない。

「マクロ的に考えろよ」

困った時の切り札、経済学部の用語をちらつかせる。

「マクロ？」

「なんでお前は、この一回分のトイレで物事を考えてるんだ」

「一回分のトイレ？」

「俺たちは止まることのない大きな時間の流れの中で生きているわけだろ？　この人生の中でトイレに行くのは一回ではないだろう？　一日に何回行く？」

「十回は行きます」

想像以上の上坂のトイレ利用回数に話が脱線しかける。コイツは毎日最低十回はこの疑問にぶつかっているのだろうか。

「この手を洗う行為が、次にチンチンを触るための行為だとしたら？」

「……ああ！」

上坂は大きな声を出して、結論に辿り着いた。これは決して結論ではない。けれど、僕と上坂、この二人で出せる答えの最大公約数だ。

「なるほど、僕はたしかに一回のトイレという行為の中で考えていましたけど、次にチンチンを触るために手を洗うとするならば合点《がてん》がいきます。そうですよね、確かにそうです！　だから人は一日に何度もトイレに行きたくなるようにできてるんすね！」

上坂は再び手を洗って、頷いている。一体これは何の話だったんだ。

さっきの森本の言葉を思い出した。ちょうどあいつも今、深夜バスで福井に向かってる頃だろうか。きっと深夜バスの中で眠れずに、どうやって原発を止められるか考えている。考えたってどうにもならない。それでも僕らは、考えてしまう。毒にも薬にもならないけれど、無駄なことを本気で、延々と。「これは意味がないんじゃないだろうか」なんて、肥大化した自意識がなくなる瞬間がたまにあるんだ。その瞬間、前も後ろも上下関係も気遣《きづか》いもなく、人間をなめることも侮ることもなく、全て等しく同じ生き物。だから僕はコイツらと演劇をやるのが好きなんだろうな。

上坂が、トイレのドアに手をかけて呟いた。

「でも手を洗った後にこうしてドアとか汚い部分を触るから、それって根本的に正しいんすかね」

面倒臭くなって、上坂のお尻をぎゅっとつまんだ。

「とにかく結婚おめでとうな」

「ありがとうございます。マチノヒまたやりましょうね」

上坂がお尻を揺らしながら、ドリンクバーへ走っていく。森本が戻ってきたらまたマチノヒやりたいな、そう思いながら、ドアを開けて、ゆらゆら帝国が漏れ聞こえるカラオケルームに戻った。

5

新宿《しんじゅく》のカフェ・ミヤマは混沌《こんとん》としていた。一番奥の席で黙って向かい合う二人の雰囲気は、わかりやすくカップルのそれだ。隣の就職活動中の若者三人も、最初は楽しく話していたが、途中から会話がなくなり、こちらの会話に耳を傾けているのもわかった。

緑と連絡を取り合っていて、結局僕が地方公演から帰ってきた翌週のお昼に会った。『話したいことがあるんだけど』という短文は、これまで会っていなかった時間やすれ違いを確認して、区切りをつけるには十分すぎる情報量だった。

緑は結局、舞台は見に来なかった。ドラマの撮影だから仕方ないのかもしれないが、舞台に来る来ない以前に、僕らはとっくに終わっていたのかもしれない。僕は覚悟を決めるために、朝のテアトル新宿でやっていたよくわからないゾンビ映画を見て、士気を高めた。

映画は俳優を追い込めばいいだろみたいな熱量が高いけど監督の自信過剰さがそれ以上に鼻につく最低の映画だったが、おかげで荒《すさ》みきった心は更にズタズタになる。あれで映画評論家の評価が高いんなら俺は映画なんて撮っても評価はないな、と思う。そして、肩で風を切って新宿駅を横切って、緑が指定してきた甲州街道沿いのカフェ・ミヤマへ。人でごった返す新宿が全員ゾンビで、自分がゾンビではないことを気づかれないように地下へ。緑は一番奥の席で、大きなメガネをかけて、本を読んでいた。「おうおう」「久しぶり」と短めな挨拶の後に切り出されたのは、想像通りの言葉だった。

「まあ、俺もそのつもりだったけど」

「そうなんだ」

「うん、まあね」

半分以上はゾンビ映画のおかげかもしれない。僕は今さら緑にすがりつく根性もなく、準備していた余裕のスタンスで言葉を返した。

「そういえば明日は？　明日早かったりする？　私はゆっくりだから大丈夫だけど」

「いや、何もないよ。まだ片付けてもないし」

「そうなんだ」

「うん」

「舞台どうだった？」

「まあ、盛り上がったよ」

「行けなくてごめんね」

「全然大丈夫」

「おかわり頼む？」

別れを切り出されてから、その話をほとんどしないままに、フワフワと表面的な会話に漂っているのは、テレビでよく見る首脳会談で会話する大統領みたいだな。どちらも核心を突くことはなく、薄い笑みを浮かべて。隣の若者たちは就活の合間なのか、息苦しそうにスーツのネクタイを緩《ゆる》めて、エントリーシートの愚痴を話して盛り上がっている。ちょっとした沈黙が生まれて、「……で結局さ、何だったの？」と僕は口火を切る。

「何が」

「いや、俺たちは」

「……何だったんだろうねぇ」

若者たちがこっちに目配せをして、会話が静まっていく。そして沈黙。これが言っていた冒頭のシーンだ。タランティーノのレザボア・ドッグスのように中盤をオープニングで見せるという映画的手法。舞台でもたまにあるのかな。マチノヒではちょっと恥ずかしくてできそうにないけど。

黙っている僕に「そうだ」と緑がつぶやく。目を見ると、大きなメガネには度が入ってなくて、今までとは違うメイクで目がはっきりしていて、美人だなと思う。そういえば緑の顔をきちんと見たのはすごく久しぶりな気がした。改めて気づく美人さに戸惑って「な、なに」と答えてしまう。馬鹿野郎、せっかく今まで余裕のある佇まいだったのに。

「せっかくだし、今までで嫌だった部分言い合ってみない？　全部水に流して、次に進む反省ってことでさ」

何がせっかくなのかはわからないし、僕にはそんなに早くこの関係を客観視することはできなかった。だけど「おう、いいね」とカッコつけて言ってしまう。

「じゃあ、竹田さんは？」

すでにタケシから竹田さんに呼び名が戻ったのか。早すぎやしないか。僕は杉下さんと呼ぶべきなのか、付き合う前から緑と呼んでたので、どうしていいかわからなくなる。

「えっと、緑さんは……」

「緑さん」

緑が、自分への呼び名が変わったことを呟いて確認する。それを訂正するでもなく。

「緑さんは……周りの目を気にしすぎだと思う」

「周りの目？」

「いや、それは最近なんだけど、焼き肉に行った時とか……」

「うんうん、それで？」

緑は言い返すでもなく受け入れて、僕はなんだか堰《せき》を切ったように今までの緑への不満をぶつけた。自意識過剰なのはお互い様だが、あなたは僕から見ても異常だ。自分に自信あるくせに自信ないふりしすぎ。待ち合わせにいつもちょっとだけ遅れる。嫌なことがあった時に言わずに溜め込みすぎ。それで爆発してこられても困る。意見求めるくせに意見を聞かない。相談してきても聞く気がないので、無力に感じる。女性がそうなのかもね、それは相談じゃないよ。男女って時点で違う生き物だから。最近の目を見ない明るさが怖い。自分を特別な人間だと思いすぎ。

途中から、森本が言っていたこと、メンズエステで言われたことをそのままぶつけていた。自分から生まれてなんかいないその言葉たちはブーメランのように自分に突き刺さりながら、それを真摯《しんし》に受け止める緑を見て、自分は受け入れられずに言い返したことがさらに腹立たしくなる。

緑はすべての言葉を受け止めて深く深呼吸。そして「ありがとう」と言った。

「じゃあ次。緑さんは」

「私はないよ」

「え、それはずるいよ」

「だって本当にないんだもん」

「なかったらこうはならないでしょ」

「うーん、そうだなあ……。本当に、私のこと好きだったのかなって」

「え。なにそれ。好きだよ」

思わず好きだよと言ってしまって恥ずかしくなる。隣の若者たちを気にするが彼らは三人とも黙ってスマホをいじっている。おそらく僕らの会話を聞きながら実況している。まあそんなことはいい。

「うん、でも竹田さんは、みんなのこと同じくらい好きでしょう」

「どういうこと」

「言った通りのことだよ。結局一番好きなのはお母さんだもんね」

「え、は？　何言ってんの？」

自分の胸に鋭利な包丁を突き刺されたような気がした。は？　なにそれ？　こんなに長い時間一緒に過ごしてきてそれ？　僕のざわめきを気にせず緑は続ける。

「マチノヒのことも好きだし、並列に好きってのがちょっと物足りなかったかなあ」

その言葉が過ぎ去っても、胸に突き刺さった包丁は離れず、自分でグルグル掻《か》き回して、ジンジンと痛みが広がる。緑はそれに気づいたようだ。

「何怒ってるの？　図星なの？」

「別に、もういいよ」

「怒ってるじゃん」

「いや別に。なんか俺たち無駄な時間だったね」

「……私はそう思ってないよ。あんなに嫌いだった夏が少し好きになったよ」

「ああそう。俺はもう、意味がなかったんだなって思う。何一つ分かり合えてなかった。何も伝わってない。価値がない時間だったね。残念だよ」

「それ本気で言ってる？」

「………」

「お母さんのことはそういうつもりじゃないよ」

家族、というキーワードは、今だから敏感なわけではない。マザコンではないし、ましてやファザコンでもない。世の中の男は全員マザコンだという言葉もあるけど、そんなことは知らない。自分はそうじゃない。緑のことが一番に大切だし、なんだかもう、頭が混乱してくる。グラスの水が小刻みに揺れているのは、きっと自分の右手が机の上にあるからだ。僕の口は動き出していた。

「その『本気で言ってる？』って聞くのやめてくれない？　『私冷静なの』みたいなのもウザいし、自分の言葉が否定されてる気がしてイライラするのよ。何回も言うけど、自分を特別な人間だと思いすぎ。っていう言葉すらあなたには届かないんだろうね。やばいと思うよ、その人間性。もういいわ、だるい。自分の事を大切にしてくれる大きな世界で人を疑いながら、つまんない時間を過ごしたらいいじゃん。頑張って。こっちは百人も満たないクソ小劇場でクソにもならないことを命がけでやるわ」

緑はすべての言葉を受け止めて、まっすぐに僕を見つめていた。緑の顔には後ろめたさはなく、目に涙を溜めるでもなく、呟く。

「何をどうしても傷つきたくないんだね」

「どういうこと？」

「傷つくことから逃げて逃げて、向き合う覚悟がないくせに、たくさんの愛を振りまいて、一人でも多くの人から愛されようと思ってる。傷ついてもいいから愛する覚悟がないと置いていかれるよ。ずっと同じ場所で同じ気持ちでいる人なんていないんだから。とくに女は。わたしは男じゃないからわからないけれど」

「…………」

「さっきのなしで訂正。あなたの嫌いなところは一つだけです」

「は？」

「あなたは愛情乞食《こじき》だよ」

「なにそれ」

「もらってももらっても足りなくて、知らない人からもとにかく愛を欲しがる。自分に自信がないからなのか、そういう免罪符でそうしてるのかわかんないけどさ。別にそれが悪いと言ってるわけじゃないよ？　それはあなたの作る作品に、少なからず影響を与えているだろうし。ただ、その事実は認識してほしい。あなたは愛情乞食だよ。そして、私は、それに付いていけない」

緑は言いながら涙が溢れてきて、ミヤマのナプキンで拭う。これは芝居ではない。隣の就活生たちは流石《さすが》に居心地悪いのか、席を立った。緑は涙を落ち着かせて「もういいね、別れましょう」と言う。そして、緑は伝票を手にとる。「あ、ここはいいよ」と言うと「奢《おご》るつもりも奢ってもらうつもりもないから。自分の分だけ払います」と立ち上がった。

僕は立ち上がれず、緑の顔も見れずに、座っていた。

緑が僕の横を通って、後ろから「ねえ」と声をかける。僕は振り返る。

「海でさ、タクシー呼びに行って戻ってきたとき、カメラを自分に向けて撮影してたでしょ？　あれ、すごく怖かった。同じ人間だとは思えなかったよ」

緑は僕の返事を待たずに去っていった。割り勘して端数を払っていた日々、奢られてしまった焼き肉、伝票を分けられてしまった今日。

僕はそのまま動けない状態で、コーヒーを三口啜った。

自分の分の会計をしてカフェ・ミヤマの階段を上がると、ランチタイムを過ぎても新宿は人でごった返していた。店の裏で緑が待っている気がした。もしかしたら全てドッキリで。もしくは気が変わって。しかし、いなかった。甲州街道に沿って新宿駅に向かうときも、緑が尾行してるのではないかと思った。もしかしたら全てドッキリで。はたまた自分の動向が気になるからで。しかし、いなかった。横断歩道は青から赤に変わり、車が通り過ぎて、目の前は目に見えない排気ガスでいっぱいになる。めいっぱい吸い込んだ。ムセた。

別れたんだ。甲州街道で始まって甲州街道で終わる。永福町から新宿までしか進めなかったなんて、いくらなんでも短すぎる。おい竹田。物理的な距離で考えて勝手にヒロイズムを刺激するのはやめろ。傷つくのを恐れてうっとりするな。すぐ自分を特別な人間だと思ってしまうのは自分の方で、相手と向き合えなかったのは僕だった。やっぱり緑が大切なんだ。緑と向き合えなかった。僕は。僕は。僕は。

信号が青になり、単音でピョン、ピョンという小鳥のさえずりのような機械音が鳴り、自分の後ろから人が通り過ぎていく。しばらく、信号と横断歩道の向こうにある新宿ルミネを見上げていた。

家に帰ってきたら、鉢植えのガジュマルの木が枯れていたことに気づく。旅公演で大阪と福岡に行ったあと三週間ほど、水をあげ忘れていたのだ。慌てて水をあげるが、枯れ葉が落ちていくばかりで、ガジュマルの幹は、おばあちゃんのおっぱいのイラストのようにシワシワに乾いていた。水をあげなくてもガジュマルは強いので太陽の光で育ちますよ、というあのお土産屋さんの言葉を信じる。ガジュマルは復活するはずなんだ。何度も何度も水をあげる。

ガジュマルの鉢は水でヒタヒタになるばかりで、元に戻ることはできない。いつからこうなったんだろう。僕は台拭きで床を拭った。何度も何度も何度も何度も拭った。

面白いことを。もっと面白いことを。

何かを忘れたくて、無心に仕事した。そうやって現実逃避することがダメなのもわかってる。それでも、何かをやらなければ、死にたくなってしまいそうだった。必要とされたい。誰かに必要とされたい。先輩に紹介してもらったゴーストライターの脚本仕事に貪《むさぼ》るように取り組んだ。

名前の出ない脚本仕事は、自分の手が入った作品を見ても、まるで自分がこの世界に存在していないことを世の中に発信されてるみたいで心地よかった。そうだよな、自分はこの世界に生きる価値がないよな、と戒《いまし》めてうっとりして、少し寂しくなる。二時間ドラマの脚本、クイズ番組のネタ出し、番宣番組の構成。次第に広がっていくゴーストライターの仕事は、毎日ついていくのがやっとで、えげつないほど大きなプライドも壊されていく。小劇場でコツコツ実績を重ねても学べないことの方が多くて、自分にはこっちの方が性に合っているのかもしれない。

マチノヒや近しいメンバーとは誰とも会わず、劇を見ることもなく、夏の始まりはいつしか秋から冬に姿を変えて、人に期待しない半年間を過ごした。

期待してしまうから後悔する。何かを望むから手に入らない。今までうまくいった時はいつも、期待してなかったじゃないか。飽くなき期待は、絶望をいとも簡単に連れてくる。期待しても期待しなくても結果は変わらないいんだから、期待しない方がよっぽど幸せを連れてくる気がする。それでも人はやっぱり期待してしまう。期待は敵だ。期待しないために、走り続けるしかない。とにかく余計なことを考えたくない一心で、寝る間も遊ぶ間も惜《お》しんで、僕は書いた。連絡した。打ち合わせをした。

ゴーストライターとしての幅広い仕事の中で、新しく始まる深夜ドラマのネタ出しが行われた。ネタを十本出すと一本だけ通って、十二話の中の一話だけ書かせてもらうことになった。なんとそれは、自分の名前が出るらしい。名前。出していいのか。

「出したくなかったら出さなくてもいいけど」

逃げ道も残してくれるプロデューサーの優しさ。期待より不安の方が大きかった僕は、本能が声に出ていた。

「いえ、名前を出して、書いてみます」

童貞と美女がマシンガンでゾンビを殺しまくるドラマを書いた。世の中の常識とされてる膿《うみ》を吹き飛ばす、不謹慎で痛快なドラマ。それがプロデューサーにやけに気に入ってもらえて話していると、ドラマのメインキャストが足軽ボウイだとわかる。

「え、足軽ですか⁉」

「竹田、足軽のファンなのか？　珍しいな」

「いや、ファンっていうかまあ、一緒に舞台やってたんで。南川と堤と久志と」

「脚本で？」

「あ、いちおう作・演出で」

「え、お前、演出もやってんのか！　じゃあ竹田の書く回の主演を南川にして、監督やってみるか？」

「えっ」

「童貞役の南川も面白そうだしな」

「僕でよければ」

思ってもみない提案だった。でも、やってみたい。ほら、期待してなかったから、思ってもない所から何かが生まれそうになるんだ。

監督なんてやったことないけど、舞台の演出ならたくさんやってきたし、南川なら安心だ。テレビで放送されたら、舞台より沢山の人に見てもらえる。妙に気を張って、撮影の勉強も始めた。

ゾンビドラマの撮影準備が始まる頃、久しぶりに兄から電話がきた。電話に出るために、意気揚々と制作会社の外の道に出る。

「……状態が悪くなった。もう、そろそろかもしれん。時間作れる？」

父の死を待っているときは、そんな徴候全くなかったというのに。期待していないと、結果は向こうから迎えにくる。すっかり忘れていた。弾むような気持ちは影を潜め、自分の影が伸びていくのは、太陽に背を向けていたからだ。

会社の向かいには民家があり、視線を落とした先にある玄関には開花したパンジーと青葉の紫陽花が並んでいた。

　そういえば、うちも玄関にはパンジーが並んでいて、ベランダでは紫陽花を育てていた。パンジーは紫陽花より先回りして青く咲いている。この紫陽花が花開くと、どんな色になるんだろう。紫、ピンク、黄色、紫陽花は沢山の彩りを見せる。あの日焼けした茶色い背中と色とりどりの紫陽花。それが、父の一番昔の記憶だ。

# 4章　2013年春

## 1

兄との電話から落ち着くことができなかった。とにかく撮影チームに事情は話せないから、撮影準備に一日だけ都合をつけてもらい福岡行きの飛行機をとる。兄曰《いわ》く、容態が急変したから親父が意識のあるうちに話したいらしい。

余命は一週間。前回のうやむやになった余命三ヵ月とはワケが違い、転移したガンはもう手術では取れないぐらいの状況。だから、もう、本当に難しい状態だという。父のガンが判明してからというもの、心のどこかにはずっとモヤモヤしたものがあったから、それが突然走り出したことに、誤解を恐れずに言えば変な爽快《そうかい》感を抱く。

何も手につかない、と言えば嘘になる。今は仕事ハイになっているから、なにかこの出来事を通して自分の中で書けそうだという思いが芽生《めば》えてしまって、自分はなんて最低なんだと戒める。リリー・フランキーが東京タワーなら、自分は福岡タワーだな、なんて考えてしまって、撮影チームへ事情を話せずに打ち合わせを延期したときの感じがちょっとカッコいいんじゃないかって思っている。

最低だ。最低だと思うのは本心だ。毎日自分を慰《なぐさ》めていたが、この日ばかりはできなかった。僕にとっての覚悟はそんなもんだ。口笛を吹きながら福岡へ向かう。

抜けるようないい天気だった。兄が福岡空港で待ってくれていて、車に乗せられて、事情を聞く。余命一週間も安い青春映画みたいだと思っていたが、話をする兄の表情を見ていると、これは本当のことなんだ、と遅すぎる実感が追いついてくる。その前に父に会ったのは、去年の福岡公演にも来なかったから、一昨年の夏の食事会以来だ。父が紹興酒を飲んで、やけに上機嫌で、それに苛立って兄とキャバクラに行ったっけ。あれから一年半、僕は敢《あ》えて父に会わないようにしていたのかもしれない。

がんセンターに行くと、大和さんが受付で、難しい顔をして待っていた。「今日は会うのを嫌がっているのだけど……」と、言って口をつぐむ。意地っ張りな父は、弱っている自分を見せることをなにより嫌う。しかし、ここで会っておかなければ、もう話すことができなくなるかもしれない。僕が返事する前に「大丈夫。せっかくタケシ来てくれたし」と兄が答えて、僕は頷く。大和さんに案内されるように、真っ暗な廊下を抜けて、個室に入る。

そこには翔と、丸坊主《まるぼうず》の後頭部が見えた。丸坊主の男は父だ。抗がん剤の影響で全て髪は抜け落ちていた。少し大きくなった翔が、起き上がろうとする父を押さえ込んでいる。

「軍服を着せろ、軍服を!」

父はのたうちまわっていて、大和さんと兄は慌てて父を押さえ込む。動けない僕。調子の悪い父を目の当たりにしたのは初めてだった。

「軍服はどこだ！」

「大丈夫だから」

「軍服を着せろ！」

「ないから、軍服はない。ありません」

大和さんが強い語気で言うと、少し押し黙る父。大和さんは兄と僕を見て、無理やりホッとした表情に変えて、父に近づき、ささやく。

「ほら。二人が来たよ。ミキオとタケシくん」

「おうおう」

兄が、父に近づいて顔を覗き込むので、僕もついて行って父を覗き込む。父は黙って僕らを見ている。目が血走っていて、まだ少し息を荒らげている父。僕はどうしていいかわからず、一歩引いて見つめる。大和さんが僕の背中を押してきた。

「手、触ってあげて」

「え」

「喜ぶと思うから」

返事をする前に、兄が窓側に回り込んで、左手を触るので、僕はこちら側から、右手を触った。父はとくに拒否するでも受け入れるでもない。父の手は、ヒンヤリとしているが、柔らかかった。でもやっぱり、大きい手だな。すると父は大人しくなり、何も言わなくなる。

「ほら大人しくなった。こう見えて嬉しいとよ」

「え、そうなん？」

僕は、父のフニフニとした手をぎゅっと握りしめてみた。カップルのそれのように、ぎゅっ、が返ってくることはないが、父を見ると、少し表情が穏やかになった気がした。

ぎゅっ、ぎゅっ。

うっす、来たよ、の気持ちを込めて、何度か握る。兄もそうしているようだ。

父を見ると、黙っていた父の頬《ほお》から涙が伝った気がした。いや、泣いてない。僕がそう思いたかっただけで、気のせいか。僕らは何も言わずに父と手を繋いでいた。翔は、父の膝を静かにさすっていた。

窓の外から葉と葉の擦れる音。時折廊下を点滴の車輪が通る音。

ここでは当たり前のはずの音が、僕らにはなんだか、かけがえのない音のように聞こえる。しばらく、そんな病院の音を聞いていた。父が落ち着いてきた様子を感じて、大和さんが声を掛ける。

「タケシくんは最近は？　東京では調子はどうね？」

「うん、ぼちぼち」

「この間の演劇、行けなくてごめんねえ」

「いやいや、仕方ないよ」

「ね、行きたかったよねぇ？」

「………」

大和さんは父に話しかけるが、父は何も言わずに、黙って僕と兄の間をまっすぐ見つめている。

「なんね、二人が来て恥ずかしいと？　寡黙にしとうねぇ」

明るく言う大和さん。僕と兄はアハハと笑う。

「元々寡黙だよ」

正気になって初めて呟いた父の言葉は、妙に印象的で耳に残る。

父は元々寡黙だ。物心ついた時から、ずっと。何を考えているかわからない。でも、寡黙なことを父はわかっていたんだ。父の柔らかい手を握りながら、兄を見る。兄は目に涙を溜めていて、僕の目は乾いたまま、父と手を繋いでいるこの感情に、ちょうどいい名前をつけられないでいる。なんでこんなに柔らかい手してるんだよ。腹が立つ。

「あら、寡黙って、聞こえとった？」

大和さんが言うと、天井を見つめる父。

「また黙っちゃった」

膝をさすっていた翔が、大和さんに声を掛ける。

「ママ。パパ、動きたいっちゃない？」

「あら、そう？」

「膝が動きたそうにしとう」

翔がそう言うと、父は、正解だと言わんばかりに、体を動かそうとする。しかし管だらけで自分で動くことはできない。

「あらほんと。動きたいと？」

「……あつい」

「そうね。ミキオとタケシくん、手伝ってくれる？」

「おっけ、わかった」

兄が手際よく動き出して、僕は少し動き出しが遅れてしまう。

「ど、どうすればいい？　動かしていいと？」

「ちょっとぐらい大丈夫やけん、ほら」

手を離して、兄が背中に手を入れるので、僕も見よう見まねで反対側から背中に手を入れる。グッショリと濡れた背中。どれだけ同じ体勢でいたのだろう。暑いわけだ。ぐっと手を入れると、父の背中で兄と手がぶつかってしまって、僕が手を腰側にずらす。

「タケシそっちじゃない。首側に」

「あ、うん、ごめん」

「頭が落ちんように支えとけよ。頭と首」

「うん」

「今から起こすよ、ゆっくりね」

僕と兄で、首を支えながら上体を起こして、翔が父の手を引っ張っていく。ゆっくり動かす分、勢いがつけられず、全ての重みが手のひらにかかる。額に汗を感じるが、父の背中に比べたらと平気なふりをして起こしていく。

「フー、フー……」

父は大きく深呼吸した。さっきより少し楽そうな表情だ、よかった。

「パパ楽そう。ありがとね、そのまま背中さすってあげて」

「うん」

「お前頭支えながらな、おれ下さするけん」

「わかった」

兄と僕はこれまでやったことのないぐらいの連係プレーで、父を支えた。汗で濡れた寝間着が、少しでも涼しくなるようにとパタパタと寝間着に風を入れるようにする。上体を起こした父は僕らと同じ目線になり、背中をさする兄と僕を、目線だけで交互に見た。父は、疲れて生気は無くなったものの、鋭い目をしていた。

「……タケシか」

「あ。うん」

突然、父が睨みつけるように話しかけてくる。

「そうよタケシくんが帰ってきてくれたとよ。キャナルの舞台に行けんかったもんねえ」

「この間、話したいって言っとったやろ？」と兄が合いの手を入れてくれる。

「…………」

父は答えない。僕も無言に耐えきれず、父を挟んで明るく答える。

「まあまあ、また福岡に舞台持ってこれるように頑張るし」

「あら。じゃあそしたら、パパそれまでに元気にならんといけんね」

「そうやね、すぐ持ってくるけん、頼むよ」

「……お前のことはよくわからん」

父が呟いた。

僕は何も言えなくなる。

その瞬間の父の目は、あの日母を階段から突き落としたような、そんな目をしていた。

「お前のことは、よくわからん」

大和さんも兄も翔も何も言えなくなる。僕は傷つくとかではなく、ただただ固まってしまう。母の小説家という仕事が理解できなくて、あんなことになった。そして、母に影響を受けてしまった次男。僕を母に重ねているのかもしれない。

「うん、でも、頑張るけん。わかってもらうように頑張るけん」

僕は、落ち着いて父の目を見て答える。父は、僕から目を逸《そ》らして、窓の外を見つめる。

窓の外は木が生い茂っていて、外はいい景色の部屋にしてくれと父が強く望んだらしいことを思い出す。

「本をだせ、俺の後に」

「本？」

父は答えない。

「本出すと？」

「………………」

父は答えない。堪《たま》りかねた大和さんが「ガンってわかってから、自分のことを書き残すんだって書いとうのよ。元気な時は一日中ずっと書いてるのよ」と言う。父はそんな大和さんの発言を引き止めるでもなく黙っている。父は本を書いてるのか。知らなかった。僕は本なんて書いたことがない。戯曲だとか台本だとか、書きたいものは演劇で十分に書いている。あくまで作品への設計図に過ぎないけど、僕の演劇は見たことがないからわからないか。とにかく、本を出版することは父の中で価値があるらしい。

「うん、わかった」

僕はそれだけ返事する。父は僕の目を見ない。

「三人に」

僕への言葉はこれで終わりで、父は子供たちを見渡す。三人への言葉。意識のあるうちの遺言だと確信する。僕らは「うん」と言って、父の次の言葉を待つ。

「……金を借りるな……人を抱えるな……人に貸すな」

一時間半ほどの滞在で、父が疲れるからと僕らは今日は帰ることになり、大和さんが病室の前まで見送ってくれる。

「タケシくんありがとうね、また来てね」

「はい、また来ます」

「もうすぐ出られるけん、次は家で、生前葬のときかな」

父は意識も朦朧《もうろう》として管だらけだったのでその発言に驚く。

「え、病院出られると?」

大和さんは指を鼻に当てて、囁《ささや》くように言う。

「本当はダメやけど、パパはここは気が滅入るからいたくないって。それでお金払うけんって、先生に家に来てもらうように頼んだとよ」

「へえ」

「それで帰ったらすぐ生前葬やるってさ」

「生前葬って……なんやるとよ」

「私もわからんけど、それの演出をタケシくんに頼むって言ってたよ。来たら話すって言ってたのに言わんかったね」

「え、僕に？」

「そう。恥ずかしかったんやろね」

「そっか。でも、やるよ俺。何もわからんけど」

「大丈夫、みんな何もわからんけん。ありがとう、お願いね」

どうしていいかわからないけど、自分に何かできるならやろうとは思っていた。大和さんは部屋を振り返り、翔を僕らの方へ寄こす。

「私こっちおるけん、翔とご飯でも食べてきて。この子もお昼食べとらんけん」

「うん。わかった」

「お腹すいた」

「おけおけ、俺らも腹減ったわ」

兄と翔と僕は、その足でがんセンターの食堂に向かった。

翔はずっと黙っていて、小学生で父親に先立たれるのは、どんな気持ちなんだろうと胸が痛む。真っ暗な廊下の先に食堂があった。長く静かな廊下を三人で歩きながら、父のさっきの言葉を反芻《はんすう》する。きっと、誰も信じずに生きてきたんだろうな。

お昼を過ぎた食堂は人がまばらで、半分は患者で、残りはお見舞いだから、先にお通夜をやってるようなそんなドヨンとした空気だ。メニューはどれも三百円前後で、本当に大丈夫な食べ物なのかと疑ってしまう安さ。心配になってしまうぐらい色あせたトレーにご飯が載せられて、僕らは近くの長テーブルの端っこに三人で並ぶ。

「俺さ、初めて親父と手つないだわ」

「うん、俺も」

「そうよね、小さい頃はつないどったかもしれんけどさ」

「覚えとらんしね」

「恥ずかしかったし、わけわからん流れやったな」

「うん」

「……初めて手つないだな」

兄は確かめるようにそう呟いて、カツ丼《どん》を口に運ぶ。翔と僕は、カレーライスを口に運ぶ。カレーならどんなカレーでもおいしい、なんて話は聞いたことがあるけど、がんセンターの食堂のカレーは、味がしなかった。

「おいしいね」と翔が言ったので、「うん、うまいね」と僕は答えた。

父ががんセンターから家に戻ったという連絡を受けて、あの日から二日後、また福岡に日帰りのチケットを取った。父が生前葬をするらしい。生前葬とは言っても父が希望したから行うもので、大それたものでもなく、父の家に親戚一同が集まる、正月とお盆の行事を簡単にしたようなもの。

僕は、行きがけの飛行機で、生前葬の何かを頼まれたら答えられるようにと、一応台本というか、構成のようなものを考える。最近はずっと、名前が出ないけど深夜ドラマのネタ出しや構成作家のような仕事をしていたので、慣れたものだった。

がんセンターから家に帰った父は車椅子だが、丸坊主を隠すニット帽はいい感じに似合っていて、言葉もはっきりしていた。げっそり痩《や》せて全身管だらけだが、病院での暮らしを「病人みたいだ」と嫌がったため、家で過ごしている。そういえばヘビースモーカーの父がタバコをやめるきっかけになったのは、盲腸で入院した時に、喫煙所で自分より容態の悪い人がタバコを無理して吸っている所を見たからだと言っていた。そこで何を思ったかはわからないが、父にとっての〝病院〟は、牢獄《ろうごく》のような場所なのかもしれない。

部屋の見晴らしの良い所に移動したベッドに腰掛けている父。僕も二日前の軍服騒ぎや余命一週間のことを忘れて「おお、元気そうやねえ」と言うと「よく来たね」と父は普通に答える。普通だ、と安心した。

父の視線の先を見ると、ベランダには紫陽花の青葉。「育てとると?」と訊ねるが父は答えない。大和さんが育てているのだろう。紫陽花は咲くのはまだ二ヵ月以上先だ。きっと、そういう意味も込められている。「咲くの楽しみやね」と呟いた。パンジーだったらもう咲いているもんな。そこから翔と遊んだり、生前葬用のご飯の準備を大和さんとしていると、夜が近づくにつれて続々と親戚たちが集まってきた。

大濠公園が見えるベランダを前に、親戚たちがずらずら並び始めて、またあの悪夢が蘇《よみがえ》る。今回は、集まりの最後ではなく最初にやるらしい。来るぞ、あれが。ニット帽で車椅子の父をセンターに、美容院に行ってきたばかりの大和さんが横に並び、僕と兄と翔が挟む。その周りには親戚たち。佐和子がデジタルカメラのセルフシャッターを設定する。

「それじゃ、準備いい？　これでいいね？」

「ああ、うん」

「じゃあいくよー、大金持、ちー！」

「ちー！」

僕もお尻を思いきりつねられたかのように、無理やり『ちー』の表情で口角を吊り上げる。こんな日に笑顔を作れるわけがない。それでもみんな、笑顔で大金持ちを叫んだ。パシャっと撮った後に、佐和子が父に画像の確認をする。

「どう？」

「あ、ちょっと……」

「なに？　みんな、聞いてー！」

すぐに話を全体的にするのは佐和子の癖だろうか。親戚たちは父に注目して、父の声に耳を欹《そばだ》てる。

「なしも」

「え、なしって？」

「掛け声、なしのも」

「え？」

「掛け声なしで、ちゃんとしたやつ」

まるで大金持ちがちゃんとしてないもののように言ってハラハラしたが、今日は父の生前葬だ。「じゃあみんな、なしの普通のやつで」と言って、佐和子が再びカメラへ。畏《かしこ》まったものが撮りたいのだと思うのと同時に、大金持ちー、はちゃんとしてない写真だ、という認識は父と一緒だったことに安心する。

「じゃあ撮るよー、はーい」

佐和子の合図で、掛け声なしではどんな顔していいかわからない親戚たちの顔にシャッターが切られる。みんな無の表情をしているのかと思うと、本当の気持ちで少し笑顔になってしまった。写真撮影が終わると、厳《おごそ》かに食事を並べて、謎の食事会が始まる。

大きなテーブルに肩を寄せ合って、長いテーブルに二十人が並ぶ。父はお水の入ったワイングラスを持って、周りを見渡す。

「えー。先日、余命一週間だと言われました」

シンと静まり返る。生前葬っぽい空気だ。生前葬のことはよくわからないけれど。

「なので、急遽《きゅうきょ》ではありますが、この場を設けさせてもらいました。今日は私の生前葬に集まっていただきありがとうございます。それでは、かんぱい」

「かんぱい」

みんなグラスを掲げて、静かに食事が始まる。しかし、食べ始めると、子供が騒ぎ出して、大人は病院の悪口を言い始める。結局いつもと変わらない近況報告会。

初めは父もそんな飛び飛びの会話に耳を傾けていたが、次第に不機嫌になっていくのが目に見えてわかった。おそらく父の思った生前葬ではないのだろう。僕が飛行機の中で用意していた生前葬は、開式の挨拶、父のここまでに至る自分史の紹介、親族や友人からのスピーチ、出し物、会食、本人挨拶。ネットで調べた知識だが、そんなものをイメージしていた。おそらく父もメリハリがあって緊張感がある生前葬にしたかったんだろう。しかし何の段取りも父の具体的な生前葬の希望も把握していないので、僕ら親戚はいつも通りご飯を食べることしかできない。父の不機嫌を感じつつも、僕らは近況報告を続ける。

「ねえ、タケシ知っとる？　信郎演劇始めたとよ」

声をかけたのは花江だった。花江が信郎の話をするのも初めてだったし、あの福岡公演から、花江はなんだか憎たらしくもかわいい奴になった。

「え？　信郎が⁉」

僕は驚いて、一番端っこに座る信郎を見ると、大きな体で恥ずかしそうに頭をかいている。僕ももちろん、親戚一同が、あの引きこもりの信郎が、と驚いている。

「なんかね、高校で演劇部に入って、台本書いとるんだって」

「え、じゃあなんか上演すると？」

「まだそれはよくわからんっちゃけど、ってなんで私が説明しとうと！　信郎ほら」

花江が信郎を示すと、信郎は「あ、まだ上演っていうか、稽古しとる途中で」と歯切れ悪く呟く。まだ台本もうまくできてないのだろう、でも信郎の今までとは違って少し凛《りん》とした表情は嬉しかった。

「タケシさんの舞台を拝見して、それから色々と演劇を見たり勉強するようになって、学校に行って、ちょっと自分もやってみようと思いました」

信郎が親戚一同を見て、ちゃんとした声量で発表して、思わず拍手が起きる。そこはさすがに父も拍手をしていた。きっと基礎練習をちゃんとしているのだろう、演劇を始めたばかりの人は自然と声が大きくなる。

「いいね、生前葬は、お祭りみたいに、やりたかったから」

父がつぶやくと、晴れやかだった席が一瞬で重たくなる。言葉と結果がここまで矛盾《むじゅん》するのは見たことがない。みんな、ただただ、何がしたいかわからないので、戸惑っている。この空気をなんとかしたかった。

「よし、じゃあ信郎、なんかやろう！」

なんでこんなことを言ったのかわからない。それでも僕は父のために何かやりたかった。親戚たちは「おっ」と声をかけて、信郎は固まっている。僕は立ち上がって信郎の隣に行く。

「えー、竹田家の次男、タケシです。一人浮き草稼業《かぎょう》というか、地に足のつかないことをして、お騒がせしております。信郎も引きずり込んでしまいました」

思った以上にワッと盛り上がる。予想外の反応に気を良くして、無理やり戸惑っている信郎を立たせる。１６０センチの僕だと頭一つ分くらい身長差があって、まるで漫才コンビみたいだ。よし、これだ。父も黙ってこちらを見ている。

「えー、今日はせっかくなので、信郎と、そうですね、漫才でも披露しようかと思います！」

「おー」と、よくわからない歓声が上がる。信郎が顔に「?」を貼り付けてこっちを見ているが、もう引き下がれない。父の生前葬のために、僕は今まで自分の培《つちか》ってきた何かで力になりたかった。これ以上父の願わないグダグダの生前葬にしたくない。

「そんなわけで！　この会を盛り上げたいなと！　ちょっと信郎と打ち合わせしますので、しばしご歓談くださいませー！」

　親戚たちの拍手を背中に浴びながら、信郎を一つ上のフロアに連れて行く。振り返るとみんな嬉しそうにしていて、ちょっとお祭りっぽい雰囲気になったのではないかと思った。


「え、どうするんですか？」

「いや俺もわかんないよ、どういうの書いてんの？」

「僕はファンタジーですし、書いてる途中です」

「どういうファンタジー？」

「……人間型のロボットが、恋をするやつです」

　恥ずかしそうに言う信郎はポンコツだった。電気の消えた真っ暗な六階。電気スイッチを探して窓際に目をやると、大量の原稿が重ねられていた。この三年間で、父が本として出すために書いている原稿だろうか。原稿用紙で三百枚はあって、上の方は濡れていた。

お風呂上がりに書いたのだろう。ミミズみたいな小さな文字で少し湿ったそれは、読み取ることはできない。ここまで書きたいものがあるのか。この闘病期間中、父はずっとこれを書いていたんだ。ずっしりとした三百枚の重みに父の怨念《おんねん》を感じる。

気を取り直して、漫才の練習をしてみる。普通の世間話を僕がすぐ哲学者で例えて、「ハイデガーなんて知るか！」と信郎が突っ込む。信郎は、気持ちが昂ぶると声が上ずって高くなるのが面白かった。ウケなくても、わけわかんないことを信郎が高い声でまくしたてれば、気合で乗り切れるのではないか。お互いの左手にカンペを書いて、「これ、大丈夫ですか……」と最後まで不安そうな信郎の士気を高めて階段を降りる。

集まりに戻ると、父の本についての話題になっていた。父の本は、いわば遺言書のようなものらしい。父は本のことを説明しようとするが、結局親戚たちは父の持つ莫大《ばくだい》な財産の相続についての話が聞きたいようで、口論になっていた。

「そうじゃなくて、私の本についてはですね……」

「でも遺言書なんでしょ？」

「そうですね、そう思って書きましたが」

「相続については？　書いてるの？」

「書いてません」

「相続についてはどうするの？」

親戚中の空気が張り詰める。別にみんなお金がないわけではないが、父は長男だし、ちゃんと分配するのかどうか、父は思っていることを言わないので、気が気でないらしい。

父は黙っていると、親戚から更に声が上がる。

「それに関しては別のところで書いてる？」

「……その話はしたくない」

父がだんだん苛ついていくのがわかる。親戚たちも他人事ではないし、話す機会もここしかないと思っているのか引く様子もない。子供たちは黙ってしまい、佐和子たちがトランプをしようと少し離れさせる。大人は重たい議論に突入していた。僕らは、降りてきた流れで「どーも～！」と漫才を始めようと思っていたので、今は空気が違うと、勢いを止めて様子を窺う。

「相続について、どこにも書いてないの？」

「その話はしたくない」

「みんな大丈夫やけん、言って、今言わんと」

「……言いたくない」

父は頑として譲らず「そんなの揉めるだけだ」と捨て台詞を吐く。父は不動産をやってきたから、お金問題について、誰よりも敏感だ。親戚たちはため息混じりに他の話題に移る。

「納骨は？」

「その話はしたくない」

父の心はもう閉じてしまった。僕らのハイデガー漫才はやるタイミングあるだろうか。

後ろにいる信郎は黙って僕の合図を待っている。

「じゃあ何のための生前葬なのよねえ」

「少なくともそのための生前葬ではありません」

「ああ、そうなの？」

「だから、ちゃんと生前葬をやりましょう」

「もうやってるじゃない」

父からの聞きたい言葉を引き出せない親戚たちは半《なか》ば乱暴に言葉を吐く。ここか？　今行けばいいのか？　ここで空気をぶち壊してやるか!?　と僕らが出て行こうとした瞬間に、机を叩く音がする。父が口をまっすぐに閉じて、震えていた。

「なんですかこれは。なんなんですか」

親戚中が押し黙る。トランプをしていた子供チームも固まってしまう。

父はバンバンと机を叩く。大和さんが父をたしなめるが、父は止まらない。「こんなの、こんなの……」と小さな声で震えるように言う。僕と信郎も聞いている。兄も聞いている。

「こんなのただの食事会じゃないか！」

余命一週間の父の可能な限りの大声は、大声というほどのものではなかったが、みんなを凍りつかせるには十分なものだった。大和さんが「もう休みましょう」という声を合図に解散になる。僕と信郎は、何も聞いてなかったふりをして降りていき「どうしたと？」「今日はもうおしまい」と言われて、漫才もできないまま生前葬はお開きになってしまった。

大和さんと翔と父を残して、親戚たちは、父のマンションを出る。大人たちは「意地でも言わんっちゃねえ」「あんなに怒れるなら大丈夫よ」と話していた。僕は明日からロケハンが始まるので最終の飛行機で東京に帰った。

後で兄から聞いた話によると、本当は生前葬で、出版する本についてきちんと発表したかったらしい。あんなに手書きでたくさん書いていたもんな。あんなに書く人だとは思わなかった。本の発表ももちろんそうだけど、もっと自分の話をしたかったんだろう。生前葬なのに、いつもと変わらない集まりになってしまったから。お金の話になってしまったから。父の望むお祭りには、ならなかったから。

2

深夜ドラマの準備は佳境に入っていた。ヒロインに、夏山《なつやま》という女優が出ることが決まったらしい。僕が昔から好きだった女優さんだ。両親が離婚する前に、家族全員で見ていた連続ドラマに子役で出ていた。

「この子、タケシと同い年やねえ」と母が言って、なんだか妙に焦ったのを覚えている。そのあと不倫スキャンダルであまりメディアに出られなくなり、同い年というのもあって、なんだか他人事じゃなく、テレビに出ると目で追ってしまう人だった。ドラマになったら、父にも母にも自慢できるな。頑張らないと。

気づくと、兄からの逐一《ちくいち》の連絡はなくなっていた。生前葬のあと、少し状態が良くなったらしい。ソワソワしていたけど、親父はまだ死なない。あんなに死への準備をしたのに、まだ死なない。

周りには、ちょっとバタバタするかもしれない、と匂わせていた。それから「大丈夫ですか？」と心配されるたびに、「まだ大丈夫」「あ、けっこう大丈夫」「うーん、まだ大丈夫なんだよね……」と次第に僕のテンションは下がっていく。察しのいいスタッフから「なんかできることとあったらなんでも言ってください」と言われるたびに、申し訳ないし恥ずかしくなった。

「おうおう、オレオレ、明日、泊まりで帰ってこいよ」

余命一週間のタイムリミット前日。兄から、父の現状は告げられず誘われた。まあ忙しいけどちょっと調整するわと言いながら、少し安心する自分がいる。

不謹慎だけど、その言葉を待ってたんだ。余命一週間のリミットのその日を一緒に過ごす。おそらく父との最後の夜になる。僕は、そんなこと思っちゃダメだと思いながらも、父よ死に際でいてくれよ、でも明日までは死ぬなよ、と飛行機をとる。ここまで心の準備は十分にしてきたんだ。なんなら三年前からずっと。僕よりもはるかに兄たちの方が縛られてきただろうし、こんなことを思っちゃいけないのはわかるのだけど、撮影前に色々と心が支配されるのが辛かった。ドラマを見てほしい気持ちもあるけど、でもやっぱり弱ってる父を見ても、憎しみの気持ちのほうが強い。それなのに何度も何度も福岡に帰って、体力を削られる。

これでしっかり父を見送ろう。鼻の穴を膨らませながら、スタッフ打ち合わせの延期の連絡をする。案の定、すぐに理解してくれる。よかった。ようやく前フリをしていたことに意味が出た。こんな事に気を揉むなら、前フリなんてしなければよかった。

「マッサージついでに受けたら？　今日は泊まっていくっちゃろ。パパ喜ぶけん」

大和さんが、東京から福岡に着いたばかりの自分に声を掛ける。この一週間は、福岡への日帰りを二日して、ようやく一泊泊まりに来た。

「うん。兄貴は？」

「お兄ちゃんは会社の仕事終えたら来るって」

兄は、父から継いだ会社に行っているようで、兄が回せるように会社を縮小させて、他の社員は退職してもらっていた。兄はたった一人で会社の現状把握や、いろんな引き継ぎを行っているようだ。その会社から毎日この家に通っている。

「パパのマッサージもうすぐ終わるけん、待っとってね。飛行機の移動ばっかで疲れたやろ？」

上の階で父がマッサージを受けていて、僕は翔と、翔の好きな韓流《ハン》アイドルのユーチューブを見ていた。すると、マッサージを終えて汗だくの中村《なかむら》さんが降りてくる。

「やぁ。タケシくんだよね？　やる？」

「あ、全然休んでからでも」

「いやいや、それが仕事だから、暇にさせないでよ」

中村さんはマッサージ師で、父があまり動けないからと最近は二日に一回来てくれている。フィリピンからやってきたような浅黒く陽気な顔立ちで、男女の価値観から解放されたような人。この空間では、少しだけホッとする存在だ。

「じゃあ、お願いします」

「よし、じゃあここの布団でね」

なんだか申し訳ない気がしながら、時間の潰し方もわからない僕は受けさせてもらう。うつ伏せになった僕の全身を触って、中村さんが呟く。

「かたい。タケシくんはね、いっぱい吸いとっとうね」

「吸いとる？」

「タケシくんがきたらお父さんの調子も良くなるから。そういう悪いのを吸いとってくれてるんよ。だから、体がガチガチになってる」

東洋医学的な考え方はあまり性には合わないけど、兄に頼りっぱなしの自分も少しは役に立っているのかと思えて嬉しかった。ギィギィと音がして、翔が介添えしながら、ゆっくりと上から父が降りてくる。全部剃《そ》った頭に帽子をかぶった父。「ちょっと！　なんで降りてきたと？」と大和さんは慌てるが、降りてくるのに必死で言葉を返せない父。車椅子を使ってないだけで、だいぶ元気に見える。

「柴田《しばた》先生は上に上がるけん、そのままおっていいのに！　今日は調子がいいっちゃんね」

返事がないためか大和さんは自分に言い聞かせる。

父はそのまま、下のフロアにある父用のベッドに腰掛ける。そして僕をじっと見る。僕は無防備に体を揉まれながら、なんだか申し訳なくなって「おいっす」とだけ言った。「うん」と言ったような気がしたが、声はほとんど出ておらず、自分を見つめている。何か言わなきゃいけない気がしてなんとなく「調子よさそうやん」と言うと、「うん」と次はかすかに聞こえた。

「今日は良かったですよ。階段も運動になりますからね。やっぱタケシくんが来てくれたのが効果あったんですね」と言いながら中村さんは僕の腰を持ち上げる。「こんな下の階におったら、柴田先生すっごい驚くっちゃなかろか」と大和さんは父のそばにノルーツを並べる。父は、依然として僕を見ている。

ピンポーン。

インターホンが鳴って、「お兄ちゃん着いたかな」と大和さんが出ると「……あ、柴田先生！　どうぞ！」とマンション入り口のオートロックを外す。

「柴田先生きたよ」

大和さんが振り返って報告すると、父がベッドから立ち上がった。

「俺が出る」

「大丈夫よ、座って出迎えて」

大和さんが止めるが、父は一歩一歩、踏み出す。

「調子いいからって、あなたが迎えたら柴田先生ほんとにびっくりするよ！」

「うん」

父は机や棚を支えにしながら、一歩一歩と玄関に近づいていく。その足取りはゆっくりとフラフラしているが、強い意志を感じる。

「大丈夫ですか」という中村さんの声や、支えようとする大和さんを「大丈夫」と制して、一人で一歩一歩と玄関に近づく。「ほんとに調子いいですねぇ」と中村さんが感心して言うと、父は満更でもなさそうな顔をする。

心配した翔が父についていく。そして父の腰を支えて、玄関へ行く父をサポートしている。後ろに倒れるのを止めるためだ。「大丈夫」と父。翔はやめずに、父を後ろから支えている。しかし、父は、立てることをアピールしたいのだ。調子がいいことを医者の先生に伝えたいのだ。父は必死に歩きながら翔に伝える。

「翔くん、大丈夫だから」

「……ううん」

「翔くんはあっち」

「ううん」

翔は言うことを聞かずに、心配だからこそ、父を支えている。

「翔くん！　翔くん！」

「ううん」

ドアチャイムが鳴った。

「だから！　離れろ‼」

この数年で初めて聞いたぐらいの声。父は翔に息を荒らげて叫んだ。翔は無表情になって、父から離れて戻る。大和さんも僕も中村さんも、みんなが固まった。

父はそのまま首だけ戻して、ドアの鍵をあける。柴田先生の予想通りの声が部屋中に響く。

「わぁ！　まさか、治正《はるまさ》さんが出るとは思わなかった！　すごく調子よさそうじゃないですかぁー！」

ビックリした先生の顔を見ると父は嬉しそうにしていた。大和さんは翔を黙って抱きしめる。父が嬉しそうに頭をかく後ろ姿を、いつまでも見ていた。


余命一週間と言われたその前日の夜、父は生き生きしていた。あの激怒した生前葬からみるみるうちに元気になったらしい。人を憎む気持ちは生きる気力を与えるのだろうか。そういう意味では、あの会は意味があったのかもしれない。

それにしても元気だ。車椅子いらないのかよ。あんなに手を繋いでいた先週が恥ずかしくなる。医者の先生も中村さんも「今日はとくに調子がいい」と言っていて、兄が帰ってくると、大和さんは自慢げに兄にそれを伝えていた。驚く兄。黙っているが父の鼻の穴は膨らんでいた。

夜も更けて、大和さんと翔が晩ご飯の準備している間、僕と兄は父のそばにいた。特に何かを話すということはないが、テレビのチャンネルを変えたり、トイレに連れていったり。父が「病人みたいで嫌だ」と車椅子を使いたがらないので、でも一人で長い距離を歩くのは難しく、歩くときは僕が腕を支えて隣を歩く。トイレもドアを開けて、便座に座るまでを見届けて閉める。「うん」と言う父の返事を聞くと、再びドアを開けて、父を立ち上がらせてベッドまで連れて行く。するとすれ違いでトイレに向かう。父の出したものを見て「今日はあまり出てないな」と呟く兄が妙に格好よかった。トイレは付き添うのは僕だが、流すのは兄の仕事だ。僕は便器を見るのがなんか嫌で、遠目に見ていた。

夜ご飯は五人で食卓を囲んだ。まるで最後の晩餐《ばんさん》みたいに豪華で「せっかくタケシくんがいるから奮発したよ」と大和さんが微笑む。しかし父は、少食のためなのか、食べるものを吟味《ぎんみ》していた。

「この肉は？」

「福岡の和牛」

「もっと焼いてくれ」

「え？　焼いたばっかりだよ」

「もっと。焦げるぐらい焼いてくれ」

父の強い言葉に、大和さんは肉を持って、台所へ向かう。「そんなことしたらガンになるよ」と言い残す。

「もうガンだよ」

「あら、そうやった」

僕は笑ってしまったが、みんなそこまで笑ってなくて、これは笑うところではなかった。明るく保とうとする空間の中で、どこからが冗談なのかわからない。そしてまた父は食べるものを吟味して、酢モツを一口だけ食べる。

酢モツは竹田家では離散する前から日曜の夜にサザエさんを見ながらいつも食べていたものだ。福岡の名物ではあるが、新しい家庭になっても酢モツが変わらず食卓に並ぶことにデジャヴにも似た妙な感覚を抱く。

翔が「これおいしい」と、キビナゴの刺身を示した。「うん、おいしいね」「うまい」と僕と兄が続ける。すると、大和さんが台所から「キビナゴでしょ？　今、旬《しゅん》だからね！」と声を掛ける。

父はじっとキビナゴを見つめるが、口に運ぶことはない。翔が父に呟く。

「パパ食べんと？」

「キビナゴ食ったことない」

「おいしいよ」

「…………」

「ためしに食べてみなよ」

「こんな時に試したくない」

翔なりの優しさすら受け入れずに、弱ってても強情な父。そこに大和さんが、肉を持ってくる。焦げはついてないものの、しっかり焼きあがっている。父は一切れ口に運んで、目をつむって味を確かめる。

「どう？」

「うん」

父はそれ以上言うことはないが、それはまあいつもの父なのかもしれない。九州男児を地でいく人だな。大和さんは慌ただしく「じゃあそろそろもつ鍋持ってこようかね」と立ち上がる。

「みんなニンニクは大丈夫？」

「おれは大丈夫よ」

兄が答えると、翔が「パパは？」と訊ねる。

「いれまくってくれ」と答えながら、焦げる直前の肉をもう一切れ口に運んだ。そうして僕らは黙々と父の機嫌を窺いながらご飯を食べる。父と大和さんはほとんど食べないので、子供三人がお腹パンパンに食べている頃に、父は突然、皿を置いた。

「足が暑い」

「え？」

「冷房つける？」

「足が、暑い！」

部屋の温度じゃないかと僕はエアコンのリモコンを探したが、その間に兄はすぐさま立ち上がって、父のそばに移動した。「じゃあ脱がすよ、タケシ手伝え！」と兄は父を持ち上げる体勢になっていた。僕は慌てて父の足元に移動する。

「いくよ、せーの」

兄が父を持ち上げて、浮いた腰からズボン下を脱がせる。ズボン下しか穿《は》いてなかったので、下半身は丸出しだった。視界いっぱいに広がるくたびれた父の父を見て、この後もつ鍋を食べる気が失せてしまった。父は下半身が露になった状態で、「フウ」とため息をついて、キビナゴの刺身に手を伸ばしていた。

ご飯を食べ終わって、遠慮する大和さんを制してお皿を運んでいると、キュキュキュ、と音が聞こえた。覗き込むと、翔がグラスの縁を撫でていた。

「なんの音？」

「グラスの縁を触ると音が鳴るよ」と得意げに話す翔。父は黙ってそれを見ている。僕は皿を運び終えて、机に戻って、グラスの縁を撫でる。キュキュキュ。

「ほんとだ」

「え、まじ？」

「試してみて。なんか鳴るけん」

まだ残り物を食べていた兄だったが、グラスの縁を撫でる。キュキュキュ。

「ほんとや。なんで？」

「わからん。文系やし」

「おれも文系や。経済学部や」

「なんでやろね」

僕と兄が間抜けな会話をしていると「でもいい音だね」と、翔が再びグラスを鳴らす。僕と兄も、別のグラスを使って、三人でグラスの縁を撫でていた。父は真ん中に座って、黙ってそれを聞いていた。

　キュキュキュ。

キュキュキュ。キュキュキュキュ。

グラスの音は静かに部屋いっぱいを満たす。キュッキュキュキュ。キュ。キュキュッキュ。グラスの縁の会話。

親父は聞いてるかな？

キュッキュキュ。

体調はどうですか?

キュッキュ。

目を合わせて笑う。父は下半身丸出しで目をつむり、その会話を聞いている。

キュキュキュキュ。

楽しんでますか?

父はもう疲れてしまって階段を登れなそうなので、このフロアで寝ることになり、僕と兄と翔は、上のフロアの父のベッドで眠ることになった。寝間着は持ってきていたけれど、大和さんの勧めにより、父の普段着ている寝間着を着て、父が寝ていたベッドで寝ることにした。大きめの寝間着は、ポマードと加齢臭がこびりついた子供の頃から知っている父の匂い。こんなに近くで父の匂いをしばらく嗅いでないなと思う。

僕と兄と翔はダブルキングサイズの大きなベッドに川の字になって、横になった。兄がゴロゴロと転がって僕と翔の上を越えていき「重たいよ!」と言う。そして翔が僕と兄の上を転がってきて、僕が、兄と翔の上を転がる。「重い重い!」と言って笑って、この笑い声は下のフロアにいる父に聞こえているだろうか。ひとしきり笑った後、翔は寝てしまって、兄は起き上がって下のフロアに父の様子を見に行った。それを見ながら、僕は目をつむる。どんな景色を見るか、どんな夢を見るかわからないけど。とりあえず寝てみよう。

父と一晩を過ごすのは、中1以来って考えると、十四年ぶりかもしれない。いま27歳なので、もう半分以上の人生を父と過ごしていないんだなあ。下で父が咳き込む声と「水いる？」と言う兄の優しい声が聞こえた。

十四年ぶりの泊まった朝。余命一週間の当日だ。起きると兄も翔もいなくなっていて、会社と学校に向かったようだった。

遅めの朝ご飯を大和さんと食べた後に、父がトイレに向かった。僕が手伝おうとすると「大丈夫」と言われて一人で向かう。すると大和さんが近づいてきて「パパがこの後タケシくんとお風呂入りたいって」と言われる。

「え、俺と？」

父とお風呂なんて、小学校低学年以来、もう何年も入ってない。

「うん、恥ずかしいけん自分では言わんと思うけど」

「一緒に風呂に？」

「泊まったの久しぶりやし、嫌やったら気にせんでいいけん」

「いや、入るよ」

「本当に？　ありがとう」

父が戻ってくる。大和さんが父に「お風呂入ろうかね。お湯はりするけん」と声をかける。「うん」と父。僕はまるで何も聞いてなかったかのように「あ、じゃあおれも入ろうかな」と言う。父は、じっと僕を見つめる。僕は少し怖気《おじけ》付きながらも「一緒に入っていい？」と訊ねる。「うん」と父は答える。

お湯はりの音を聞きながら、僕は父に付き添って、お風呂場に向かった。脱衣所に入ると、完全に僕と父の二人きりであることに気づく。父と向き合ったことなんて思い出す限りないのに、丸裸の付き合いをするのか。僕はとりあえず全裸になると、じっと父は僕の僕を見つめる。顔を見つめられるよりはマシかと、とくに気にせず、父の負担にならないような体勢で時間をかけて服を脱がせる。腕の点滴だけは濡らしてはいけないので、慎重な作業だ。

全裸になった僕と父。父は自分からは動き出さないので、僕が手を引いて、お風呂場に連れていく。風呂の湯は半分くらい埋まっていて、入ればちょうどいいくらいだろう。僕は濡らしたタオルで父の体を拭いて、父は黙ってそれを受け入れる。

背中を拭いてると、すごく、なんだろう、拭きやすい。昔ベランダで日焼けしてる時は、あんなにアメリカ人みたいに大きくて、小麦色で、威圧感と共に恐れを感じていた。今この小さくてシワシワの背中は、物理的にも精神的にも、こんなに近くて、拭きやすい。この距離が、言いようもなく、寂しい。

僕は考え込んでしまうのを避けるために、手を止めないようにした。「シャワーは？」「いい」父は腕が濡れるのもいけないのかシャワーは拒んで、風呂の方を向いた。腕がお湯に浸《つ》からないように父の肩を支えながら、足先だけお湯に入れる。

「湯加減は？　大丈夫？」

「うん」

「おろすよ」

「うん」

自分より二十センチ以上背が高い父だが、女の子のように軽々と支えられた。むしろ点滴を濡らさないようにというポイントの方が難儀だ。腰のあたりまでお風呂に入ると、父は目をつむった。そこからは任せて、僕は父の様子を気にしながら自分の体を洗う。

洗い終えると、父は黙って僕を見ていた。無表情で、まっすぐに。「熱くなったら言ってね？　どう？　まだ大丈夫？」と訊ねると、「……タケシは」と父。

「いや俺が入るとぎゅうぎゅうになるけん」

父は、ゆっくりと体を引いて足を開き、足の間にスペースを少しだけ作った。

入れってことか。まあ、そうか。「じゃあちょっとだけ」と僕が入ると、お湯がザバァと溢れ、胸のあたりまで浸かる。目線の先には父がいた。なんだか近い。父と風呂に入っている。

小学校の頃、父と風呂に入っていて、父がルイ・アームストロングの『ワット・ア・ワンダフルワールド』を口ずさんでいるのを聞くのが好きだった。あれが僕の原風景だ。一緒に風呂に入らなくなっても、父は風呂に入るときにいつも歌っていた。その鼻歌はいつもリビングまで聞こえていた。

「なんか思い出すね、鼻歌歌っとったの」

「ん」

「ワット・ア・ワンダフルワールド、昔一緒に風呂入った時いつも歌いよったやん」

「ああ」

「懐かしいな。今でもあれ聞くと思い出すもんね」

歌詞が思い出せず、フンフンと鼻歌で少し口ずさんでみる。昔はサンタクロースの歌だと思っていたけど、後で調べると、周りの景色の彩りに気付く歌だった。父が合わせて口ずさむことはなく、「本さ……」と呟く。

「え、なん？」

「本書いててさ」

「あ、大和さんから聞いたよ。なんか出版するとよね」

「あれ、お前の名義で出していいから」

「いやいや、それはいかんって」

なんで父がそういうことを言ったのかわからないが、僕には戸惑うことしかできなかった。俺のことはよくわからん、って言ってたじゃないか。あの三百枚。第一、その本は読めてもいないし。

その気持ちも真意も読み取れずに「まあでも読んでみたいけどね、どういう内容なん？」と僕は訊ねるが、もう父はその質問に答える様子はなかった。僕も父が出版した後に書いてみようと思った。だけど、ここまで命がけで伝えたいことがあるだろうか。父に伝えたいことなんてあるだろうか。何もない。一日でも長く生きてほしい、なんて、思わない。余命宣告通りに、死んでほしい。あなたは周りに迷惑をかけすぎだ。

整理されないままの感情は、お風呂の湯気と一緒に天井に溶けていく。管だらけで思い入れのない肉体は、窓の方を見つめている。窓はすりガラスで、少し開いた窓からは木の枝が揺れていて、もうすぐ開きそうな桜がこちらを見あげていた。開きそうで開かない桜の蕾は、今の僕ら二人の心にもよく似ていた。父はかすかに口を開く。

「おれは……」

「うん？」

「……どれぐらい持つかな？」

どれぐらい持つか。

父があとどれぐらい生きられるか。どれぐらい。

「気の持ちようじゃない？　持つと思っただけ持つよ。とっくに前に言ってた期間越えとうしね」

間《ま》を作ってはいけない気がして、考え込まずに瞬間的に言葉を発してしまう。言った瞬間に、もうちょっと考えて答えればよかったと後悔する。

やはり父は何も答えず、僕の言葉を聞いているのかもわからず、天井を見つめていた。

「タケシは？」

父からの抽象的な質問。

何を聞きたいって言うんだ。父は人に、僕に、興味なんてないくせに。湯だってきた脳みそは、冷静に考えることはできない。

「俺はまあでも、頑張るよ、まだまだやし」

「そうか」

「うん」

「そうか」

父は僕の目を見て、初めて返事をした。僕の目を見て、返事を。もっとちゃんと答えればよかった。

気づくと父の額から汗が流れていて、少し湯あたりしてるようだった。「めっちゃ汗かいとるやん！　もう出らんと」と言うと、父は答えずに、僕に手を伸ばしてきた。僕はその手を握りしめて、肩で抱き抱えて、ゆっくりとお風呂からあがった。

体温が上がってしまった父をタオルで煽《あお》いで冷ましながら、父の体をゆっくり拭いた。父の父は昔の父の父と変わらず、ダランとしていた。タオルでふわりと包み込む。とくに複雑な気持ちにはならない。フルーツを洗ってるような感覚だ。いやそこまでいいものじゃないか。昔一緒に風呂に入ったときも、父の股の間に入ってたもんだから、背中が妙にくすぐったくて嫌だったたな。


風呂からあがって、夕方に東京で打ち合わせがあるために帰らなければいけなかった。湯あたりした父は階段を降りれずに上のフロアで窓を開けて朝の風を浴びていた。僕は下に降りて帰り支度をしていると、「これ、少ないけど飛行機代」と大和さんから飛行機のチケット代をもらってしまう。僕はスカイマークで往復してるので、ＪＡＬとかＡＮＡで想定されたこの往復代は少し多かった。と思うけど、黙って「うん、ありがと」と呟いてカバンにしまった。

ちょうどエレベーターで下に降りたところで、兄と遭遇する。昼ご飯を一緒に食べるために戻ってきたらしい。

「おうおう、お前帰り？」

「うん、もう来週撮影やけんさ」

「そっか、忙しい中ありがとな」

「いやいや。こっちこそごめんよ」

「助かっとるわ」

最近の兄は素直でくすぐったくなる。

「それは、なん？」

恥ずかしくなって話題を変える。僕の目線の先には兄が紙袋を握りしめていた。

「あーこれ、親父がオシャレな帽子ほしいって言うけん。グッチぜ」

「いや、上等すぎるやろ」

「まあ、とにかく高いものがいいって言うけんさ。これ以上はないやろ」

得意げに微笑む兄。偉いなぁ。偉いって言葉や、偉いって思う気持ちは正しいのかわからないけれど、今の兄が言うことならなんでも従ってしまう気がする。飛行機代をちょろまかしてほくそ笑んでいる自分が情けない。

「それじゃあな」

兄がエレベーターに乗り込んだ。甲斐甲斐《かいがい》しく、そして手際よく父の世話をする兄は、なんだか頼もしい。その一方で、東京から来ている僕は父をどう世話すればいいのかわからず、風呂にすらろくに入れられなかった。

じゃあなんで僕はここにいるのだろう。

父のためにもならずに？

家族なのに時間とお金を使って？

じゃあ家族ってなんなんだ？

役割なんて関係なく電車の座席みたいに自由に立ったり座ったりできたらいいのにな。家族は、演劇の劇場における指定席みたいで、もっと当たり前にそこに座ってなきゃいけない感じ。むしろ、ちゃんと座ってないと、周りが不思議に思ったり、迷惑になったりする。うちはどの席も空席だったけれど。それじゃ赤字興行だ。

そんなことをぼんやり考えていると、地下鉄は空港に到着していた。

降りた福岡空港駅のホームで、車椅子のおばあちゃんが腕を使うのが疲れるのか、膝を使って座り歩きのように、ゆっくり進んでいる。困っているか困っていないかわからない。今までだったらスルーして目的地に急いでいた。第一そりゃ困っている人に親切はしたいが、あいつ親切にしちゃって自分を大きく見せたいんじゃないか、そんな優しさは本当の優しさじゃないからなゴミ野郎が！　みたいなことを通る人全員に思われるんじゃないかという自意識が働いて、声を掛けれずに素通りして、でも遠くにいっても何度も何度も振り返って、俺は何度も振り返ったからいいよな、という謎の達成感を味わっていた。

そんな筋を通していたはずなのに、父のために行動できなかった免罪符がほしいからなのか、ふっとおばあちゃんに声を掛けていた。

「なにか協力できることはありますか？」

おばあちゃんはいくらの切符を買えばいいか悩んでいた。おばあちゃんの言う行き先がわからなかったので、駅員さんの所まで連れて行く。結局誰かに頼まないと何もできなかった。

空港でチェックインした後、色々と鬱屈《うっくつ》した気持ちをどうしていいかわからずに、空港のトイレで自分を慰めた。うまく立たなかったが、ギュッと強く握りしめて、膿を吐き出すように振り絞った。幾分楽になって手を洗っていると、鏡の中の自分は口の緩《ゆる》んだ情けない顔をしていた。こんな時に一体何をやっているんだ。

3

ドラマの衣装部と衣装イメージの打ち合わせをしていたら、隣で制作部が「杉下緑好きだったのに〜」と言っていて、お尻の穴を突然広げられたような気持ちになる。打ち合わせを終えて、制作会社の外に出て、煙草《たばこ》に火をつけて、スマホを調べる。

ネットニュースにはよく知った顔が写っていた。緑と副島の交際報道。よく見ると、焼き鳥屋で二人で食事していただけらしい。真実は定かではないが、後ろ向きで寄り添う二人は、表情こそよくわからないが、なんだかお似合いに見えた。緑の七歳上か。緑より年下の僕は、どうやったって越えられない壁がある。年齢差はどうして変えられないんだろう。『君は永遠にそいつらより若い』って小説、すごく好きだったな。あの時は年齢を肯定的に受けとめていたけど、僕は永遠に緑より若い。今はそれが悔しい。緑より大人になることは、これからも永遠に、できないのだろう。

今でも緑のことを考えてしまう。ゴールドマン・サックスの作り声を思い出して、あれ面白かったなってにやつくし、ふとした時に夢にまで出てくる。この間なんて、緑のお姉さんと知り合って、この人と仲良くなれば緑とまた話せるだろうかなんて思って、仲良くなろうとしてしまった。顔は似てないけど笑い方はそっくりで。転がるように笑うんだ。お姉さんが紹介したい人がいるって言って緑を連れてきたときは本当にびっくりして、お酒を飲んだばかりだったから吐息が臭いと思われないように距離をとってしまった。まあ全部夢だけど。これが物語だったら、まだ中盤をちょっと過ぎた辺り。それぞれが離れ離れで不在感を抱いて相手を思い合っている時間で、この後に運命的に巡り合ってカタルシスを感じる所だろうな。いや、運命的じゃなくてもいいな、何気なくもつ焼き屋でばったり会う感じでもいい。「あれ、知り合い？」「うん、まぁ、昔一緒に舞台をやってて」「そうなんだ」なんて話してさ。

冷静になれ、と大きく静かに息を吐く。

高台にある制作会社からは、東京の夜景が見えた。夜10時の東京は、まだ働いてる人や生活している人の明かりがまばらにあって、きれいだ。どこかで見たことがあるなあと思う。あ、そうか。開演する直前の劇場の客席だ。もう始まるからとスマホの電源を切ろうとする点々とした明かり。その全てに生活がある。夜10時の東京のビル群の明かりと、開演前の真っ暗な劇場のスマホの明かりはよく似ているなと思った。しばらく見つめていると、だんだんと明かりは消えていく。さあ、開演だ。

監督という仕事は、とにかく初めてのことばかりで、特にゾンビドラマなので、確認が多い。クランクインしてからは、脳みそがキャパオーバーして思考停止になることも多かったけれど、必死に食らいついた。家族のことを考えずにいられたのは、今の自分にとって救いだった。一週間の撮影は、濃くて短くて怒濤《どとう》のようで。

「なるほどね、そこもっと動きたいから柱まで回り込もうか」

「はいよ！　了解です」と南川との慣れたやりとり。

「あと夏山さんは、逆で、取り囲まれながらも、もう少し動けない感じからのマシンガンを撃つってギャップがいいかも。女らしくっていうか」

「はい、わかりました」

芝居の説明をする時は、舞台と同じなので、そこだけは数少ない経験を生かせた。そしてカット割りの打ち合わせ。カメラマンとの話し合いは、映像の動きが全くわからないから難しいものだったが、こういう企画だっただけに、スタッフも歩み寄ってくれる。

「そしたら、引き絵でここまで行って、ここはハイスピードでヨリにしましょうか」

「ああ、なるほど。そうしましょう」

「了解。じゃあここにレール敷いちゃおう」

「それでは撮影セッティングしまーす！」

カメラマンが助手や照明部に指示。演出部が声を掛けて、技術スタッフたちが各部署の作業のため、わらわらと動き出す。僕はこの瞬間だけどうしていいかわからず、とりあえず小走りで走り出す。そして、ゆっくりと立ち止まる。

映像の動きにもなんとなく慣れてきた撮影最終日、ポケットから着信。

父親からだ。初めての撮影なんだからスマホは電源を切っておきたかったが、状況が状況だけに、どんな連絡もとれるようにしていた。父親からだが、本当に父からだろうか。

唾《つば》を飲み込んで、電話に出る。

「どうしたと?」

「タケシくん、仕事中ごめんね、いま大丈夫?」

大和さんの声。大丈夫ではないけど、セッティングが終わるまでなら大丈夫だ。

「大丈夫よ。どうしたと?」

「パパが電話かけろって。私は仕事中やないとって止めたんやけど、ごめんね」

「大丈夫よ」

「ありがとう、ごめんね。ちょっと代わるね」

電話口の向こうで、「ほら、ここ?」など、電話を耳元に当ててる会話が聞こえる。すべての声を聞き逃さないようにしようと耳をぎゅっと押し当てると、自分の耳が湿って汗をかいていることに気付く。

「ああ……お前、今は?」

弱った声だが、父だ。少しだけホッとする。

「ドラマ、撮影してる、初めての」

「そうか。……放送は?」

それは関東ローカルの放送だったため、福岡の父の所まで放送されるかどうかはまだ決まっていなかった。でも、少しだけ嘘をついてしまう。

「ちょうど一ヵ月後くらい。近くなったらまた言うけん」

「ああ」

僕の視線の先では、ショッピングモールの地下街で、役者たちがゾンビメイクしている途中だ。もう少し時間がかかりそうである。

「それで、どうしたと？」

「いや、別に」

「まだこの間から一週間も経っとらんやん」

「……一週間」

父は呟いて静かになる。父にとって、今のこの一週間はとても長いものなのだろう。余命を越えてからというもの、今日は起きれた、今日もこの世界にいる、と安心することの繰り返しなのだろう。

「これ終わったらすぐ帰るけん、待っとってよ」

普段は言えないが、今は撮影で気が大きくなっているので、そんなことも言えてしまう。

ゾンビメイクが終わり、役者たちが動きを確認しだした。

「そろそろ再開するかも。また連絡するけん」

「あぁ」

父は電話を切った。なんの用事だったかは結局わからなかったが、気にかけてくれていることだけはわかって、嬉しかった。こんな自分でも、父の明日を生きる何かになっているのだろうか。

背後から、セーラー服がビリビリに破れたヒロインの女優、夏山が声をかけてくる。

「監督、ちょっといいですか？」

「うん、どうしました？」

「女らしくって何ですか？」

夏山はキッと眉《まゆ》をあげて、まっすぐに訊ねてくる。少し尻込みするが、あの舞台で二十個の瞳を乗り越えたんだ。ちゃんと伝える。もう逃げないんだ。女らしくとは言ったけど、抽象的で、言葉を選ぶ。

しおらしく？　穏やかに？　優しく？　一歩引いて？　どれも違う気がする。

僕が悩んでいると、夏山が続ける。

「女らしくを突き詰めた先には自己決定権がないんですよ。男はその逆で、男らしくの先には支配者に向かってくじゃないですか」

「なるほど」

「私は、そんな男女の壁も含めて、日本のルールも含めて、マシンガンでぶっ放したいと思って、台本を読んでたんです。この役にはそういう信念がある。だから、先ほどの演出と役が結びつかなくて」

一番遠くなっていた考え。何と言っていいかわからなくなる。自分は、無意識のうちにそういう風に男女を考えていたのかもしれない。それはきっと、父が母にやってきたことだ。そして、父はまだそのことに気づいてないのか、気づいたけれど気づかないふりをして何周もしてしまっているのか。男の自意識はクソだ。女性は別の星の生き物だという浅はかな考えを捨てろ。新宿で緑に告げた言葉を後悔する。

そういえば、夏山はかつて、スキャンダルでテレビから一度離れた。不倫報道。妻のいる男と付き合っていたが、男は責められずに、年下の女が悪い、と夏山は叩かれた。それまで清純派で売っていたから、名もない世論は、夏山を責めることが気持ちよかったのだろう。

次第に夏山は、舞台をやるようになった。夏山が出る舞台も見たことがある。昔より生命力が溢れて、声も届いてきて、面白い芝居をしていた。数年が経ち、再び深夜ドラマにポツポツ出だしてからの今回の仕事だ。ゾンビを打ちまくるこの役に、自分が被《こうむ》った何かを重ねているのかもしれない。夏山はメディアに消費されてしまったんだ。

「……そうか」

「どうすればいいですか？」

「ごめん、俺が間違ってた。夏山さんが思ったようにやってみて」

「ありがとうございます。わかりました」

夏山はすっきりした表情をして、ピョコンと頭を下げた。僕も頭を下げる。どんな演技になるんだろう。左手に握ったままだったスマホをポケットの奥に突っ込んで、カメラマンに呼ばれて照明の確認をする。

「いいですね」

「おっけ、じゃあ、やりましょうか」

カメラマンの汗に気分が高揚する。演出部がそのやり取りを聞いて、「お待たせしました、お願いしまーす！」と軽やかに走り出す。出演者や衣装部やメイク部が威勢よく動き出して、技術がそれぞれにカメラの前で気を張って、制作部は滞りなく撮影が進むよう様子を窺う。僕は記録さんとモニターの前に立つ。椅子が用意されるが、どうも座るのは落ち着かないので、立ったまま確認。

「監督、テストいきますか？」

演出部に聞かれるが、先ほどの夏山さんとのやりとりを思い出す。

「いや、本番でいきたいです」

「わかりました。ではこれ、本番行かせてくださーい！」

録音部が、カメラマンに、どういうカメラの動きになるのかと確認する。僕は芝居場でメイクを直してもらっている夏山と目が合う。強い目。隣で南川も集中している。頷くこともなく、僕は、衣装メイクのスタンバイを待つ。ゾンビたちも身体をならす。よし、始めよう。

現場を見渡す。モニターベース、技術部、芝居場、すべてを確認して、「やろうか」と言う。「カメラ回りましたー」と撮影助手の声。「回った！」「シーン38トラック1！」と演出部がカチンコを叩く。僕は持っていた台本を握りしめる。

「それじゃ、行こう。よーい、スタート！」

童貞と美少女が走り込んでくる。追い込まれたショッピングモールの地下街。ゾンビが二人を取り囲む。僕が手を挙げると、スピーカーから、爆音でギターロックが流れる。その音に反応して、美少女が、マシンガンを取り出す。童貞は美少女を支える。ゾンビが二人に飛びかかった瞬間、マシンガンを乱れ打ちにした。

ハイスピードという撮影手法の、スローモーション。1秒24コマをより多くのコマ数で撮る。120コマだと、1秒が5秒間に引き伸ばされた世界。

弾着がはじけて、童貞と美少女の周りで、ゾンビが血しぶきをあげる。バタバタと倒れていくゾンビ。僕の中の何かが次々と打ち砕《くだ》かれていく。夏山は後ろにいる童貞を弾き飛ばして、大声をあげながら動く。

「うおらあああああ！」

いけ。いけ。もっと、もっとやれ！

一人では何も考えられない。

こうやって作品を作りながら、向き合うことを教えてもらえ。

人と。人と。人を思え。

もっと、もっと。もっと！

「カット！　オッケー!!」

4

余命一週間と宣告されてから、二週間が経過した。撮影中も逐一《ちくいち》連絡をとっていたが、兄は僕に気を使ったのか、「調子がいいよ、こっちは大丈夫」としか教えてもらえず、おかげさまで撮影に集中した。僕の回は主演が南川だったし、足軽の面々が出演するドラマだったので、舞台の縁もあって演出しやすかった。憧れだった夏山とも一週間の撮影でコミュニケーションをとり、なかなかいい撮影ができた気がした。

クランクアップで、花束《はなたば》を持った主演の南川が挨拶をする。

「竹田監督と舞台だけではなくドラマでもご一緒できてよかったです。舞台はイケメンの役でしたが、ドラマでは童貞の役やったんで、舞台を作っている最中に、竹田監督に俺の本性が見抜かれたんちゃうかと思いました」

みんなが笑う。僕も笑う。

「ドラマの仕上げ、ホンマ期待してます。こんな世の中ですから、脳みそのネジを緩《ゆる》めて、愛に溺れて、この業界をサバイブしていきましょう。また現場で会えるのを楽しみにしてます！」

拍手が起きる。南川らしい言葉。ネジ緩めてかなきゃ、確かに。

南川が近づいて来てくれて、抱き合う。慣れてないからか、腰が引けてしまう。

「ありがとうっす」

「いえいえ、楽しかったです。またやりましょうね。撮影は、楽しかったですか？」

「楽しかったよ」

南川がいたずらっぽく微笑む。

「なんか竹田さん、舞台の時より楽しそうやったで」

「楽しいよ、舞台の時より。きっと、すべての作業が、上に登っていく作業だったから。演劇はそうじゃないから」

「そうなんすか?」

「初日を迎えても、飽きたり、慣れたりしてさ。本番中にも色々ダメ出ししてさ。なんか悪いところばかり言うのは体に悪いよ」

「竹田さんらしいっすね。僕はどっちも好きっすよ。ほいじゃまた」

南川と握手を交わす。

半分は本当のことを言った。でも演劇は好きだ。それはきっと本番中でも、自分の想像だにしない進化をするから。努力したらその分だけすくすく伸びていく映像と、伸びたり縮んだりしながらどうなるかわからない演劇は、子供の肉体的成長と精神的成長みたいで、似ているようで全然違っていた。まあ子供を育てたことないからわからないけど。

スタッフがバラし始める中、夏山が花束を抱えて近づいてくる。僕は背筋を伸ばして、口が臭くないか確認して、すかさず握手をする。

「お疲れさまでした、ご一緒できて嬉しかったです。ありがとうございました」

「監督も、お疲れさまです、次現場で会えるときはもっと精進します」

「はい、僕も精進します」

「そうね、監督は、現場だけじゃなくて、色々、経験してください。なんてね。これからが楽しみ」

不敵に笑う夏山は同い年だけれど、やはり子役から十五年やっている業を背負った強さがあった。あの子役が成長したなぁ、なんて親目線で感心していたけど、自分の方が子供みたいだ。夏山の姿勢のいい背中を見ながら、もっと成長したいな、と、このままでもいいか、が交錯する。この歯切れの悪さに心底、自分は出役には向いてないなと痛感した。

現場の撤収作業の中、スタッフたちに握手して回って、撮影素材とカット割りを書き込んだ台本を編集チームに渡して、その翌日に福岡に帰った。


福岡の家では、大和さんと兄で、遠くのがんセンターに行くか花見に行くかの議論をしていた。新しい先生のもとでガンをなくす方法が見つかるかもしれないが、福岡からはかなり遠いため、父の体力的には今行かなければもうタイミングはなさそうだ。だが桜も満開で、ちょうど僕も帰ってきたしで、花見にも行きたがっているらしい。今日は珍しく調子がいいので外出するには今日しかチャンスはないがどっちを選ぶかと、玄関近くで言い争っていた。延命行為か、花見か。

帰ってきたばかりの僕は、議論に参加できず、少し離れた所の、窓際にいる父のほうへゆっくり向かった。父は、外を見ながらぼんやりしていた。朝食のようだったが、何も食べていない。

父に近づいていき、「おす、この間は電話ありがとう。撮影終わったよ」と言う。父は黙って僕を見つめていて、その会話を理解してるかしていないかわからない。そのぼやけた瞳は先週より確実に輝きを失っていて、鼻には流動食の管が刺さり、痩せこけた丸坊主。朝食の手は動いていない。僕は隣に腰掛けて、朝食に置いてあったキウイを食べる。「うん、うまい」と言うが、玄関にいる兄と大和さんにも、隣にいる父にも届かない。僕は父に近づいて、キウイを近づけて「キウイ食べる?」と訊ねた。

父は、顔を背ける。キウイを戻して、「調子はどうよ?」と訊ねるが、父は僕の顔を見ることなく、外を見つめている。「そうね、やっぱり病院に行った方がいいわね」と言う大和さんの会話が聞こえる。こうしてみると、玄関でコソコソ話しているようだが、僕にも聞こえる。父にも聞こえているのではないだろうか。

「キウイ……」

父が呟いた。

「食べたいと?」

「キウイ……」

プライドなのか、自分の判断で決めたいのだろう。僕はキウイを近づけて、フォークで刺して、目の前に置く。しかし父の手は動かない。僕がフォークでキウイを小さくして、父の口元に近づけると、とても小さく口を開けた。キウイを近づけると、口に入れたが、全部は入ることなく、キウイが転がり落ちる。

「どう?　うまくない?」

父は小さなキウイを口でモグモグしていて、赤ちゃんのようだった。目の前に見える紫陽花は小さな蕾だけれど、その先に見える大濠公園の池の周りに咲く桜は満開だ。真ん中の池の青色を囲むようにピンク色が敷き詰められていて、それ自体が大きな花のように綺麗に染まっていた。

今、父はこれをずっと見ていたんだな。父は口からこぼれ落ちたキウイの欠片《かけら》を拾い上げて口に運ぶ。キウイは緑色だ。フォークは赤より少し手前のピンク。この部屋はウッド調の茶色。父のベッドは白。空は快晴の青色だ。大きく息を吸い込んで息を吐くと、息は透明だけど、吐いた先の景色は、やっぱり沢山の色に溢れている。

父と外の景色をぼんやり見ていると、兄と大和さんの声が聞こえた。

「やっぱり、後悔はしたくないよね」

「うん、俺もそう思う」

「頑張ろうか」

「うん」

車椅子と点滴の父を外に連れて行くのは大きなミッションだった。

翔も小学校を早退してきて、僕と兄と翔と大和さん、四人で役割分担を確認する。大和さんが荷物と点滴を持って、兄が道を先導、僕が車椅子、翔が場所取り。四月とは言っても父の格好では寒いかもしれないからと、ニット帽はかぶったが、コートを羽織るのは自由が利かなくなるのか嫌がったため、すぐに掛けられるような毛布も抱える。「何かあったらすぐ戻るからね」「うん」と、この短くても過酷な旅の意識を確認し合う。それぞれ頷いて「それじゃ、行こうか」と部屋を出る。

エレベーターを降りて家を出ると、春だけれど風が強くて少し肌寒い。だけど太陽の光が暖かくてよかった。

桜が沢山あって花見ができる目的地は、この家から大濠公園のちょうど反対側にある。とは言っても大濠公園はとても広く、マラソンランナーがジョギングして一周二十分と言った大きさ。この状態の父を連れて行くのは至難の業《わざ》だった。

「いくよ?」と父を見ると、父は目で頷いた。車椅子がガタつかないように、四人は足場を確認し合いながら、緊張の面持ちで、外へ踏み出す。宇宙飛行士の出発はこんな気持ちなのだろうか、と思ったけど、それはちょっと宇宙飛行士に失礼か。

「天気良くてよかったね」

「そうやね」

「お腹すいたね」

「あの犬、大きいね」

大濠公園の外堀は、桜を見る花見客や、ジョギングするランナー、デートするカップルなど様々だ。花粉が多い季節だけど、東京ほどマスクをしている人は少ない。ひとまず順調に半分ほど過ぎたところで父が「スタバに行きたい」と呟いた。ちょうど花見に向かう側道沿いにスタバがあるのを知っているのだ。コーヒーもろくに飲めないくせに、今更スタバで何を飲むというのだ。「いいけど混んどうっちゃない?」「帰りに行こうか」「それがいいね」「待つのは寒いしね」など、大和さんと僕で連係して、外まで並んでいるスタバを通り過ぎて、花見会場へ。

舗装されてない芝生のため、ここからは僕と兄で車椅子を少し浮かせながら歩く。近場で済ませてもよかったが「お堀の方がよく花が見えるよ」と翔が言うので、会場の奥の階段で上がったところにある場所を確保した。

　桜の真下で、垂れ下がった桜の枝が立ち上がると当たるぐらい近い距離で見える。控えめに言って最高の場所だ。

「ここ、いいね」

「そうやろ？」

　得意げな翔。翔も父と久しぶりにお出かけができているからか、嬉しそうだ。翔にとってもこうやって花見に来てよかったと思える。

　ビニールシートを敷いて弁当を並べて、その真ん中に車イスを運んだ。少し父の体だけ高い位置にあるからか「直接座りたい」と父が言う。「でもこの方が桜も近くていいよ？」と説得するが、父は一回言い出すと聞かない。説得を早々に諦めて、僕と兄と翔の三人がかりでおろして、車椅子を背もたれにするようにして、地べたに座らせた。ちょうど真上にある桜。その上には青空。周りはお昼時を過ぎた頃なのか、笑い声も聞こえる。花見。

　僕自身は花見というものにあまり意味を感じない方だ。花を見ることは好きだが、花を見るためのイベントではない気がして、フェスと言われるものが音楽を聴くためではなくお酒を飲んで踊るためだと思っているのとよく似ている。花見なんて花を見るんじゃなくてそれを理由にお酒を飲むだけだ。人がたくさんいるのも嫌だし、聞こえてくる笑い声がなんだか下品に聞こえてしまう。なんとなくの楽しさよりも帰り道に陥《おちい》る自己嫌悪のほうが勝るので、行かないことの方が多かった。

　しかし、今回ばかりは、花見の意味が違うのかもしれない。本当の意味で、家族で、花を見る。だからこそ、桜が咲く、という大義名分が、遠くの病院よりこちらを選んだ大きな理由になったのだった。そして大和さんからビデオカメラを渡される。出る直前に、僕がせっかくだからカメラ回そうかと思いたって充電したから十八分ぶんしか充電できてなかった。「大切に撮ろうね」と言われながら、僕はカメラを節電モードに切り替えるのに手こずってしまい、残り十五分になってしまう。

　ようやく食事が始まる。大和さんが用意してくれたおにぎりや唐揚げを食べていると、父は食べる気がないのかモゾモゾし始めた。「どうしたと?」と聞いたが、父は答えずに、背中を支えていた車椅子から少しずれて、横になる。

「横になるならホラ、下は石で痛いけん」と毛布を父の背中に入れ込む。

　父は僕らがお昼ご飯を食べる隣で、横になって、桜を見上げていた。

　僕も食べるのを中断して、カメラを回してみる。ちょうどドラマの撮影を終えたばかりなので、少しアングルに凝《こ》りたくなる。レンズを空に向けていて、ピントを空から桜に。そしてパンダウンして、父の顔に。明かりの具合が違うため父の顔が暗くなってしまって、絞りを調整しながら、オートフォーカスに切り替える。

　父はカメラを向けられても、気にすることなく桜を見ている。僕は、父の横顔から、正面に回り込む。ようやくカメラに気づいたのか、チラッとこちらを見る父。

「花見ですね。気分はどうですか?」

　訊ねるが答えない父。

「桜は?　好き?」

「うん」

「好きな花は？」

「んん……」

「なんやったかね、あまりそういうのないよねぇ？」

大和さんが水筒からお茶を入れながら、会話に参加する。僕が見ると、父は、口をゆっくり動かして「パンジー」と呟いた。

昔、玄関に咲いていた花。

家を出る時も帰った時も、いつも当たり前のようにそこで佇んでいたパンジー。

その声は小さすぎて僕にしか聞こえておらず、兄は、「たしかに、花なんて、あんま興味なさそうやな」と言いながらご飯を食べる。「僕はチューリップが好き！」と翔。父がパンジーを好きな事と、父の性格や振る舞いが全く重ならず、その思いは僕の耳の中で弾けて消えた。

「タケシくんは何が好きなん？」

大和さんにそう聞かれて、ふと紫陽花が目に浮かぶが、別に好きではないなと思って「おれは向日葵《ひまわり》が好きやなあ」と答える。紫陽花は記憶に登場してくるくせに愛されていない、父にとっての僕の存在みたいだな。

「向日葵？　お前、おれと一緒かよ！」

兄が隣から口を挟む。

「ミキオも向日葵好きなん？　初耳っちゃけど」

おにぎりを食べていた兄にカメラを向ける。

「そりゃこっちのセリフや、違うのにしろ。カメラ向けんな」

「いやでもこっちが先に言ったし」

「菊の花でいいやろ」

「嫌やし！」

「パパも菊の花が嫌いよね」と大和さん。

「嫌いな花、たくさんありそうやね」

「そう、本当そういうのばっかり！」

大和さんが愚痴交じりに言って、僕らは笑う。その流れで会話を聞いていたはずの父にカメラを向けると、父の顔からは感情が読み取れないが、父の目から涙が流れていた。僕はそれにズームインする。

初めて父の涙を見た。瞬《まばた》きもせず、唇をまっすぐに閉じて、目尻から頬にゆっくり伝っていき、父の乾いた肌を濡らしていく。目を離すとその微《かす》かな水分が乾いてしまう気がして、ファインダーから目を離すことはできなかった。どんな気持ちなんだろう。父の黒目には、満開の桜が映っていた。

カメラバッテリーの残量が五分になったので、一旦切って、再び食べ始める。食べ終わる頃には、父は目を瞑っていた。寝息を立てていたので大丈夫だろうと言うので、毛布を体に掛ける。大和さんが「ここにおるけん、遊んできていいよ」と言うので、僕は翔とバドミントン、兄はみんなの分のコーヒーをスタバに買いにいった。

久しぶりにやったバドミントンはなかなか楽しくて、体を動かしてなかったからすぐに汗だくになる。翔はやっぱり元気で、ずっと走り回っていた。兄が戻ってきて三人でバドミントンをやる。地面に落とさずに100回ラリーをする、というルール。惜しいところでミスをしてしまうと、もう意地になって、三人でなんとかして100回を目指した。途中で諦めたら、ダメな気がした。

「96！」「97！」「98！　あー！」シャトルが風で少し遠くへ。「ミキオー！」と僕が叫ぶと、兄は足を振り上げて走っていく。シャトルが地面に到着するギリギリで、「99！」と滑りこんでシャトルをあげる。地面に転がる兄。フワリと舞い上がったシャトル。近づいていた翔が思いきり上へ飛ばした。「100ー！　やったー！」シャトルは桜よりもはるか上へと舞い上がる。その瞬間に風が吹いて、そのシャトルは横へと流れて、桜の枝の中に消えていった。汗で貼りついた服が風で涼しく感じる。三人はよくわからない達成感を抱えて父のもとに戻ると、父は大和さんの膝で寝ていた。

「途中で起きて、車椅子に戻る？　って聞いたけど嫌やって言って枕にされた。足も痛いし、わたしぜんぜん動けん」

大和さんは困って言いながらも、少し嬉しそうだった。安心してすやすや眠る父。風が吹いてきて、桜が舞い散る。

「なんでみんなそんなに汚れとうと？　転んだとね？」

大和さんが言うのでお互いを見ると、バドミントンで滑りこんだり、こけたり、膝をついたりしていたので、服が思った以上に泥だらけになっていた。小学生みたいだなと思って、ウエットティッシュで、ささっと服を拭った。「ミキ兄とタケ兄と三人で100回やったとよ！」と翔が嬉しそうに報告する。「そうね、すごかね」と答える大和さん。兄はぬるくなったコーヒーを飲む。

僕は少し離れて、家族全体が映るようにして、再びカメラを回した。手前に桜の花びらが舞い散ってすごく綺麗だった。

日が落ちてきて、花見客もまばらになってきた。家族の集団はほとんどいなくなり、カップルや一人で来た人など、客層が少しずつ変わってくる。「寒くなる前に帰ろうか」「そうやね」と話して父を起こす。

「よし、そろそろ帰ろうか？　疲れたやろ？」

「…………」

「日が落ちたら寒くなるけんその前に」

「……まだ帰りたくない」

動こうとせずに、ごねる父。

「え、なん言いようとね。また来ればいいんやけんさ」

「……帰りたくない」

「……じゃ、タケシくんとミキオくん手伝って。翔ゴミまとめて」と大和さんは父の言葉を聞かずに、帰り支度をする。僕と兄で父を抱えると、父は抵抗しなかったが、僕の耳には「まだ帰りたくない」という父の言葉が残っていた。

帰りたくないんだ。帰りたくないんだろう。まだここにいたい。もう少しここにいたい。父はそう思っている。父の気持ちが少しだけわかる気がした。

ピクニックは、目的地に向かっていると時間が長く感じるけど、帰りが早く感じるのは、〝待つ〟ことの差だと聞いたことがある。子供の時は時間が長く感じて、大人になると時間が早く過ぎていくのも同様で。頂上に着くのはいつかなと思うから長く感じて、日曜日まだかな、誕生日まだかな、と子供の頃は色んなものを楽しみに待っているから。大人になると、待つことが少なくなっていくから。だから、僕もその話を聞いた時に、色んなことに意識的に〝待とう〟と思ったし、演劇をやってるおかげで初日が来る、という楔《くさび》が打てるのは、時間が早く過ぎなくて良かったなんて思ったりもした。

この帰り道も同様で、桜を目指した行きがけの道より、帰りは緊張感もなくサクサクと帰った。途中でスタバの前を通って、兄が買ってきたスタバのコーヒー飲んだから満足したと思ったけど、テラスで焼きクロックムッシュを食べたい、と言いやがって、少し手こずったぐらいだ。残っていた四分のバッテリーを使いきるためにカメラを回したけど、もう陽も落ちてきて撮るものもなかったので、なんとなく桜を撮った。

無事に帰りつくと、その瞬間に寝る父。疲れていたのだろう。僕らも父を寝かせた後に、みんな安堵《あんど》で座り込んでしまった。

「楽しかったけど疲れたねぇ」

「うん、でも行ってよかったねぇ」

「おつかれさま、みんな」

「なんかミッションみたいやん」

僕が言うと翔が「ミッション完了！」と言って、思わず兄と大和さんは吹き出した。父は笑い声に包まれて、スヤスヤ眠っていた。夜のライトアップされた桜もきれいだけど、今日みた桜には敵《かな》わないな。


その夜。ずっと気だるさが続いていた。脳みその奥の方が疼《うず》いて、足元がフラフラする。中村さんが眠る父にマッサージをしながら、声をかけてくれる。僕が倒れるように横になると、中村さんは父のもとをそっと離れて、僕の体を触っていく。

「あいたたたた！」

全身を駆け巡る痛みに悶絶《もんぜつ》した。異常事態なのでは、と大和さんも兄も集まってくる。

「これは……すごいことです」

「いたたたた！　なんですか……？」

「今触ってるところ、お父さんが痛がってる箇所です」

脳みそ。お腹。お尻。どうやら、僕が猛烈に痛い箇所は、父が普段痛がってる箇所らしい。そこを触ると、ゲップやセキがでる。大和さんが水を持ってきてくれるが、口に含んでも飲み込めない。触られながら、階段から転がり落ちた以上の猛烈な痛みで叫ぶ。なんで。全然転んでもないのに。

「こんなこと初めてです……タケシくん、吸い取ったんだね」

「どういうことですか」

「お父さんの痛い所を、吸い取ってるんだよ」

そう言いながら、中村さんは涙が止まらない。ちょっとスピリチュアルな所はあるが、マッサージしてもらうと調子が良くなるから、中村さんを信用していた。曰く、吸い取り厄、というやつらしく、家族で一人はいるらしい。

「お父さんが今日調子が良かったのは、タケシくんが来たからだと思う。今日来て、お父さんの悪いところを吸い取ったんだよ」

「そうなんですか……。うっ、ちょっと……」

腹の奥から、せり上がるものを感じて、マッサージを中断して、トイレに駆け込む。吐くときは喉に指を突っ込むけど、今回ばかりは、トイレに行った瞬間に、腹の奥から壊れた水道のようにドゥルドゥル出た。それはまるで映画のようで、エクソシストで霊が乗り移る時のようだった。ここまで食べてないだろってぐらいドゥルドゥル出て、トイレの便座を見ると、先ほど花見の時に食べたおにぎりと唐揚げが貼り付いている。

「ハァッ……ハァッ……」と息切れしていて、あれ、なんだか今の俺カッコいいんじゃないか。余命僅《わず》かな親父の痛い所を背負って戻す俺、いけてるな、と思ってしまった。うっとりしてしまった自分も水で流して、敗残兵のように戻ると、吐く声が居間にまで聞こえていたのか、不安そうに見つめる大和さんと兄と中村さん。水を飲みたくなって口に含む。口の中は胃酸で酸っぱい。少しすっきりして、再び、横になる。

家族には役割分担があって、科学特捜隊がいてウルトラマンがいるように、たまにきて厄を吸い取る、という役割分担ができるらしい。そういえば、父の家に来るたびに、体の調子が悪くなる。夜は眠れるのだけど、突発的な吐き気と、頭痛が訪れていた。それでも東京で一人でいて考えすぎるよりはずいぶんマシだったのだけど。

兄が科学特捜隊で僕がウルトラマン。だから僕は、いつもいるとパンクしちゃうから、週に数回来るぐらいがちょうどいいらしい。吸い取り厄はイメージ豊かな人がなると聞いて悪い気はしないけど、僕の吐きぐせももしかしたらそこからきているのかもしれない。マッサージしてもらいながら、頭痛でフラフラして、お昼からの花見と、ウルトラマンの任務でクタクタに疲れてしまったのか、気づいたら寝てしまっていた。


次の日、父の体調はおかしくなった。咳《せき》と弱音《よわね》が止まらない。僕は帰る予定日だったけれど、一日延長して福岡に滞在することにした。だからと言ってやれることはないが、ウルトラマン的には、近くにいることで何か吸い取れるんじゃないかと思ったのだ。

日中は僕がいるから大丈夫と父に付きっきりだった兄は会社、翔も学校に行き、僕と大和さんと父で留守番をした。父の咳き込む声が止まず、トイレに行ったり、ご飯を持っていくが食べないと断られたり。気が滅入《めい》りそうになりつつも、これを大和さんと兄は毎日やってるのかと思う。一通り揉めて、お昼時を過ぎて、父が寝息を立てる頃、大和さんが口を開く。

「十年ぐらい前だったかしらねぇ、スポーツクラブでね」

「へえ、そうなんですか」

「そうなのよ」

突然、大和さんが父との出会いを話し始めた。僕にとっては母と離婚した後の話。なんとなく聞きたくないなと思いながらも、拒否するわけにもいかず、耳に情報が放り込まれていく。「パパに救われたのよ」「そうだったんですか」「でもねえ」「ああ、それは大変でしたね」なんとなく話はわかりつつも、頭に入ってこない。寡黙な父がそんな話を僕らにするわけがないので、大和さんにとって話さずにはいられなかったのか、なんとか寄り添おうとしてくれたのか。伝えなければいけないと思ったのかもしれない。

僕にとっての母は一人しかいないので、だけど、目の前の人も母という関係性のはずなのだけど。現状は大和さんが僕の母であって、母は外から見たら母ではなくて。考えてもきりがないので、深く考えないようにしていた。窓の外で、雨が降りつける音が心地よくて、大和さんの話をＢＧＭに雨の音を中心に聞いていた。

夕方に近づく頃、外は土砂降りになっていた。こんな予報ではなかったのに、何かを暗示してるんじゃないかといちいち紐《ひも》付けてしまうのは、悪いくせだ。雨は空気がきれいになる気がして個人的には嬉しくて、窓を開けて空気を入れ替える。外では、散り際だった桜が、雨に打たれて一気に地面に落ちていった。

兄と翔はびしょ濡れで家に帰ってくる。兄たちが体を乾かす一方、僕は本来は今日、編集する日だったため、スタッフから最初に繋いでもらった映像をパソコンでダウンロードしていた。映像チェックして気になったところをメールするために、雨の降りしきる窓の外を辛そうに見ている父の隣でデータを落とす。

これ、放送する頃には見れるのかな。東京での放送は今月末だけど、福岡の放送はまだ決まっていない。きっともう少し先だ。僕は父の方にパソコンを近づけて、見せるつもりはないけど偶然見られた、という形で一緒に見ようかと思った。すると、兄が近づいてくる。

「なんしようと？」

「ああ、こないだ撮ったドラマの編集チェック」

「見ていいと？」

「いや、いかんけど」

「ああそう」

「まあでも、せっかくやし」

せっかくやし、と言ってしまうと、偶然見られたという体《てい》が取れなくなるのではと思ったけど、もうそんなことはどうでもいいや。と、落としたデータをクリックして、編集したドラマを、父と僕と兄で見た。音質が悪くて、何度もボリュームを上げた。うーん、台本通りに繋いでもらったけど、色々気になるところがある。あまり良くないかも。見せるの早かったかな。

紙に気になった箇所をメモしながら、ちらりと父と兄を横目で見る。父は見ているのか見ていないのかうつろな表情でパソコンの画面を見つめていた。どう？　と聞くこともできないけど、父の瞳はおそらくまっすぐに、パソコンの画面を眺めていた。僕が作った作品を、まだ完成版じゃないけれど、初めて見てくれている。もうちょっとモニターをきれいにしとけばよかった。兄は「これお前が監督したと？　すげえな」と嬉しそうに笑う。

父は見つめる。編集画面は途中で真っ黒になり、僕はパソコン画面を閉じる。三人で見れたから、これで良かったのかも、と思った。

　父は中村さんのマッサージを受けた後、睡眠薬を飲んで眠りに入った。もう階段の移動も難しいみたいで、最近は大きなベッドのある上のフロアには行かずに、下のフロアの居間の奥にある、簡易ベッドの上で眠る。兄は何かあってはと毎晩付き添っているらしく、僕も今夜は居間のソファで兄の隣で眠ることにした。

　時折、咳き込む声がして父が目覚めて、「死ぬ、死ぬ」といううわ言が聞こえた。睡眠薬を飲んでも寝れずに、自分には理解できない痛みと戦っている。僕は兄を起こすが、「これはまだ気にせんでいい」と慣れた表情で体を起こそうともしない。

　外の雨は次第に強くなって土砂降りになると、父の苦しい声が雨音で曖昧になったことに少しだけ安心してしまって、眠りについた。真夜中、一度トイレのほうに明かりがついた。僕は眠りの中で、少し気になったが、声が聞こえなかったので、そこまで気にせずに再び目を閉じた。

　翌朝6時。

「みきお、みきお……」

　父の呼ぶ声がした。自分ではない無力さも感じながら、呼び方が危ういので目が覚めて、ソファで寝ていた兄を起こす。

「ん?」

「親父、呼んどる」

「ああ」

兄はすっと起き上がり、父に近づく。そして、顔を近づけて少し話したと思ったら、トイレへ連れて行く。この明るさは、昨夜の真夜中に一回感じていた。兄は戻ってきて横になるので声をかける。

「昨夜も一回起きてたよね？」

「これ四回目や」

「え」
0、2、4、6時と二時間ごとに起きているらしい。決まってミキオを呼ぶから兄もそれが聞こえるとすぐに目が覚めるようになっていた。兄は一睡もしていないのかもしれない。大きな赤ちゃんといえば聞こえがいいが、起きるたびに弱っていくのが赤ちゃんと真逆だ。確実に、昨日よりも話せないし、昨日より水も飲めなくなっていく。翔を見送ってコーヒーをゆっくり啜る。父は体を起こしたものの、目をつむってぼうっとしている。
東京に戻るための飛行機は繰り越せるだけ繰り越して、この日の午後の便だった。しかし前日に母親からも連絡が来ていた。なんだか会わなければいけない気がして、兄とうまく連携をとって、飛行機が出るまでのお昼のタイミングで僕と母と兄で、昼ご飯を食べる約束をしていた。

荷物をまとめて出る準備。玄関まで行くと、帰り際に父に手を差し出される。

「また帰ってくるけんね、まあほんとすぐに」

初雪を包み込むような優しい握り方の父は、完全に弱っていて、一人じゃ何もできなくなっていた。この前みたいにギュッと握ったら壊れてしまいそうだった。そんな父と見つめ合っていると胸が苦しくなり、ゆっくり手を離して「またすぐに。明日か明後日ぐらいに」と大和さんと兄に曖昧に伝えて、家を出る。振り返ると自分が負けたみたいに思えて、絶対に振り返らないようにして、エレベーターに乗りこむ。

道に出ても、上から父が覗いている気がして、家を見上げないように、地面を見つめながら、歩く。昨夜の雨で散った桜が、地面にぺったりと貼り付いて花びらが横になって眠っているみたいだった。地面に眠っている花びらを起こさないように、踏まないように、静かにゆっくりと花びらを避けながら歩いた。


昼前に母親に指定されたすき焼き屋に入った。いつもいいことがある時に来る、アットホームだけど笑ってしまうぐらい美味しく、竹田家では昔から親しまれてる所だ。母はこの店があるからすき焼き鍋を捨てた、と来るたびに嬉しそうに語る。お座敷《ざしき》の個室に入ると、母が座って本を読んでいた。

「おうおう」

声をかけると、母は嬉しそうに顔を上げる。

「おつかれー。飛行機この後?」

「そ。でも一時間ぐらいはおれる」

「そうね。どうね?」

何に対してのどうね、かわからないが、少し疲れた様子の僕を気にかけてのことだろう。

父の様子を話すわけにもいかず「まあまあ、元気よ。撮影も終わったしね」と答える。しばらく母の小説や僕の撮影の近況報告などをしていると、兄が合流してくる。

「会社大丈夫と？　どうね？」

母が先ほどと同じ質問をぶつける。

「まあ、俺しかおらんし。昼飯ぐらいなら大丈夫よ」

兄はネクタイを緩めながら、腰を下ろす。父の家での僕と兄との関係と、母の前での僕と兄の関係はわずかに違う。やはり、父の前では、これから会社を継がなければいけないことや長男ということもあってか、無口で色々と責任を持って動くが、母の前では、グレていた姿もたくさん見せていた分、表情は少し柔らかい。自分はどうだろうか、違うのだろうか。きっと違うんだろうな。でもこの数年で、『こう見えてる気がするからこう振舞うべき』という自意識よりも、心から素直にその人の前でいよう、と思うようになった。思うようになったというか、自然とそうなってきたのは、大人になったということなのか、いつ話せなくなるかもわからないから、向き合っていたいと思ったからなのか。

お座敷に、女将《おかみ》さんが「あら！　大きくなったねえ！」とやってくる。すき焼き鍋を手際よく準備しながら、「弟くんは東京から来たとよね？　よう来たねえ」と兄に話しかける。

「あ、僕は兄で福岡いるんで、弟はこっちです」

「あら！　そうね！」

もはやわざとなのではと思うぐらい、店に来るたびに毎回兄弟を間違えられる儀式。十年前から変わらなくて、少し安心する。そして、瓶《びん》ビールが運ばれてくる。

「あれ、ミキオとあなたはビールでいいと？」

母のことを、あなた、と呼ぶようになったのは東京に行ってからだろうか。お母さん、と呼ぶことは何かを排除しているみたいで呼べなくなった。

「おう、おれは大丈夫」

「あたしも今日ぐらいはね」

お酌《しゃく》し合いながら、「昼から飲めるって最高ね」と母が呟く。僕も東京に戻って夕方から編集だけれど、今日ぐらいは。みんなで小さなグラスにビールを入れあって、「おつかれー」と乾杯をした。

すき焼きを食べながら、他愛もない話ばかりした。最近のニュースがどうだとか、アビスパ福岡がどうしたとか、母方の大ママのことだとか。お肉に卵をつけて食べる。まるで離婚する前の家族みたいに、なんでもなく、おいしく、平和に。お店の女将さんも時折肉の調整に来ては、僕の東京での具合や、兄の仕事具合や結婚しないかとか、そういうこと。書いても忘れてしまうような他愛もないこと。でも、そんな他愛もないことが、かけがえのないことなんだとも思う。おじいちゃんが腰を痛めて入院したらしい。心配だね、と話しながらも、僕と兄の頭には父のことがよぎる。そこには触れないようにして、他愛もなさを保ち続けた。

「それであんた、喪服はあるとね？」

鍋が残り少なくなってきたときに、母がふと訊ねる。僕も箸を止めた。

「え?」

「東京でスーツなんて着らんやろうけんさ」

今までの文脈にはなかったけれど、母が何を言いたいかはすぐに把握した。少しだけ、複雑な気持ちになる。兄はすき焼きを食べている。

「まあ、大学の入学式の時のスーツあるけん大丈夫よ」

「そうね、まあ今は百円ショップでネクタイも売っとうけんねえ」

ネクタイ。父からもらったフェラガモだかなんだかのいつ付けたらいいかわからないネクタイがもらったまま机の上に置きっぱなしなことを思い出す。なんとか話を変えようと「ああ、でもだいぶ酔ったわ」と言う。

「お前この後仕事やないとや?」

兄も援護して話を変える。兄弟で話題泥棒をした。

「まあね、でも飛行機の中で大丈夫になるやろ」

「飛行機の揺れで余計回ったりしてな」

「まあそれでもいいよ」

僕と兄が安い冗談を言い合っていると、母はグラスに残っていたビールを飲み干す。兄が瓶を持って母のグラスにお酌をする。

「ああ、さんきゅ」

「いえいえ」

健康を意識して、お酒も控えていたはずだ。酔っ払った母を久しぶりに見た気がする。

「私は何もいらないのよ。あなたたち二人がいてくれれば」

母はビールが注がれていくグラスを見ながら呟いた。いつも明るくご機嫌におどけるタイプの母からのその言葉はまるで、幻のようで。その言葉はグラスに注がれるビールの泡のようにプクプクと浮かんで消えていった。兄は答えずにゆっくりと綺麗に注ぎ続けて、僕も、残りのビールを飲み干した。

注がれたビールを見て「ありがと」と言う母。それが注いだことに対してなのか、もっと全体的なことなのかはわからない。兄は黙って、僕の方にもビールを注ぐ。僕も「ありがと」と答える。僕も何に対してかわからない。グラスが半分にも満たない頃にビールはなくなって、「なくなったわ」と兄は座敷の襖《ふすま》を開けて「すみませーん」とビールを注文する。グラスに半分も入らないビール、どこを見ていいかもわからず視線をあげると、お座敷の障子《しょうじ》の上から、空が見えた。

「あ」

「ん？」

「虹《にじ》が見える」

障子の上から見える小さな窓の隙間《すきま》から見える空には、虹がかかっていた。虹が空に向かって伸びている坂の途中が少しだけ見えた。ぐぐっと体勢を低くすると虹がくっきり見える。昨夜からの雨が上がって、虹をかけたんだ。

「どれ？」

「どれどれ」

「あそこ。障子の上のところ」

テーブルの反対側に座っていた兄と横側に座っていた母が僕の所に来て、見上げる。

「あ、ほんと」

「おお、虹やん」

「低くするともっと見えるよ」

三人で集まって、しゃがみこみ、同じ角度から少ししか見えない虹を眺める。

しばらく眺めて、母が「雨上がりやもんねえ」と呟いた。流れ星でもないのに、母が元気でいてほしい、と願った。

5

東京に帰っても、全く眠れない日が続いた。編集して帰って寝るだけの日々だったが、とくに今日は、布団に入っても、心臓の動悸《どうき》が止まらない。全く眠れる気がしなかった。真っ暗な部屋は、暗闇の中でミミズのようなものが走り出して、目で追いかけてしまう。追いかけても追いかけても、ミミズは増えていくことはなく、ただただ視界の中を無秩序《むちつじょ》にウロウロするばかりだ。これが羊だったら、眠れるのだろうか。次第に暗闇に慣れてきて、天井の木目が見える。けど、木目を数えるのはなんだかうっとりしている奴みたいで嫌だから、数えない。数えないぞ。ミミズと何が違うのかもわからないけど。

なんとなく起きて、酒を飲もうと思うが酒もなく、コンビニへ出かける。酒を買う。帰りがけに新聞配達を見かける。帰ってきて、飲む。なんとなくパンジーの花言葉を調べる。パンジーの花言葉は『私を思って』。父の本当の気持ちみたいでくすぐったくなる。どれだけ構ってほしいんだよ。花言葉って、なんでいつも的を射ているように思えるんだろう。パンジーが四月十日の誕生花って日付け的に今日か。へえ。ツイッターを眺める。自分を慰めてみる。よっぽど父の家で、父の呟き込む声を聞きながらのほうが眠れたのはなぜだろう。小さい頃に眠れなくて泣いていたことを思い出す。

「眠れないのは、眠らなくていいってことなのよ。眠くなるまで起きてていいの」

そう教えてくれたのは、母だっただろうか。あれは今でも、眠れない時に眠れないことを肯定してもらえた気がして、いい教育だなと思う。自分もいつか子供ができて眠れずに泣いていたらそう言おう。なんの話だ。眠れないときは、ろくなこと考えないな。

どうしていいかわからず、スマホでメモ帳を開いて、いまの心情を書き連ねてみる。紫陽花の色彩、と書き出して、おお、韻を踏んでるなあと満足する。オシャレだ。その勢いで書き進めてみるけど、紫陽花の色彩についての考察ばかりで、肝心の家族のことがうまく書きだせない。どうにも恥ずかしい。気づいたら紫陽花から宇宙の起源について展開してしまって、まるでマチノヒのお芝居みたいになった。これじゃ小説にならないか。大きくあくびを一つして、仕方ないから起きようと、シャワーを浴びることにした。

明け方、3時。兄からの電話。

いつの間にか寝ていたが、着信音の瞬間、すぐにわかった。電話に出ると、兄は静かなトーンで、訥々《とつとつ》と伝えてくれる。気丈に伝えようとする兄。あの花見から三日。余命一週間と宣告されて、三週間。桜はこの間の大雨で散ってしまった。

「あ」

もうダメだと思っていたガジュマルの木が、枯れ葉と枯れ葉の間から、ピョコンと新芽を出していた。ガジュマルに水をあげるのは自分の中での罪滅ぼしだったが、カラカラになっていた幹が、ふっくらと戻ってきていることに気付く。その新芽は、命はたくましいんだぞ、と主張するかのように青々としていて、わかったよ、とそのガジュマルについた枯れ葉を外していく。

僕は何もできなかった。

最後に親父に会ったとき、何もできなかった。

握手なんか怖くて、すぐに手放した。

何も吸い取らなかった。

何もできなかった。

何がしてほしかった？

こういう自分に酔ってる感じは嫌いだ。

兄に「明日帰ったら、会える？」とメールを送ったが、返事はまだ来ない。

朝日が昇ってきていた。

もう寝よう。


その日は編集が一通り終わって、プロデューサーたちを交えてのプレビューチェックの日だった。ドラマの尺《しゃく》に合わせて、だいぶテンポ良くなった気がする。画面の中の夏山が銃を撃ちまくる。このシーンは何度見てもスカッとする。いいシーンが撮れたな。

だけど今日は、プレビューだからなのか、また別の理由なのか自分の気持ちが穏やかじゃないからなのか、何も感じなかった。プレビューは順調に終えて、明日からは音の打ち合わせや色の調整が入っていたが、明日明後日が通夜と葬儀になったので福岡に帰らなければいけなくなったと一人のプロデューサーにのみ伝える。

「それは大変ですね。了解です、調整し直します。こちらは一切気にしなくていいので、ゆっくり過ごしてきてください」

こういう優しさはたまらない。考え抜いた答えって、わかるから。プロとして気持ちを見せずに、お互いに事情のみを伝えるべきなのは当たり前なんだけど、本当の気持ちが見え隠れしてしまいそうになる。僕はたくさん話すと、話せなくなってしまいそうな気がしたので、「すみません、ありがとうございます」の言葉だけに留める。

その日の最終便で福岡に帰るつもりだったが、前から西さんとご飯を食べる約束をしていた。約束の焼き鳥屋に行くと、西さんが穏やかな表情で待っていて、少しだけホッとする。この間の舞台の終わりみたいに厳しく言われたら心が折れてしまう。

「舞台、おつかれさま。あれからどうしてる？」

「ドラマを撮ったんすよ、今それの編集中で」

「へえ、すごいな」

　西さんが前に楽屋で言った「やりたいことはできているのか？」はまだ自分の中に影を落としていて、何気なさに重たさを感じて、少し緊張してしまう。

「足軽ボウイの子たちが主演するドラマで、ドラマの台本も書いてた流れで」

「そういう縁を大切にするのは、いいよな。どんな感じだ？」

「いい感じです」

「そうか、いいな。どんどん売れていくな」

「いえいえ、そんなことは」

「マチノヒのメンバーも忘れないようにな」

「忘れませんって。ちょくちょく連絡取ってます」

「……竹田くん、何かあったのか？」

　全く関係ない近況を話していたにもかかわらず、西さんはなにかを感じて、不安そうに体を寄せる。安くて24時間営業で有名なこの店は、サラリーマンやバイト終わりの若者や大学生などでいつも賑やかで、小さな声は聞こえにくい。小さな感情だって汲《く》み取られにくいはずだと思っていた。

「いやいや、何もないですよ」

「そうか？」

「そうですよ、なんですか急に」

「竹田くんは、嘘がつけないよな」

西さんにはこのことは話さないつもりだった。今日の今日だし、心配をかけさせてもお酒が美味しくないし、せっかく久しぶりの再会だったから楽しく飲みたかった。薄めのレモンサワーを傾けて、すっかり固くなった軟骨を口に運ぶ。

「まあまあ、色々大変っすよね。西さんはどうですか？」

「僕か？　まあ、次の稽古はまだ先だから、今はバイトしてる」

「そうですか」

「でも、楽しんでるよ」

そういえば、西さんは東京の知り合いでは一番の年長で、親父と一回りも違わないぐらい大人だ。だけど、誰よりも、お芝居を愛していて、少年のような眼差しをしている。

「いいっすね、西さんは」

「竹田くんは楽しんでないのか？」

「楽しいだけじゃやってけないっすよ」

「……なんでそうなる？」

この間のように鋭い目つきを光らせた。西さんは役者で、僕は演出家だ。色々と、考えが違うんだ。親父だって、西さんとは永遠に友達になれないだろう。なんで親父のことが出てくる。

西さんと話していると、いつも親父の影がちらつく。一重まぶたで顔つきが似ているのもそうだし、低いトーンの声も似ている。もしかしたら、僕がマチノヒで西さんにオファーしたのは、親父を自分のいいように動かしたかったからなのかもしれない。

「西さんには何もわからないでしょ」

「そうだな、わからない」

僕は親父のことを何も知らない。

「楽しく作るだけじゃなくて、やるべきことやんなきゃいけない時もあるんすよ。小劇場だけじゃやっていけないでしょう」

「そうだな、わからない」

親父の年齢も誕生日も血液型も知らない。

好きなものも食べられないものも知らない。

「だから、そうやって全部わかったように言わないでください。僕だって色々あるんすから」

「そうだな、悪かった」

きっと僕のことも、何も知らない。

「この間の舞台だって、やるべきことも多かったし……まあ、気づくのが遅かったです。もっとやりようがあったけど、思うと悔しいことばかりで。すみませんでした」

全て受け入れていた西さんが、僕の言葉を止める。

「竹田くん、この間の公演を後悔だと思っていないか？」

「だって、西さんもああいう風に言ってたじゃないですか」

「最中はそうだよ。でも、過去の作品は、後悔でも後輩でもない。先輩なんだ」

「先輩、ですか？」

「あの頃はあれができなかったとか、もっとこうしてたらなんて反省ばかり考えてしまうけど、あの時はあの時なりに正義を通した。もちろん震災の時のマチノヒだってそうだろ。今思うとできないかもしれない。そういう意味では、過去の作品は先輩なんだよ」

「そんなこと考えたことなかったです」

「その方が前に進めるよ。だって、過去は変えられないんだから」

でももう、父とは話せないんです——なんて言おうとして、考えが巡る。

作品以外の自分のこと、恋愛のこと、家族のこと、なんであんなにうまく話せなかったんだなんて後悔ばかりで、でもあの頃の正義は確かにあった。過去の先輩たちを思って、今何ができるか。曖昧だった今までの自分の気持ちが整理されていく気がした。

「ありがとうございます」

たくさんの思いが巡るけど、今はそれしか言えない。

西さんは気づいたら薄い水割りに手をつけずに、静かに俯いていた。僕はなんだか罪悪感が湧いてしまって、外国人の店員さんに声を掛ける。「レモンサワーと芋の水割り」「カシコマリマシタ」向こうの大学生たちの笑い声が聞こえる。

「僕も感じたことがあるよ、この日本で、小劇場なんてやっててていいのかって」

西さんが吐くようにつぶやくと、一度役者をやめて働いていたことを明かした。

それでも、低俗だけれどただただ面白い芝居を見てしまって、もう一度あの世界に入りたいと役者をやり始めた。震災が起きてもミサイルが飛んできても、世の中では浮気だなんだかが話題で、学園ラブコメディの映画にはたくさんのお客さんが行く。僕らは、そんなショウビジネスを憂《うれ》えながら、見下しながら、結局同じように、いや、それよりも目に届かない小劇場だなんて場所で、人と木材と電気代を使って、モラトリアムだウワー、みたいなことをやっている。

「そりゃ僕らのやっている芸術では、世界なんて変えられないよ」

「はい」

変えられない。演劇なんてやっても。ドラマも、映画も、写真も絵画も音楽も小説も芸術はなんだってそう。世界を変えるつもりで作るけど変えられない。

「だけど、だけどだよ。人を変えられる。僕だってそうなんだから」

西さんは、低俗だけれどただただ面白い芝居を見て、再出発した。

「人を変えられるのは芸術しかないんだよ」

「どういうことですか？」

「世の中を支える人と変えてくれる人がいる。僕たちは少なからず、変えるほうの入り口に立ってるんだよ。支えてくれる人がいるおかげでな。人間が人間らしく見える時って、エンターテインメントがそばにいないか？　そう、僕は信じてるよ」

思い出したのは、小学校の頃、晩御飯の後に家族四人でテレビを見ていた時。ボキャブラ天国というお笑い番組だっただろうか。父はマイルドセブンとビールを嗜み、難しい顔で見ていた。僕と兄と母がケタケタと笑う中、一番前に座って、全く笑わない厳格な親父。

笑わない父越しに僕ら三人は笑ってテレビを見ていた。と思ったら、「ブフッ！ ブフッ！」と父は吹き出す。笑っているのをバレたくないからか、笑いを堪えていたのだ。あの時父は、カッコつけたさと、カッコつけられてない感じが相まって、カッコ悪かった。

もう一つは日曜の昼下がり、僕はテレビをつけたまま、昼寝していた。ウトウトと目を開けると、父が音量を下げてテレビの前に陣取った。テレビの中ではスーパージョッキーをやっていて、熱湯コマーシャルという、制限時間内に女の子が水着に着替えて、時間切れになると着替えているカーテンが落ちるというお色気コーナー。父は僕に見せないようになのか、見えたらバレてしまうからなのか、少しでも近い距離で見たいからなのか、テレビ画面に十センチの距離で仁王立《におうだ》ちして見下ろしていた後ろ姿。あの時どんな表情をしていたんだろう。なんか、しょうもなかったな。

気づいたら僕は、父が今日亡くなったことを言わずに、父の失敗談を西さんに話していた。西さんは笑って目を細めていて、クシャッとする笑顔が父と重なる。西さんも家族と映画に行った時に、普段見せない母の笑顔を見たという話をしてくれた。ようやくレモンサワーの酸っぱさが喉に伝わってきて、頭がクラクラしてくる。気づいたら時間はだいぶ経っていて、最終の飛行機の時間が迫っていた。

「あの、ちょっと僕このあとあるのですみません」

僕は慌ただしくスマホで乗り換え案内を調べながら、残っていたレモンサワーを飲み干す。西さんは笑っていた余韻を残したままの優しい表情で水割りを飲む。

「ああ。僕はもう少し飲んでく」

「すみません、またゆっくり話しましょう」

僕は自分の分のお金を置いていこうとするが、「大丈夫だ」と断られる。西さんのバイト代なのに「すみません、ご馳走様です」と深く頭を下げて、バッグを二つ肩に抱えて立ち上がる。西さんが「竹田くん、色々言ったけど」と声を掛ける。振り返る。

「君のやりたいようにやればいいんだよ。僕ら役者は好き勝手に芝居してるだけだからさ」

「いやいや、何言ってんすか」

「ハハハ」

なんと言っていいかわからず照れ臭くなり、僕は焼き鳥屋を後にした。店を出て、もう少し、さっきの言葉を受けとめればよかったと後悔する。だって、あの瞬間の西さんのありのままの言葉で、僕はこれからも演劇をやっていける気がしたから。やれそうな気がしたんだ。

最終便の飛行機に乗るために空港で待っていた。亡くなった当日の今夜は、仮通夜が行われている。兄との連絡を一通り終えると、夜の空港の不思議な空気を感じた。朝や昼の空港は、旅立つ興奮や戻ってきた安堵など、ポジティブな空気に包まれているけれど、この夜深い空港は、明日朝からの仕事のための早入りや、何かの事情でトンボ返りしなければいけない自分たちなど、腹に一物抱えたような人ばかりだ。

次第に、東京のことが、色々どうでもよくなってきた。ふと緑のことを思い出す。あの年の差俳優との恋愛スキャンダルが、純粋なキャラというイメージと離れていたのか、緑の評判は少し鳴りを潜めていた。別にそうだから連絡するというわけではないけど、なんだか今は、何をしても失うものがないような気がして、緑に『近々、また会いませんか？』と連絡をした。すると、なんだか、固くなったジャムの蓋《ふた》が開いて飛び散るように感情が全方向に弾け飛ぶ。気づいたら『僕はあなたが好きです』と連投していた。

そうだったのか。まだ好きだったのか。送った後に自分の感情が追い付いてくる。もう怖いもんなんてない、ふられたって全然いい。むしろふってくれ。それってなんなんだ。空港の搭乗案内アナウンスが鳴る。立ち上がって搭乗カウンターに向かいながら、もう一度スマホを見つめる。

その二つのメッセージが既読になった瞬間、我に返った。

父親が死んだ日に、別れた彼女にまた告白するって、完全にヤバいやつじゃないか。自分の不幸を人質にして、何を手に入れようとしているんだ。いや違う。手に入れなくていい。ただ今は、感情をどこに向けていいのかわからない。でも緑に迷惑をかけちゃダメだろう！『わー！　今のなし！』と送る。すぐに既読になった。

何も考えないようにして、搭乗カウンターを通って、飛行機に通じる細く狭い通路へ。飛行機に乗る前に、電源を切らなければとスマホを恐る恐る開くと、緑から『了解ですっ。』と返事が来ていた。

## 6

こだわりの職人はトンカツを揚げる時に、揚げる音と衣の具合を集中して見つめながら、揚げるタイミングを見計らうらしい。少しでも目を離すと美味しい瞬間を逃してしまうから、トンカツにだけ精神を研ぎ澄ませて。一番いい瞬間を召し上がってもらうために。そのカツがなくて見るものがないけど、とりあえず揚げ場に立っているしかないとしたら、今の状況に近いのだろうか。

納棺師によって体を綺麗にしてもらって木の棺《ひつぎ》に入れられた父。明日の告別式で火葬するまで、その父のそばで一晩中、僕と兄は線香の火を絶やさないように番をしていた。未だに、この見守りに何の意味があるのかもわからない。父がどこかへ逃げていくわけでもないのに。線香ずっと燃えてると煙たいだろうし。まあでも、明日の告別式の後に燃やしてしまうから、生身の体と別れを告げる最後の夜なのだろう。でも話しかけたとしても返事が来るわけでもないしな。今まで十分に話してきたから、ここで話すのもちょっと遅いだろ、と父が拗《す》ねてしまうようにも思える。

大和さんも翔も今日の通夜で疲れていたので、線香の番はいいから明日に備えて寝てください、と伝えた。翔も番をしたいと言い張ったが、しばらく父に話しかけた後に泣きつかれて、父のそばで寝てしまった。

トンボ返りした昨日の仮通夜を終えて、今日の通夜も終えて、今、居間。こんな時にダジャレを言えるのは、自分も疲れてるからだろう。短くなって新芽みたいになった線香の隣に、新しい線香の火をつける。父を見ると、鼻に綿が詰められていて、なんだか情けなくて笑えてしまう。顔を触ってみると、冷たいけれど柔らかかった。手のひらもそうだけど、父って固そうに見えて、意外と柔らかいのだな。その横には、父の作った本が山積みになって並んでいた。自費出版、ずっと準備していて、完成品を手に取ることはできなかったけど、会いに来てくれた人たちに手渡しで配っている。活字になったものをパラパラと開いてみても、竹田家の成り立ちや会社の経緯などがやけに難しい書き方で書いてあって、頭に入ってこない。

振り返ると兄がベランダでタバコを吸っていた。兄はおそらく昨日から一睡もしていない。

「もう寝ていいよ」

僕がベランダに出て声をかけると、「おう、さんきゅ」といつもと変わらずに兄は振り返って答える。「一本ちょうだい」と言う前に兄は黙ってタバコとライターを差し出す。僕はもらいながら、兄はまったく動こうとしなかった。僕がタバコとライターを返すと、兄はもう一本火をつけた。足元には吸い殻の入った缶コーヒーが置かれていて、この数ヵ月間ずっと、兄はここでタバコを吸っていたのだなと感じる。

ここは父が日中見ていた景色。今は桜も散って、緑が芽吹き始めている。大濠公園の池に街灯が照り返されて、キラキラと光が池の中で揺れている。

「何考えとん？」

僕が訊ねると「あ？　別に」と答える兄。そして兄は首を左右に伸ばして「昨日の納棺師、かわいかったな」と呟いた。

昨夜、僕がついた時、納棺師の若い男女が父の身体を拭いていた。納棺師というのは、体力勝負らしく、若い人が多いらしい。だとしたら、あの日本映画は納棺師を美化してるな。実際の納棺師の女性は生々しく、血色も良く、慎《つつ》ましい喪服姿には妙な背徳《はいとく》感を抱いてしまう。

「番号聞けばよかったわ。あの冷めた雰囲気が妙にエロかった」

「聞けばよかったやん、なんか事務的な感じで」

「そうやな、そしたら今頃やれてたわ」

「今は、ヤバいやろ」

「お前はそれ見てオナニーしていいぜ」

兄のその不謹慎さが、今は少し救いだった。もともと兄とは馬が合わなかった。女性に可愛いとか好きだとかベラベラ言えるのは、本当は好きだと思ってないからだ。なんて、僕は思っても口に出せないから、兄が羨ましくて嫉妬《しっと》しているだけなのだけれど。「そしたら俺も参加するわ」と一応、兄に負けないように返事をした。そして兄は少し微笑んで、再び大濠公園を見つめた。

「泣けんよな」

兄はタバコの煙と共に、明るいのか暗いのかわからないトーンで呟く。

「泣けんね、みんな泣いとったけど」

「それどころじゃねえよな」

「まあ、俺ももうちょっと遠い親戚やったら泣いてたかもしれんわ」

「そうかもな」

兄は僕を見ることなく、公園の池を見つめながら、「本当に死んだんかな。あそこにおるし、いつも通りやし、実感ないわ」と言う。

「いつも通りではないけど」

「そうやな、いつもより綺麗や。ションベン臭くないし」

「おい、聞こえてるかもしれんよ」

僕は部屋で寝ている父を気にする。最後の方は、父の尿瓶《しびん》にもうまく入れることができなくなり、尿を撒《ま》き散らし放題だったらしい。ベランダの紫陽花は全てを見ていたような顔をして、蕾のままこっちを見ている。

「確かに、ボケとるように見えて、意外と意識がはっきりしてるんよな」

「そうなん？」

「お前覚えとる？　最初にがんセンターに行った時の、『軍服を着せろ』って」

父の弱った瞬間を初めて目の当たりにした衝撃。忘れるわけがない。その後に、手を繋いで、言葉にならない感情に包まれたことも。

「あの、頭おかしくなった時よね？　マジビビったよ」

「あれね、あんときは俺も頭おかしくなったと思ったけど、違うのよ」

兄は得意げに口角を上げる。

「あの日って、先生に病状の経過を聞きに行く日だったらしいのよ。で、まだガンがどういう進行なのかもわからないから、その経過報告がめちゃくちゃ重要なやつで。それが、戦地に赴く兵隊のような気持ちだったらしい」

父は無口であまり気持ちも言葉にしないから、唐突に思える言動が多い。しかし、父の中での色んな思考回路を通っていて、考えると筋が通っていることが多かった。軍服を着て、士気を高めていく、というのも、わからんでもない行動だ。父の最後がどうだったか聞いてみたくなった。

「最後、どんな感じやったん？」

死に目に会えなかった僕は、時間で言うときっと東京で眠れずにオナニーをしていた時の時間帯のことを訊ねる。

「ああ、言ってなかったな」

兄はタバコを空き缶に突っ込んで、椅子に手をかけて、話し始めた。

父の最後を看取《みと》ったときは、そばに兄しかいなかったらしい。僕も経験したあの二時間おきの目覚めからの尿瓶。それを繰り返していて、だんだんその間隔が短くなり、明け方3時。父がドタンとベッドから落ちた。兄がベッドに戻そうと持ち上げたときに「あああ……」と言って息絶えたらしい。兄が上のフロアで寝ている大和さんと翔に電話して一緒に来てもらった。大和さんはその状況を見るや否や、「パパ、今までありがとう！」と泣いたそうだ。

「いやいや、早いって。その感じ早いって。って思っちゃったけど」

兄は少し微笑みながら「その後はお前に電話したり、お医者さんに電話したり、色々やな。まったく休まることもないし、一昨日の夜中から、ずっと繋がっとる感じやわ」と大きく息を吐いた。あんなに大嫌いだった兄だが、この人がいないとこの家族は持たなかった。兄はこちらを一瞥して呟く。

「なあ」

「なん？」

「親父ってさ、幸せだったんかな」

「え」

「いや、よくわからんくてさ」

兄は頭をかきながら、僕を見る。答えられない。

「ほとんど笑ったところ見たことないしさ、いつも息苦しそうにしとったし、金あったかもしれんけど、金の使い方も派手じゃないし。友達もそんなに見たことなかったけんさ」

ふと昨日西さんと話した時に思い出した、テレビの前で笑いを堪えていたバラエティの話をする。「そんなことあったっけ？　よう覚えとるなお前」と、兄は目を丸くする。スーパージョッキーの話は父が背後にいるため、父の名誉のために伏せておいた。でも確かに、父の笑った顔は見たことがない。

「でもだから、幸せじゃないと思ってたんよ」

「うん、そうやね」

「やろ？　でも昨日今日すごかったやん」

「うん」

昨日の仮通夜、今日の通夜、とうちのマンションにたくさんの人が詰めかけて、父の顔を見て、泣いたり、飲んだりして、沢山の話をしてくれた。友達なんていないと思ってい

たけど、高校の時の、とか、会社の、とか、ジムで一緒の、とか、よく一緒に会うグルー

プの、とか、遠くから沢山。なんだか父は、感情表現が不器用なだけで、みんなもそれが

わかっていたみたいだった。花見の時に撮った短い映像を流して、僕ら以外はみんな泣い

ていた。

沢山の話の中で印象的だったものがある。父は三人きょうだいの末っ子で、姉が二人。それでこっちは、翔を含めて男三人兄弟。どう接すればいいのかわからないんだよ、と相談していたらしい。なんかそれって、すごく父らしかった。

だから、僕らに対してだけ、最後まであまり素直になれなかったのだろう。楽しく笑うなんて、照れなのか、できなかった。僕の事にも興味を全く示さずにいたが、色んな人に僕の自慢話をしていたらしい。大学卒業の事も心配していて、卒業できた日に自慢したとか、舞台のチラシをカラーコピーして配り回ったとか、この間の舞台で新聞の隅に少し掲載された時にも見せられたとか。

「生きるのが下手だっただけで、愛に溢れていたんかな」

兄の詩人のような言葉。寒くは感じないけど、恥ずかしくなる。

「なに言っとうとよ」

「まあ、寒いよな」

「さらっと言うなや」

「疲れとうったい。寝てねーけん。セックスしてーわ」

「あの納棺師ね」

「そうそう、あー、ミスった」

親父に対して、とにかく腹が立っていた。僕も兄貴も。母に暴力振るったこととか、再婚したこととか、なんか色々。あの階段から突き落とした景色は一生忘れるつもりはない。母の影響を受けて育った僕は、父の好きな世界経済とはまるで違う〝創作〟というものにこだわってこだわって意地になって。父に、芸術という華やかな花束を永遠にぶつけ続ける。作品に感動した人たちの笑顔によって、父に十字架を。

そんな憎しみで作品を作ってきた僕は、なんだか馬鹿みたいだ。全部愛情の裏返しだったのか。興味がないんじゃなくて、興味の示し方がわからなかっただけ。やっている内容がわからないから。この間の足軽ボウィの舞台も体調を悪くしたけど、無理して会場の前まで来て、「人は入ってるな」と当日券の客の行列を見て、帰ったらしい。何を確認してんだよ。結局、何一つ素直に話すことはできなかったな。

「まあ、不幸じゃないか」

「え？」

「お前はそう思ってないかもしれんけど」

兄は、この二日間の事を思い出しながら、言葉を紡ぐ。

「俺もムカつくぜ、あの人は。最後まで意味わからんかったし。でもそれだけ人を振り回せるって、すげーよ。それであそこまで人が集まるなら、たぶん不幸ではねえよな」

「……うん」

兄にそう言ってもらって、僕もそう思った。そうやって返事することで精一杯だった。

僕らは、父が父になってからしか知らないけれど、父は不幸ではなかった。

そうでしょう？　知らないけどさ。

明日でお別れだね。ゆっくりしてけや。

振り返ると、翔の眠るそばで、父もスヤスヤ眠っていた。線香は短くなって、なくなりかけていて「線香替えてくる、オナニーでもしとっていいぜ」と兄は立ちあがる。父の小さく眠る姿に兄の大きな後ろ姿が重なった。


告別式も終えて、大濠公園のレストランで小さな壺《つぼ》に入った父を囲んで親戚たちで食事会。この後は寺に戻って父を墓に入れるのみ。落ち着く暇もなくバタバタとして、告別式も自分が演出しようとしたけど、結局開場中の音楽をルイ・アームストロングで流し続けることしかできなかった。みんな沢山泣いていた。

もう、何も言うことはないな。もう十分だ。特に、言うことはない。

「じゃあ喪主の竹田ミキオから一言」

黒いスーツに包まれた兄は立ち上がり、深く一礼。親戚たちも頭を下げる。

「皆さま、本当に色々、ありがとうございました。喪主として、竹田家の長男として、ご挨拶させていただきます。特にこの一ヵ月は皆さまにもご負担おかけしたと思います。でも、急遽ではありましたが念願だった本も出版できましたし、父は最後に家族で大濠公園の桜も見れて、本当に、父は幸せ……」

兄が突然俯いた。

しばらくの沈黙。鼻水をすする音。兄の肩が震えていた。

自分の頬がなぞられていく感触。

頬を触ってみると、指が湿っていた。辿っていくと、目尻が濡れていた。今までずっと流れなかったのに。頬に伝う涙を拭うと、目頭から鼻にかけて涙が伝う。涙は口にも入ってきて、塩辛い。拭っても拭っても、ずっと滞っていた感情が行き先を見つけたかのように、塩辛い涙があふれ出す。止まらない。泣いているのか、今。

初めて手を触った父。玄関で激昂《げきこう》した父。桜を見て涙を流した父。宴席で俯いている兄。父のことで泣いているのか、兄の涙で心を動かされたのかわからない。

兄よ、次の言葉を早く。泣くなんてらしくねえぞ。

父に作品を見てもらいたくて作ってきた。

ドラマの完成だって、次の舞台だって、まだ頭の中にしかない素晴らしい物語だって、まだ見てないじゃないか。ふざけんなよ。おい、ふざけんな。見ろよ、一回ぐらいちゃんと見ろ。自慢するぐらいなら見ろよ。

胸の奥から込みあげる感情は歯止めが利かず、鼻水も流れ出して、目の前のナプキンを手にとって鼻を拭う。糸を引いたナプキンを顔にこすりつける。なんだよ、今更この感情は。まるで悲しいみたいじゃないかよ。悲しくなんかないよ、ずっと前から、こうなるって、わかってたじゃねえかよ。もう少し、もっと、もっと話したかったよ。兄に視線が向いているうちに、全てを流してしまいたかった。

兄は、顔をあげて、震える声で続ける。

「……本当に、父は、幸せ、だったと思います。不器用な父でしたが……この二日間、たくさんの方から父の思い出話を聞いて、私にも知らないことばかりで」

兄は遂に涙をこぼしてしまう。親戚たちも泣いた。僕も泣いていた。

声を震わせないように気丈に振る舞う兄。

「今日は……父を囲んで、父について、楽しくお話しできたらと思います。献杯」

「献杯」

差し出したシャンパングラスは小さく揺れて、鼻水で真っ赤になった顔が横に引き延ばされて間抜けに映っていた。その情けない景色ごと一気に飲み干して、目の前の小料理を口に運ぶ。目の前で、兄は表情が見えないように顔を背けて、トイレに向かうのが見えた。

父を失った。

しめやかだったのは最初の三十分だけで、結局生前葬と同じく、次第に親戚たちの団欒《だんらん》にすり替わってしまう。花江や信郎がまだその流れに乗り切らずに寂しそうにしているのは、親戚との別れが物心ついて初めてだからであろう。大人テーブルからは、遺産とか、遺言とか、株とか、そういう話題が聞こえる。相続の話。遺言を書かなかった父、この後、きっと揉める。気持ちがゴチャゴチャする。シンプルな気持ちでいたい。

手のひらを見ると、まだ先ほどの焼く前の父のほっぺの感触が残っていた。昨日より少し固くなっていた柔らかさ。冷たさ。

父を火葬場に入れる直前。何か一緒に入れようと思って、僕はパンジーを準備した。父が好きだと言ったけれど、ほとんどその声は届かなかったパンジー。好きだなんて全く知らなかったし、たぶんみんな知らない。だから、なんでパンジー入れたの？　と聞かれても困るので、白い紙袋に巻いて、父だけに見えるようにして入れた。

蓋を閉じる前、僕ら家族四人で父を囲む。大和さんから「パパに最後の一言言いなさい」と言われる。別れる時の最後の言葉。何も思いつかない。大和さんに誘導されるように、翔は「今までありがとう……」と言う。僕は父に近づいたが、周りに親戚たちもいるし、御礼を言うのも恥ずかしくて、こんな時に恥ずかしさなんていらないのはわかってるんだけど、父もきっと恥ずかしいだろうと思って、「おやすみ」と言った。兄は、近づいて小さい声でささやいていた。何を言ったかは聞こえなかった。そのまま、父の棺は閉じられて、燃やされていった。

隣で、いつの間にか戻ってきた兄に訊ねる。

「ねぇ、あれなんて言ってたん？」

「なんが？」

兄はようやく落ち着いたのか、顔がすっきりしていた。

「火葬の時の一言のやつ」

「ああ？　別にいいやん」

「え、教えてよ」

兄は言いづらそうに「またね、や」と呟いて、おしぼりで顔を拭う。

あまり言いたくなかったのか、ゴシゴシと拭うその表情は読み取れない。

またね。いいなそれ。口に出てしまう。

「いいなそれ」

「は？　いいなとかないやろ」

「それは思いつかんかったわ、劇作家でも」

「もう引退しろ」

「うるせえ。なんか頭が真っ白になったんよ」

「え、なんで？」

「その前に『今までありがとう』って言いよったやん？　あれがなんか、しっくりこんくて。しっくりとかないんやけど、なんかその後に言葉が出てこなくなってさ」

「へえ」

「なんか、終わりになる感じがせん？　ありがとうって。俺まだ言いたくねえわ。ありがたい気持ちはないし。それでなんとなく、おやすみって言ったけど、でも、またね、の方がいいわ」

「なんでもいいやろ、そんなの」

「ほんであのあと、坊主《ぼうず》の説法あったやん？」

「ああ、寺でな」

「あれ浄土真宗だからかもしれんけど、『ご冥福《めいふく》を祈る』とか『安らかに眠れ』とかは意味として使ってはいけないんだ、って坊主が言いよったやん。じゃあ俺間違ってるやん、『おやすみ』ってダメやん、と思ってさ」

「ふうん」

僕は緊張の糸が解けたのか、話さないと落ち着かないのか、兄に弾丸のように話す。しかし兄はこの話には飽きたようで、反対側の佐和子と話す。僕は目の前の上品な豆腐みたいなものを一口で食べる。

おやすみ、じゃなかったな、最後の言葉。ああ間違えた。いつも大事な時にちょっと間違えてしまう。でも父は最後まで安らかだったしな。坊主の言うことなんか当てにならないよな。目の前に出される料理をどんどん食べながら、そういえば今日はご飯食べていなかったことを思い出す。


今日という日が終わりに近づき、兄と翔と三人で、いつも父が寝ていたベッドに川の字になって寝た。翔と僕は、父と過ごした期間が近い。僕は中1の時に両親が離婚したから、十二年位。翔は小6。翔が僕と兄の間に挟まって「パパの話して」とねだってくる。まだ翔の目は赤く腫《は》れ上がっていた。スーパージョッキーの話をするわけにもいかず「なんかある？」と言うと兄が「なんか俺ずっと、親父に言われて日記書きよったんよね」と言う。

「日記？　いつから？」

「お前らが家でてったやん。あの後、しばらく俺と親父で二人で過ごしよってさ、どうなったかわからんけど、結局俺も家を出る時に、玄関で最後に『毎日、日記を書け』って言われてさ」

初めて聞いた話だった。「なんかの義務感で、あれから八年ぐらい書きよったなあ」と兄は思い出しながら言う。「八年も？　そしたら、あのグレてた時も？」と、僕のお金を盗んだり、寝ている僕を襲撃した時の悪夢も思い出す。

「うん、あの時も、なぜか毎日書いてた。他愛もないことやったけど、なんか書かなきゃいけん気がしてたんよな」

あんなに何も考えてないようなあの時代でさえも。僕は、あの頃親父のことなんかほとんど覚えていないし、できるだけ早く忘れようとしていた。すると翔が「ぼ、僕も！」と戸惑いながら同調した。

「翔も？　日記？」

「うん！　パパに『毎日書きなさい』って言われたから、書いてる！」

「ちゃんと書きよる？」

「うーん、書けないときもある……」

「あるよね。そん時はおれ、今日はどういう服を着た、とか書いてたわ」

「なんそれ！　アハハ！」

兄と翔は、父から同じように日記を書け、と言葉をもらっていた。翔は兄弟であることを確認するかのように笑いあう。僕は言われたことがない。だからと言って寂しさを感じることはないが、その違いはなんだろう。

「タケシは、俺らとはやっぱり、ちょっと違うんやろうな、親父の目線では」

「そうなのかね」

「お前、なんか風呂入っとったやん、俺と親父は関係がギスギスしてるし、あんなの俺絶

「対入らんし」

父が入りたがってるよ、と大和さんから聞いて、父と一緒に風呂に入ったこと。あれは一体なんだったんだろう。だけど今思うと、後にも先にも、あの瞬間、あの二十分間だけは、お互いに裸で話したような気もする。

すっかり目が覚めた翔は、年に数回しか会えない兄に甘えながら、「ねぇ、他には他には？」とねだる。

「あ、昔だけど、親父さ、俺らに一回暴力ふるったことあったよな」

兄が言うが、身に覚えがなかった。

「え、その話大丈夫？」

「まあ、もう大丈夫やろ。聞いても止められんけん」

「なんそれ、聴きたい！　パパが？」

温厚な父しか知らない翔は、体をぐっと引き寄せる。

「小学生の時よ。お前覚えとらん？」

「まったく覚えてない」

「毎年夏に親戚たちと別府の方に行くのが恒例になってた頃さ。みんなで森の中でテニスをやってて。で、親父はテニスをやっとったけん、経験者でさ、だけん二人相手に親父一人で活躍しとって。みんなもすごいとか、言われていた時よ。お前と俺はネットの所にある審判台の上で審判をしとってさ。まあでも審判なんてほとんどせずにじゃれあってて、そこで俺がふざけてお前を審判台の上から落として、お前が痛がってたら、親父がブワーってネットに近づいてきてさ。助けるかと思ったら、落っこちたお前をボコボコに殴ったり蹴ったりして」

「え、ほんと⁉」

翔が話に目を輝かすが、僕は「なんそれ、全く覚えてないわ」と言いながら、忘れたはずの殴られた痛みがズキンと疼く。

「覚えとらん？　俺めちゃくちゃ怖くて、ずっと審判台の上から見ててさ」

「本当はミキオが悪いのに」

「そうそう。それはつまり、テニスで輝いている俺をなんで見てないんだ！　っていう怒りでさ。なんかすげーカッコ悪くて、その感情も下手だし、それに対する行動の仕方も下手すぎるし。だから俺、あの景色は今でも忘れられんなあ」

父のベッドで川の字で横になる息子三人に、月明かりが差し込んでいた。まだ父の魂は天国に行ってないから、この辺をウロウロしながら、「あん時は悪かったね」と頭をかいている気がした。

「面白い！　そんなパパ見たことない！」と翔は興奮してベッドで転げ回る。

「そのあと少し親戚の間でもその事件は問題になってたらしいぜ」

兄は笑って言うが、当の僕はなんとなく思い出す程度だ。いや、でも覚えてないな。父はやっぱりとんでもねえ奴だった。

レストランで流した、あの美しい涙を返してほしい。

福岡空港は平日にもかかわらず、人は多かった。慌てて来たものだから、ちょっとした二つのカバンを肩にかけ直す。

東京では、ドラマの納品を待たせているスタッフがいる。飛行機の中で、そう考えながらも、昨日より今日の方が確実に父のことを考える時間が短くなっているように思えた。明日はもっと考えなくなる。このまま忘れていってしまうんじゃないかと、今の気持ちをノートに書き綴《つづ》ってみたけれど、やっぱり紫陽花から先は何も書き進められない。気持ちが、文字にならない。

窓の外の雲の上からの眩《まばゆ》い光をぼんやり見ていると、なんだかマチノヒのメンバーに会いたくなった。東京に着いたら、森本に連絡してみよう。あいつ原発を止めるとかなんとか言ってたけど、どうしてるかな。もう一度マチノヒから始めたいな。僕が好きな北野《きたの》武《たけし》が、どうせ死ぬんだから楽しまなきゃ、じゃなくて、どうせ死んで楽になるんだから苦しまなきゃ、って言ってたのを思い出す。

こんな時にも人の言葉を引用するのかと頭を振って、気圧でへっこんだペットボトルを開けると、プシュウと空気を吸い込んでペットボトルは元の形に戻る。へこんでいても、元の形に戻れる。時間の流れるスピードは確実に早くなっていくけれど、僕たちはまだまだやり直せる。そう思って水を傾けると、口につけるのが少し遅れてしまい、胸のあたりに水がこぼれた。コーラじゃなくてよかった。

羽田空港に着くと、兄から通夜と告別式の御礼が親戚一斉メールで届いていた。

『休めるときは休みましょ〜。みんなが支えになってます。』

歯の浮くような優しい文面。なんだか恥ずかしくて、『らしくねぇな。』と送る。兄からすぐに返事が来た。

『らしくねぇか。』

きっと今ごろ、兄はニヤリとしている。僕は大きく息を吸い込んで、羽田空港の到着口を見上げる。妙な見覚えを感じて、お腹も空いてないけれど、エスカレーターをのぼって、上のロイヤルに向かった。

＊

五月末の昼下がり。お寺の前の紫陽花は色とりどりの表情で、僕らを不思議そうに見上げていた。僕と兄が待っていると、執筆中で髪がボサボサの母がやってくる。あれ以来の福岡。父の四十九日だが、母は大和さんに気を使って通夜も告別式も来れていないため、父に挨拶するのは初めてだ。

「暑いね、もう夏やね」

「まだまだ春やろ」

「東京はもっと暑い？」

「東京はエアコンの熱で蒸し暑い感じ。福岡は海風もあるしカラッとしてるから気持ちいいよ」

「そうね。あんた荷物は？」

「日帰りやし、こんなもんよ」

ウエストポーチを示す。母と他愛もない話をするのは、なるべく今からやることについて話したくなかったからかもしれない。そうして僕ら家族三人は、父の待つお寺の奥へゆっくり歩いていく。

「ちょっと花が多いかもね」

母は大事そうに小さな花束を抱えながら、兄の抱える大きな花束を見て、眉をひそめた。自分は花を買うことすら考えていなかったが、その分、買ってきたお酒の瓶を握りしめる。

「それなん？」と兄が聞くので、「タンカレー」と答える。

父は小学生の頃、タンカレートニックをよく飲んでいた。何が好きかは覚えていなかったけど、それだけは覚えていた。

「タンカレー、懐かしいね」

母が呟いた。呟いたな、と思った。

そうだ、母の荷物を持たないと、と振り返ると、既に兄が母の荷物と小さな花束を抱いていた。タンカレーしか持ってない僕は、慌てて兄の反対側の手に持っていた仕事カバンをもぎとるように奪い取る。「お、さんきゅ」と言われて、「うん」と返す。

お寺に入って、ずんずん進む。お彼岸でもお盆でもない五月末の墓場は、他に誰もいなかった。しかし、父の家系が眠る三つ並んだお墓には、今日の午前に誰かが来たのか、三つとも新しい花が、色とりどりに顔を並べていた。

「もう誰か来たんやねぇ」

母がタオルで額の汗を拭いながら眩しそうに言う。「そうやねぇ」と返事するが、母は「掃除もしてくれたらいいのにねぇ」と地面を見つめた。墓の地面には、石の隙間から伸びた雑草が所狭しと生い茂っていた。いつかの枯れ葉や花びらも。この前納骨した時はきれいだったはずなのに、七週間でこんなに散らかってしまうんだ。

「掃除しようか」

母が言うので、僕はゴミ袋とホウキを取りに行き、兄はバケツに水を汲みに行った。行きがけに兄と「どんな感じ？」「お前余計なこと言うなよ」「そりゃわからん」「まあ別にいいけど」と話して、兄は井戸のある入り口の方へ向かった。僕はお寺の真ん中にホウキとゴミ袋があったので、それを抱えてお墓に戻る。

母は、父が眠っている真ん中の墓を見つめていた。手を合わせるでもなく、しゃがむでもなく、ただ立って、じっと見つめている。今まで息子には見せたこともない表情。僕はこの時間を邪魔してはいけない気がして、少し離れた所で立ち止まった。母の額からは汗が流れていたが、先ほどのように拭うことはなく、じっと見つめていた。じっと。じっと見つめていた。

バケツを抱えた兄が僕の後ろにやってきて、その景色を共に見つめる。しばらくして「行くぜ」と声を掛けられたので、僕と兄は墓場に向かった。僕らが来ると、母はこちらを見て、いつもの表情で「よし、まずは草を抜こうかね」と荷物と花束をお墓の入り口にまとめた。

紙に包まれた小さな花束がそっと顔を覗かせる。兄が用意した花は彩りのある沢山の種類の花束だったが、母が持ってきた花は単色のパンジーだった。紫のパンジー。パンジーはこの季節じゃない。探したのだろう。知っていたのだろう。紫だったのか。

母を見ると、すでに一番奥で背中を向けていた。その表情は見えない。雑草はホウキでもはけないので、僕も慌ててその場にしゃがみこむ。ゴミ袋を広げて、石と石の間からピョコンと飛び出る元気な雑草を握りしめて、痛がらないようにゆっくり根っこから引き抜いた。雑草はまだ地面に根をはっていないから、軽々と抜ける。根っこについた土を払って、ゴミ袋に入れる。そして元の場所に戻って、抜く。手がいっぱいになるまで、何本も何本も抜いた。

空には鳥が笑うように鳴いていて、梅雨《つゆ》を飛ばして夏がフライングしてきたような強い日差し。額から流れる汗は目に入ってきて、少し目がシパシパする。汗を拭うと、視線の先で、兄も草を抜いていた。振り返ると、母も草を抜いていた。

プチっ、プチっ、プチっ。全員、会話をすることはなく、顔を見合わせるでもなく、草を抜き続けていた。

この物語はフィクションです。

松居大悟　まつい・だいご
一九八五年、福岡県生まれ。劇団ゴジゲン主宰、映画監督。二〇〇九年『ふたつのスピカ』（ＮＨＫ）で同局最年少のドラマ脚本家デビュー。二〇一二年、長編映画初監督作品『アフロ田中』が公開。『ワンダフルワールドエンド』でベルリン国際映画祭出品、『私たちのハァハァ』でゆうばり国際ファンタスティック映画祭２冠受賞、『アズミ・ハルコは行方不明』で東京国際映画祭・ロッテルダム国際映画祭出品。『アイスと雨音』や『君が君で君だ』でも注目を集め、ドラマ『バイプレイヤーズ』シリーズのメイン監督を務める。二〇一七年に北九州市民文化奨励賞受賞。

# またね家《か》族《ぞく》

二〇二〇年五月一八日　第一刷発行
二〇二〇年六月一五日　第二刷発行

著者　松《まつ》居《い》大《だい》悟《ご》
発行者　渡瀬昌彦
発行所　株式会社講談社
東京都文京区音羽二‐一二‐二一
郵便番号　一一二‐八〇〇一
電話　出版　〇三‐五三九五‐三五〇六
販売　〇三‐五三九五‐五八一七
業務　〇三‐五三九五‐三六一五

本文データ制作　講談社デジタル製作
印刷所　豊国印刷株式会社
製本所　株式会社若林製本工場

定価はカバーに表示してあります。落丁本・乱丁本は購入書店名を明記のうえ、小社業務宛にお送りください。送料小社負担にてお取り替えいたします。なお、この本についてのお問い合わせは、文芸第三出版部宛にお願いいたします。

ISBN978-4-06-518291-8　N.D.C. 913　334p　20cm
※本書は書き下ろしです。